比较文艺学丛书

ACADEMIC RESEARCH EX·COLLECTIONE

主编　饶芃子

*Bijiao Wenyixue Congshu*

# 赋比兴的现代阐释

陈丽虹　著

中国美术学院出版社

责任编辑：周书田　郑亦山
封面设计：王　霖
责任监制：毛　翠

**图书在版编目（CIP）数据**

赋比兴的现代阐释／陈丽虹著．—杭州：中国美术学院出版社，2002.3（2016.11 重印）
（比较文艺学丛书／饶芃子主编）
ISBN 978-7-81083-067-6

Ⅰ．赋…　Ⅱ．陈…　Ⅲ．诗歌－文学研究－中国
Ⅳ．I207.22

中国版本图书馆 CIP 数据核字（2002）第 006193 号

# 赋比兴的现代阐释

陈丽虹　著

主　　编：饶芃子
出版发行：中国美术学院出版社
地　　址：中国·杭州南山路 218 号　邮政编码：310002
http：//www.caapress.com
经　　销：全国新华书店
制　　版：杭州立飞图文制作有限公司
印　　刷：杭州印校印务有限公司
版　　次：2002 年 3 月第 1 版
印　　次：2016 年 11 月第 2 次印刷
开　　本：850×1168　1/32
印　　张：6.75
字　　数：160 千字
印　　数：2001—4000
ISBN 978-7-81083-067-6
定　　价：25.00

# 《比较文艺学丛书》总序

饶芃子

比较文学在中国的复兴，始于20世纪70年代末、80年代初。20多年来，这个领域已有了迅速的发展，不仅有了许许许多的成果，还有了自己的刊物、队伍、组织，并且进入了高等学府，形成独立的学科，有一定数量的硕士、博士等高学位点，高层的学术活动也已同国际比较文学界接轨。正如季羡林先生所说："比较文学日益成为了一门显学。"（见陈惇、刘象愚著《比较文学概论序》，北京师范大学出版社2000年9月）。回顾这个过程，比较文学在中国的复兴及其发展，是与学界人们世界性视野和开放意识的形成与发展分不开的。比较文学的特点在于跨民族、跨语言、跨文化、跨学科，就是要突破文学研究的国家、民族、地域、文化和学科的界线，以新观念、新眼光开展世界各国、各民族多元文化对话。比较文学的开放交流精神是它作为一门学科与生俱来的，贯穿始终的本质所在。早在19世纪末，比较文学在西方兴起的一个基本认知，就是认为世界各国家、民族、地区的文学。都不是彼此隔绝的，而是相互联系、互相影响的整体。现在，历史发展到21世纪，这个时代是一个科技、资信发达的时代，文化、文学交流频繁，无论是哪一个国家、民族的文学发展，都离不开国际环境和异国、异族的影响，还有不同学科的交叉介入，因而研究者在面对本国或外国的文学问题时，都必须有世界性的广阔视野与眼光，将其放在世界文学格局和国与国文化、文学关系中进行考察，才能探得其究竟。20世纪80年代以后，中国比较文学在学坛的勃兴，正是与这种世界性的文化发展潮流相适应。

近20年，随着中国比较文学的发展，比较诗学兴起，中国诗学的价值日益为人所认识，中西比较诗学研究也成为比较诗学的一个新的拓展方向。美籍华人刘若愚在中西比较诗学的倡导、研究上作了开拓性的工作，他在《中国的文学理论》一书中，不仅把自己的倡导变成实践，还从理论上阐明中西比较诗学的目的和价值，他认为，中西比较诗学研究的目的，是“对一个最后可能的普遍的世界性的文学理论的形成有所贡献”。（刘若愚：《中国的文学理论》第3页，四川人民出版社，1987年）美籍华人学者叶维廉在他主编的《比较文学丛书》总序中，也特别说明中西比较文学必须导向中西比较诗学的道理，他认为，在中西比较文学研究中，要寻求共同的文学规律，就不能停留在一般表层的比较，而应深入到“每一个批评导向里的理论，找出它们各个在东方西方两个文化美学传统里生成演化的‘同’与‘异’，在它们互照互对互比互识的过程中，找出一些发自共同美学据点的问题，然后才用其相同或近似的表现程序来印证跨文化美学汇通的可能。”（叶维廉：《比较诗学》第16页，台北东大图书公司，1983年）在这一基础上，重新建构批评理沦。在我国，钱钟书的《管锥编》，王元化的《〈文心雕龙〉创作论》，都是新时期中西比较诗学路碑式的成果。中西比较诗学与一般的中国或西方的文艺理论研究不同，它要求研究者有更广阔的视野、国际的眼光和自觉的比较意识，要超越本民族文化体系的美学模式，寻找人类文学的共同规律，或者说，去促进“普遍的世界性的文学理论的形成”。所以中西比较诗学研究的拓展，是比较文学学科发展的必然。由于中西比较诗学研究，对寻找人类文学的共同规律有十分重要的意义，因而这一领域的成果同文艺学学科有直接、密切的联系，特别是在研究对象和研究目的上有若干交叉、重叠的地方，于是’在这两者的交叉领域寻找比较文学与文艺学的结合点，用以推动文艺学学科内涵的更新和发展，就不仅是可能的，同时也是必要的。而这，正是90年代我们在建设暨南大学文艺学博士点时，把比较文艺学作为一个新方向建立的学理基点。

全球化的21世纪是一个开放、多元的新世纪。在这一背景下，任何学科要发展，都必须是开放的、多元的。作为一个独立学科，文艺学在中国的诞生、发展和演变，有许多世界性的因素，无论是从总结以往学科史的经验，还是对学科前景的思考探索，都必须重视各民族文化之间的关系和影响。当今，人类共享的知识基础的范围日趋扩大，随之而来产生了文化的日趋融合，世界各国的理论家均具有多国学术的亲缘关系，经常开展与世界各国、各民族多元文化对话，互识、互补，通过不同文化与不同学科之间的文学研究，创造更加宏阔的学术空间，有助于突现自己的学科个性、学科的前卫精神。学科建设有内部和外部两个方面，从学科的内部而言，要有本学科新的理论建树；从学科的外部而言，要能对整个学术界和时代前进产生积极的作用。从当前文艺学学科的现状看，成果很多，其中有许多是引进西方文艺理论的，如现代主义、形式主义、西方马克思主义、后现代主义、女权主义、后殖民主义等；也有从其中的某些理论出发来阐明我国文学问题的；还有对中国文学的发展过程和文学理论的演讲过程作综合研究的；对中西文论总体特色和范畴比较的研究成果也不少。相对而言，对重要理论问题的深入探究太少，结合历史和现状，对文学创作实践和文论发展中具有学术价值问题的研究极待展开，而这两方面又与资料建设工作密切相关，因为专题研究都必须建立在资料的基础上，所谓资料建设，应包括目录、索引、资料汇编、选编等，以前这方面成果很少。这与过去学术界对资料工作的轻视有关，过去，有一种错误的看法，认为资料收集、整理、编选，不是科研成果。近几年，学界对人文学科中资料建设工作落后现象，已给予关注，其在研究工作中的重要性已越来越突出。事实上，任何科学研究都离不开资料的搜集和积累，比较文学和文艺学的学科发展，同样不能忽略这方面的工作。

正是出于上述的思考，我主编了这套《比较文艺学丛书》。

本丛书共六册，三册是研究资料汇编，三册是专题研究论著。研究资料汇编分别是：《中日比较文学研究资料汇编》（饶芃子、王琢编）、《中国、印度文学比较论文选》（郁龙余编）、《澳大利亚新华人文学及文化研究资料选》（钱超英编）。所辑录的文章和有关研究资料，都是从大量原始资料中筛选出来的，其中不少是中外知名学者所撰写的论文，我们的编选原则是博采众长、兼收并蓄，旨在向学界和广大读者介绍较少人注意的几个学术领域。从这些研究资料中，可以看到中日、中印比较文学研究的历史沿革，澳大利亚新华人文学及文化研究的概况。《中日比较文学研究资料汇编》，把80年代以来的研究论文按编年史编出，并附有文献目录要览和日中比较文学研究的相关资料，还附录选编者撰写的两篇介绍中日和日中比较文学研究概况的文章。《中国、印度比较论文选》（1987—2001），是国内首本这一时期的中印文学比较论文选。由于80年代中期以来，这方面的研究成果较多，影响研究、平行研究、比较诗学等，均有不少新的成果问世，编者没有按编年史编排，而是以内容类别分成比较文学和比较诗学两大部分，还附录了编者在这之前编选的《中印文学关系源流》一书目录，该书于1987年由湖南文艺出版社、中华书局联合出版，搜集的资料是从近代至1982年，同现在这本“论文选”有上下衔接的关系。《澳大利亚新华人文学及文化研究资料选》，是我国大陆第一本关于澳大利亚“新华人文学”及其相关文化问题的批评、研究资料集。该书多数文章直接得白海外，而在此前未为国内读者所见，在编排体例上，是以文章内容分类编辑，全书分综观篇、专题编、交流编三大部分，从不同方面展示澳华新移民复杂的文化生态和景观。

三本专题研究论著，分别是《赋、比、兴的现代阐释》（陈丽虹著）、《反抗与困境——女性主义文学批评在中国》（陈志红著）、

《西方语境的中国故事——论美国华裔英语文学的中国文化书写》（卫景宜著）。《赋、比、兴的现代阐释》着重追问、探索传统的赋、比、兴诗学范畴在现代是如何被阐释的。关于赋、比、兴，汉代经师及其后的历代论者，作出过极为纷繁的解说；五六十年代和八九十年代，大陆和海外学者也提出过诸多新说。本书作者则着重追溯从“五四”至1949年的30年中，学界对赋、比、兴的新解，这一阶段，正是传统模式向现代新模式转型的时期，从黄宗羲、梁启超到胡适、郭沫若，倡导和实行诗界革命，诗学思想相应发生前所未有的巨大变化，考察这一背景下赋、比、兴的动态涵义，既注意传统的延伸，又把重点放在论述其“现代”的变异，以个案的形式参与当前“古代文论现代转型”的讨论。特别有创意的是，作者在书中不仅注意学者对赋、比、兴涵义的理沦探索，还注意诗人在创作实践中体现、流露的诗学观念，因而在立论上显得通达而带有生气。《反抗与困境——女性主义文学批评在中国》，研究的是近20年女性主义批评传人中国的历史过程，及其进人中国大陆之后的理论形态，如何获得有效生存等问题。作者深入到新时期以来女性主义文学批评实践的内部，对有关资料进行细致的爬梳、整理，在此基础上进行理论研究，概括出“建构式”、“兼容式”、“颠覆式”三种不同的女性主义文学批评类型。由于女性主义文学批评在中国，已成为一个不容忽视的理沦批评现象，但对这一现象的整体研究并未引起学界的真正重视，因而这本书的出版，具有开拓性。对于比较文艺学而言，这本书的学术意义在于：以女性主义文学批评人传中国为个案，来探讨“传播与影响”的理论问题，作者对自己的研究对象十分熟悉，占有详尽的材料，对80年代以来中国文学的整体也有较深刻的认识，因而能从一个理论较高点上描述西方女性主义文学批评在中国这一授一受过程，及其被中国化的命运。在书中，作者不但论述了女性主义文学批评在中国的“生长”，也探讨了它存在的困境和可能的发展空间，颇有史论意味。《西方语境的中国故事——论美国华裔英语文学的中国文化书写》，以美国华裔作家汤婷婷的系列小说文本为主要研究对象，将美国华裔英语文学中的中国书写，放在美国华裔英语文学史、美国华人史以及美国文化三重背景下，进行互动性研究和跨文化审视，指出此类作品与西方主流霸权话语的内在对抗；这种文学写作的边缘文化属性。分析这些作品中挪用、改写中国文学经典故事、建构新的华裔文化形象的独特价值，阐明这些生活在西方具有双重文化身份的作家，如何在文学创作中表达华裔族性和情感，提出民族文化持存是一个不断改变、建构的开放过程。作者在论述中，借鉴了西方的文化理论、后殖民理论，后现代主义写作理论、女性主义批评理论，在一手资料的占有和对资料的理论提升上，达到了一个新的水平，是目前国内对美国华裔英语文学研究的一个较为可靠和整体性成果。近 20 年，海外华文文学研究在大陆学界兴起，已有不少著作问世，但研究海外华裔英语文学则甚的罕见，前不久出版的钱超英博士的《"诗人"之"死"——一个时代的隐喻》（本人主编的万叶文丛·学术书系之一种，中国社会科学出版社 2000 年 1 月出版），是第一本研究 1988 至 1998 年间澳大利亚新华人文学的著作，也是第一本将一个国家的华文文学和华裔英语文学整合研究的著作，该著作的关注点是海外人文学中的身份焦虑问题。本书作者研究的对象是美国华裔英语文学，关注点是作品中的中国文化书写，这就从一个方面拓展了这一新的研究领域。

本丛书所以命名为《比较文艺学丛书》，是因为这六本书作者所做的，都属于比较文艺学的基础性工作，虽然比之应该去做的大量基础性研究工作，它们只是一些小小的"点"，但"面"的工作总是从"点"开始的，因而这套丛书的出版，就具有某种意义上开拓性。

**2001 年 6 月 16 日于暨南园**

# 目　录

# 引　论

世纪末，古代文论现代"转换"的话题受到学界广泛关注，但由于古代文论涉及很多论题，每一个论题在现代的发展又牵涉许多复杂的层面，如果将"传统"和"现代"都加以泛化和抽象化，"传统"和"现代"就成为指斥各种正面或负面价值的"象征"而已，使我们很容易把问题化约为简单的理论模式，批评和反批评便很难在比较清晰的思想层面上展开。所以，面对一些具体的论题，通过追溯和清理、反思，从中认识"转换"的过程可能更为积极有效。而我们要寻求有历史意识的阐释理解的话，首先就必须面对文论史上很多概念，它们如何发生，如何演变，在现代又有了什么新的理解——都是我们思考的起点，因为认识过程比简单地得出结论，更有意义。

在中国诗学很多的概念中，"赋、比、兴"就是其中一个有丰富历史内涵的重要概念，为各代论者所注意，不同时代的论者不断以自己所处时代的文化经验和创作实践"反观"这个问题，提出了种种解说，使"赋、比、兴"成为中国诗学一个历史的、动态发展的概念。而且，"赋、比、兴"虽然源于解《诗》，但后世对"赋、比、兴"的理解实际上已经不只局限于《诗》，而是针对不同时期诗歌创作的实践，将其作为一个有普遍意义的诗学问题，也就是说，"赋、比、兴"既体现了历史上对诗学理论的探索，也包含对创作实践的总结。

近现代，特别是"五四"以来，"文学革命"所倡导的建设新文学和对传统文学的价值重估是互涵互动的：由于西方思想的输入和学者在求新、求变的要求之下，开始了对传统的重估，"赋、比、兴”也被重新思考和定义；而现代白话诗的出现，既受西方诗学很大的影响，又与古典诗有千丝万缕的关系，一些论者也在理论上将“赋、比、兴”与西方诗学概念进行对应、比较。从这个过程看来，对任何一个传统诗学问题的再诠释，既是以不同的视角讨论传统问题的历史研究，也离不开从其时创作实践出发“反观”传统，所以，本文选取“赋、比、兴”这样一个概念，追溯、反思从“五四”以后到1949年人们对它的种种解释和评说，特别是它在白话诗创作和批评中发生的不同层面错综复杂的传承和变异。虽然普遍周至的分析，自非本文所能尽，学力才力的绵薄也会使行文过程可能有很多错漏，然而愚者千虑或有一得，希望从“赋、比、兴”的现代诠释中，探索传统诗学概念如何在现代获得它新的涵义，而创新的因素又如何充实了我们对诗歌传统的认识。在进入具体的分析之前，有必要先交代一下选题的一些考虑。

## 选题的缘起

本文之所以选择对“赋、比、兴”这个概念的再阐释作为中心论题，而且将时间跨度大致限定在“五四”以后到1949年，主要是基于以下的考虑：

1.“赋、比、兴”，元代诗人杨载称之为“诗学之正源，法度之准则”，[1] 从《诗经》开始的二千多年的中国诗歌史来看，这种说法是不无道理的，无论是着眼于传统诗歌的创作手法，还是从传统诗学批评方式的角度来看，“赋、比、兴”都可以说是一个核心的问题。从创作手法的角度看，它牵涉到诗人处理物我的三种基本态度，而作为一个从《周礼》到现代，解释者不计其数，无代无之的诗学概念，其丰富性更是每一个有意挖掘古代文论“宝藏”的探险者无法绕开的“芝麻之门”。

从对这一问题的研究现状来看，自70年代末以来，讨论“赋、比、兴”的文章很多，在这些研究成果中，既有对前人的各种界说进行综合分析和归纳，象胡念贻、王从仁等学者就把传统界说分为几大类，并就每一类说法的源流承袭以及长短优劣作了论证；[2]也有参考前人研究成果，提出一些新的界说，如不少论者就将“赋、比、兴”问题与“形象思维”结合起来作了推演性的发挥，[3]有些论者则从发生学的角度，深入追寻“兴”的神话和宗教的根源，象赵沛霖的《兴的源起》[4]。这些研究无论在观点和方法上，还是在深度和广度上都有新的开拓，但是大都把对“赋、比、兴”作为传统诗学思想的一部分，从《周礼》最多追溯到“诗界革命”也就戛然而止，将“五四”以后在这个问题上的“新解”以及白话诗与“赋、比、兴”之间可能存在的千丝万缕的联系有意无意地划在研究的范围之外。而当代诗论虽然已经意识到“赋、比、兴”与中文诗传统的关系，却没有深入地探讨这一论题，象诗人杨炼就曾经指出：“中文文学、特别是诗……在表述上，更强调使用暗示、隐喻和整体环境（意境）的烘托，如古诗中的赋、比、兴手法”[5]但他并没有就赋、比、兴手法如何体现中文诗的表述特征展开论证。

事实上，对现代白话诗创作和批评与“赋、比、兴”是否有关联这一问题，很多人是持怀疑态度的。在他们看来，既然文学语言已经由传统的文言转变为白话，我们就不能要求白话写成的新诗，最终能够经受住用文言写成的诗歌所建构的趣味和标准的评判，这个假定的潜台词也就是说，鉴于诗歌语言的转变，“赋、比、兴”似乎已成为一个历史性的标签，应该被悬挂起来，或者送人古文的旧纸堆里，由史论家去品评。这个问题也由于白话诗的确是自古体诗冲出来的一项突破，所以彼此在内容和形式上并不密切，而新文学的倡导者为了强调他们“前无古人”的开创性，也常常有意无意地将古与今，古诗与新诗作二元的对立，而让人误会为白话诗是一种新传统或新文化的兴起，与古典诗歌是银两交讫、一刀两断，没有承传的关系。遗憾的是，这种矫枉过正的思维方式并没有引起我们冷静的思考。近年来，已经有一些诗人，象郑敏，开始对新诗创作与汉语语言变革的关系作世纪回顾和反思，认为新诗"只强调口语的易懂，加上对西方语法的偏爱，杜绝白话文对古典文学语言的丰富内涵，其中所沉积的中华几千年文化的精髓的学习和吸收的机会"，[6]郑文也引发了关于如何处理传统和当代问题的讨论，但似乎在新诗与古典诗的关系问题上，并没有引起更深入的探讨。而要对诗学传统寻求一种有历史依据的自我理解的活，我们首先就必须面对诗学概念史的清理和回溯，"赋、比、兴"本身具有极其丰富的历史内涵，而"五四"以后几十年间它的涵义又发生了一些值得我们深入探讨的变化，所以本文希望回溯到白话诗诞生和发展的历史情景中，借对"赋、比、兴"这一概念史的研究与对论题的事实说明紧密联系起来，而实现这种探讨。

2."赋、比、兴"作为一个诗学概念，涵义非常丰富，而且具有特殊性，当然这种特殊性，指的是它从表面上看往往难以直接与现代文论沟通，或者说我们找不到可以与它完全对等的用现代汉语表述的概念，甚至也无法找到比较恰当的外文批评术语来翻译。象学者叶嘉莹就曾撰文将"兴"与西方文论术语进行比较，认为：西方诗学对于营造形象之技巧多有区分，如明喻（Simile）、隐喻（Metflphor）、转喻（Metonymy）、象征（Symbo1）、拟人（Personification）、举隅（Synccdochc）、寓托（Allegory）、外应物象（Objective Correlative）等，但"如果以之与中国诗说中的赋、比、兴相比，则所有这些技巧与模式的选用，可以说仅是属于比的范畴，而未曾及于赋与兴的范畴……至于兴之一词，则在英文的批评术语中，根本就找不到一个相当的字可以翻译。"[7]正因为无法直接翻译，所以我们今天对"赋、比、兴"的理解，不能随意地贴上“隐喻”、“象征”或者“形象思维”等标签来简单处理，而是要从较深的层面上对它进行理解和阐释，这种阐释不应该只是用现代汉语来翻译或者简单理解为赋予古代诗论以现代内涵，因为这两种武断的态度都有可能舍弃它所包涵的丰富意蕴，因此我们只能在选择和清理的基础上予以说明，并结合具体的创作和批评实践，就其潜在的意蕴发掘引申，通过互涵互动、相互推移中将其蕴涵的丰富性和复杂性揭示出来，希望可以避免以今绳古、以西套中之弊。

3．在讨论“赋、比、兴”这样一个概念时，我们得认识到它的各种意义就是解释它的人决定赋予它的意义。赋、比、兴是传统诗论的基本观念之一，也是缠夹最多的问题。赋、比、兴与对《诗经》的解释密不可分，《诗三百》的诗人们吟风弄月之际是否横亘赋、比、兴法已茫不可考，倒是后人对此的种种解说，纷纭复杂，颇多纠缠。所以，“赋、比、兴”所表示的并非特定的类型学的概念，而只能是一个历史性的概念，它是不能下穷尽的定义的，而所谓不同时期的理解也只是一个调节性概念，而不是形而上的，当然也不是一个任意规定的语言称号，所以在分析过程中，我们必须小心不犯实在论或极端唯名论的错误，为了不使我们对“赋、比、兴”的探讨在割裂与其相关的时期联系而变得广泛而含混，本文将对“赋、比、兴”的再阐释主要限定在“五四”以后到 1949 年之间，虽然在年代的延伸范围上也不是如此绝对的切割，仅仅是从这一时期人们可以在文学创作和批评实践中发现它并对之加以描述和分析的意义上来讲，并非要穷尽“赋、比、兴”在这一时期的一切定义，更不能期待对它有最终的明确答案。同时必须指出的是，虽然我们将论题研究置于一定时间的范围内，但一切相关的讨论则不能囿于这个时间的框框。事实上，对于一个贯穿几千年诗学史的理论问题来说，本身就已经超越了某个固定的时限，一种解说既是过去的结果，同时也可能是将来的萌芽。

基于上述的考虑，本文将力图以追溯和设问，取代一般性的概括，既包含理论上对“赋、比、兴”的再阐释以及阐释中的诸种见解，也包括对创作实践中运用和发展的考察。

## 陈述结构的初步说明

本文将追溯“赋、比、兴”在“五四”以后的“新解”，通过近现代对《诗经》“赋、比、兴”的研究所反映出来的方法和视野的改变，以及白话诗在创作手法和批评方式上与传统的所谓“赋、比、兴”手法、“比兴”解诗之间的精神联系，透视作为“文学革命”重要两翼的，即对传统文学的价值重估与建设新文学之间在互涵互动、相互推移中蕴涵的丰富性和复杂性。通过“赋、比、兴”的现代再阐释，藉此说明对一个有丰富历史内涵的诗学概念的理解，既包括观点方法改变所引发的“新”解，也是从诗歌创作本身的发展去反观传统，从而不断调整和丰富概念的理论内涵。

基于这样的一个思路，本文第一章将对“赋、比、兴”从汉到清的解释作一个简要的回溯和清理。第二章就集中探讨“五四”以后由对《诗经》的重估而引发对“赋、比、兴”的新解。这其中从开始以现代民谣的对比研究和修辞学中的对应概念来套用阐释，到后来重新回到对传统诗歌“同情和理解”的准则上，从传统歌诗的表达技巧和诗学意念历史发展的角度来体验。

第三章我们将目光移到与“对传统文学的价值重估”在致思理路上有密切联系的“新文学的发展”上，从新诗的诞生与所谓“民间传统”的关系，结合外国诗歌创作和理论对新诗的影响，着力分析“新诗歌谣化”和“将兴与象征进行类比”两个方向，在探索新诗发展道路上的积极意义与偏颇之处。

第四章则从诗歌表现手法上，探讨白话诗对“赋、比、兴”手法的承传与变异，主要集中在白话诗的“散文化”、“远取譬”和“新诗戏剧化”，即新诗在组织结构、比喻的方法和意象的经营上，如何即“化古”又“化欧”。

第五章将从诗歌批评方式上，探讨“比兴”背后的“诗教”观与现代新诗对诗歌功能理解上的精神联系，以及现代诗歌批评在批评方式上对传统“比兴解诗（词）”方法的承传和发展。

最后的结语由对“赋、比、兴”现代阐释，看到对一个诗学概念的理解，不是某一种简单的定义所能穷尽，而是在不断地发问中不断地开发出新的意义，而创新的基因就在这种“视界融合”中生根发展。关于“赋、比、兴”现代阐释的讨沦既增加了我们对诗的理解，也同时包含我们对待古典诗学的现代诠释以及现代诗创作和批评的多样性和复杂性时，所应有的历史意识和审慎立场。“赋、比、兴”作为一个有丰富历史内涵的概念，它还将在“过去与现在”的对话活动中不断地丰富、发展它的意义。

# 第一章 对"赋、比、兴"简要的历史检讨

鉴于对赋、比、兴的种种解说时间跨度很长，论说的语境和立论的依据也颇为复杂缠夹，从实践的观点看，我们的研究不可能包含所有的观点，所以有必要对赋、比、兴的历史解释作简要概述和检讨，选取不同时期一些较有代表性的言论，即我们认为最能阐明历史演变过程的复杂性的含义加以分析，作为本文的前奏。

首先，我们必须指出，"赋、比、兴"具有悠久的历史渊源和丰富的内涵，不能下一个总结性的明确定义。所以纵向的梳理只是我们对"赋、比、兴"的一个描述角度，在力图清晰的同时，我们也牺牲了"赋、比、兴"的很多丰富的涵义，而且描述的同时也往往省略了对这一概念的很多古典传统的上下文，所以，审慎的态度是必要的，在进入具体论述的梳理之前，有必要先交代两点前提性的说明：

1. 既然赋、比、兴主要源于对《诗经》的解释，释者"各以其情自得"，见仁见智，本来就不必一律，也无所谓标准的答案。后人的解说离不开所处时代的文化精神以及个人的思想感悟，围绕这一问题的种种论说贯穿二千年间的中国诗学史、学术史，以某家某说悬为定论判定谁是谁非殊为无当，比较务实的态度是将"赋、比、兴"作为一个历史的、动态发展的理论范畴来把握。

2. 赋、比、兴虽然是从总结《诗经》而来，但随着文学创作和文学批评风气的发展和变化，后世论诗所说的赋、比、兴，许多已不再是对《诗经》的解说，而以汉以来的诗歌创作为立论依据，所谓经学家的"赋比兴"和文学家的"赋比兴"，区别也正

在于此。不明了这一点，就容易产生混淆。比如魏晋时钟嵘对“赋、比、兴”的理解，其立论就以汉魏以来的五言诗为主，魏晋以后，以五言诗、七言诗为对象讨论“赋、比、兴”的问题也越来越多，到唐代白居易将“六义”作为他衡量各时代诗风正邪贞淫和诗人成就优劣高低的首要标准，此时白居易提倡“比兴”，重点是主张诗歌要有美刺的内容，而不在于“比兴”手法本身。在明清的一些《诗话》著作里，对“赋、比、兴”，特别是对“比兴”，又有很多精微独到的见解，有时虽然谈的是《诗经》，但论者多泛指普遍意义上的“诗”，就“赋、比、兴”本身的含义而言，自然又有了一些新解。

所以，我们简要的历史检讨也是将“赋、比、兴”作为一个历史的、动态发展的理论范畴来把握，选择一些比较有代表性的论说，象“比兴讽喻”说，“感兴”说，“三体三用”说，以“声”释“兴”说等等，希望能阐明“赋、比、兴”在历史演变过程中的复杂性和丰富性，为我们下文对这一概念的现代阐释进行评述并结合现代诗创作批评实践的理论探讨，打下一个坚实的基础。

赋、比、兴首见于《周礼·春官·大师》[1]中："大师……教六诗，曰风，曰赋，曰比，曰兴，曰雅，曰颂。以六德为之本，以六律为之音”。但《春官》对此未作具体解释，之后，《毛诗序》[2]又提出与此排列顺序相同的“六义”说："诗有六义焉：一曰风，二曰赋，三曰比，四曰兴，五曰雅，六曰颂”，同样也没有对赋、比、兴的含义进行解释。从“六诗”到“六义”，均没有确凿可依的解释，这便给后人研究赋、比、兴的本义造成了极大的困难，也使后世学者对赋、比、兴本义的理解颇多争议，他们从不同的角度对其本义进行了考辩，提出了许多不同的论断：或以为是三种诗体，或以为是三种不被管弦的徒歌，或以为是《诗经》的三种作用，或以为是用诗的三种方法……不一而足。不过从《周礼》“六诗”与音乐的因缘看，赋、比、兴在当时可能有乐歌和兴祭的背景。（详见附录）但时代渺邈，文献不足征，也只是一些假定和推测而已。

汉兴，五经复出。汉武帝独尊儒术，经学渐兴，对于《诗》自然不宜随机定论、篇无定说，而需要较为系统的解释。于是，齐、鲁、韩、毛四家《诗》应运而出，形成各自的解释系统。齐、鲁、韩三家在汉时皆立为学官，《毛诗》后出，终汉之世未得立，仅在民间流行。但齐、鲁、韩三家皆前后亡佚，独《毛诗》的序、传较为完好地保存下来，流传至今。《毛诗序》虽然没有解释“六义”，且成篇可能甚迟，作者也仍无定论，但谨慎的学者们仍然相信，它背后的传统可能就是毛传诗学的基础。[3] 所以，《毛诗序》的主要观念及这些观念的由来，就很值得深究了。

《毛诗序》对每篇都简要说明其时世和作意，主要观念是“美刺”，风雅各篇序中明言“美”的有二十八篇，明言“刺”的有一百二十九篇。解释的模式是将诗系于某王某公，根据其人的或贤或暴规定诗旨的或美或刺。将《序》和《传》结合起来看。“毛公述传，独标兴体。”[4] 根据南宋吴泳的统计，“毛氏自《关雎》而下，总百十六篇，首系之兴”。[5] 现在很难肯定地说，毛公心目中“兴”的具体含义是什么。毛公所揭示的“兴”，就其位置而言，大都在首章前数句。从《诗》的本文来看，“兴”字共见了十六次，但只有一次有传，在《大雅·大明篇》“维予侯兴”下，《传》云：“兴，起也。”《说文》也训“兴”为“起”。所以，后代的一些批评家，在以《诗经》为立论依据释“兴”时，也多认为“兴”与“起”、“引起”“发端”等含义相关。

其实，从这个“兴”字，可以看出对先秦用诗方法的承袭，特别是孔子诗“兴”说的影响，而孟子“知人论世”和“以意逆志”的原则对毛公解《诗》也有直接的影响。《毛诗》注重全篇的说解，但却曲解“知人论世”，先根据“美刺”定下“诗人之志”，然后“以己意逆志”，变成以诗证史，穿凿附会之弊也就在所难免。

《毛诗序》提出“六义”却没有具体的解释，《毛传》标出“兴”体，并且在各篇的说解中以“兴”为“譬喻”，但也没有明言何为赋、比、兴，到东汉郑玄注《周礼》“六诗”，方对赋、比、兴逐字进行解释。

郑玄虽然是注《周礼》“六诗”，但其实是从“六义”上解释的：“赋之言铺，直铺陈今之政教善恶。比见今之失，不敢斥言，取比类以言之。兴见今之美，嫌于媚谀，取善事以喻劝之……郑司农云：……比者，比方于物。兴者，托事于物。”[6]

郑众（司农）比郑玄大约早六七十年，他对比、兴的解释较简要，难以详考。而郑玄以美刺分释兴比，就显得比较牵强，但是郑玄的解释却是根据汉儒的具体运用加以总结，从而逆推上去的。赋、比、兴的名称至此也逐渐确立起来，比较具体化、定型化，使之在作品中各有所归，在创作中各有所用。郑玄在笺注《毛传》标注“兴也”的诗句时，也往往用“兴者，喻……”、“兴者，犹……”的格式，不过郑玄笺注《毛传》所说的兴诗，比《毛传》更详明也更为系统，而且《郑笺》还参照《毛传》兴诗的例，增加了一些兴诗。《郑笺》说“兴”诗的喻义，也与《毛传》一样，以诗证史，结果难免附合支离，远出常人想象之外。

从对《毛诗序》、《毛传》、《郑笺》的兴诗的分析，我们可以看到汉代对比、兴的认识，远不似后世那么微妙复杂，汉儒将比、兴都理解为譬喻，并根据既定的先验主题，将《诗经》中普通的“草木虫鱼鸟兽”都向政教风化、美刺讽谏等义理扭合，深掘其中的微言大义。但是，以“喻”释“兴”，“兴”和“比”的区别就不甚明显，这也使后世接着《毛传》、《郑笺》的话头往下说的论者颇难措辞，刘勰只说“比显而兴隐”，[7]孔颖达也只能就“《毛传》特言兴也，为其理隐故也”[8]而作解释。然而“隐”和

“显”也无明确的标准，取决于读《诗》者理解力的高低，而且，我们可以说《诗经》兴句虽然大部分是譬喻而《传》、《笺》兴义却未必是“作诗人之意”，“隐”和“显”似乎没有本质上的区别。因此，汉代对“比”和“兴”的解释，特别是以“喻”释“兴”显然存在不能自圆其说的地方，于是从魏晋开始，就有一些突破汉人的见解出现了，首先开始对“赋、比、兴”有新解的是西晋时的挚虞。

挚虞生卒年不详，所著《文章流别论》已佚，今存论诗一节，释赋、比、兴云：“赋者，敷陈之称也；比者，喻类之言也；兴者，有感之辞也。”[9] 挚虞虽然沿汉人旧辙，以“六义”释《周礼·春官》中的“六诗”，字面也大致袭自《毛诗序》，但在解释上显然与汉儒不同。以“兴”为有“感”之辞，而把“喻”直接归属于“比”。这与魏晋以来整个文学思想背景有关，以“感”释“兴”是魏晋以来较为普遍的意见，在构词上也出现了“兴感”一词。如王羲之《兰亭集序》：“每览昔人兴感之由，若合一契，未尝不临文嗟悼，不能喻之于怀。”[10] 以“感”释“兴”，既与魏晋时期的历史背景有关，也离不开他对由“感物”而“吟志”的创作经验的总结。

挚虞之后，对赋、比、兴作了系统解释的有钟嵘。钟嵘《诗品序》有一段解释赋、比、兴的话：“五言居文词之要，是众作之有滋味者也，故云会于流俗。岂不以指事造形，穷情写物，最为详切者邪！故诗有三义焉：一曰兴，二曰比，三曰赋。文已尽而意有余，兴也；因物喻志，比也；直书其事，寓言写物，赋也。”[11] 钟嵘对“兴”的解释，不仅有异于挚虞，而且也是与传统见解完全不同的新说，可谓“别是一解”。

钟嵘一改赋、比、兴的排列顺序，以“兴”为首，足见他对“兴”的重视。论“兴”为“文已尽而意有余”从表现手法和艺术效果的两方面立论，即所谓“宏斯三义，酌而用之，干之以风力，润之以丹彩，使味之者无极，闻之者动心，是诗之至也”。又将“兴”与“味”联系起来，认为“穷情写物，最为详切”的作品，才能引起欣赏者无限的美感，所谓“味之者无极”，亦即达到“文已尽而意有余”的效果。这是不同于前人的解释，但由于其表述过于简约，引来后人对此的诸多评议，但有一点需要指明的是，钟嵘的立论从创作方面加以考察，乃以汉魏以下的五言诗为主，而从思想渊源上来看，也与当时玄学的影响有关。

钟嵘不但在赋、比、兴的解释上有新的见解，而且他的赋、比、兴三义并用，不可偏废之说也是极有见地，“若专用比兴，则患在意深；意深则词踬。若但用赋体，则患在意浮；意浮则文散。嬉成流移，文无止泊，有芜漫之累矣。”[12] 钟嵘指出专用比兴或专用赋的毛病，可谓中肯。同时的刘勰论“兴”，也说“明而未融，故发注而后见”。可见当时对赋、比、兴并无偏颇，至于重比兴而轻赋，则是唐代以后受陈子昂、白居易等人的影响了。

钟嵘《诗品序》对赋、比、兴作了系统的解释，而刘勰的《文心雕龙》则有《比兴》篇，将“比”、“兴”从“六义”中剔出熔为一词，“比兴”从此成为中国古代文学理论中极为重要的范畴。《比兴》篇中“比兴”说：“诗文弘奥，包韫六义，毛公述传，独标兴体；岂不以风通而赋同，比显而兴隐哉？故比者，附也；兴者，起也。附理者切类以指事，起情者依微以拟议。起情故兴体以立，附理故比例以生。比则蓄愤以斥言，兴则环譬以记讽。盖随时之义不一，故诗人之志有二也。”“且何谓为比？盖写物以附意，飏言以切事者也。”[13] 刘勰释“比”，认为“比”不是简单的比拟，而是一种比附事理的方法，所谓“写物附意”，“飏言切事”。这当承先郑“比者，比方于物”而来，但又言“比则蓄愤以斥言”似有后郑“比见今之失，不敢斥言，取比类以言之”之意，乃调和两郑之说。刘勰释“兴”，首先认为“兴”是“起情”，“起情”即“感物兴情”，与挚虞“有感之辞”一样，是魏晋时期的新见解，但他继而又以“兴”为“托喻”，为“环譬以记讽”，又似袭汉儒“兴喻”解《诗》的旧说。这充分表明了刘勰“唯务折中”的态度，既标榜“原道”、“征圣”、“宗经”，又重视魏晋以来种种新变和探讨，主张“参古以酌今”,所以刘勰论“比兴”就颇为圆融。刘勰在《诠赋》篇中，也对“赋”有简单的论述:“诗有六义，其二日赋。赋者，铺也，铺采摛文，体物写志也。”

魏晋以后，以五言诗、七言诗为对象讨论“赋、比、兴”的问题也越来越多，就赋、比、兴本身的含义而言，又有了新的变化。

到隋唐结束了长期分裂的局面，儒学渐趋复兴，唐太宗提倡儒学，诏令统一五经版本，又命国子监祭酒孔颖达等人统一五经注疏，成《五经正义》，后来颁行全国，成为唐宋科举考试的依据。《五经正义》之一《毛诗正义》又称《孔疏》。《孔疏》在汉学体系之内，吸收综合汉魏六朝以来《诗经》研究的成果，给《毛诗传笺》补充新的注解，丰富义疏的内容，标志着《诗经》研究达到了一个新的高度。

孔颖达在《毛诗正义》中提出的“三体三用”说，这是汉魏六朝以来传统经学在赋、比、兴这一问题上的总结，可以说具有里程碑的意义。孔颖达明确把赋、比、兴与风、雅、颂分开，认为风、雅、颂是“体”，赋、比、兴是“用”。他说:“风、雅、颂者，诗篇之异体，赋、比、兴者，诗文之异辞耳。……赋、比、兴是诗之所用，风、雅、颂是诗之成形，用彼三事成此三事，是故同称为义。”[14] 此说影响极大，赋、比、兴为“三用”，即三种表现手法也几成定论，至今仍为多数学者所接受。《孔疏》虽然号称“疏不破注”，但郑注六义是兼赅诗体、诗法而言，《孔疏》六义则将诗体、诗法严格区别开来，虽然在阐明“六义”原旨方面不够圆融，但却更明确地提出了“诗法”的问题，把赋、比、兴列为三种表现方法，开启了此后对于诗的表现方法越来越深入的研究，对后人有很大影响。

孔颖达的“三体三用”说是对《毛传》、《郑笺》的总结，这是以《诗经》为立论依据的，但隋唐儒学的重振，使对“六义”的推崇不仅是在经学研究的层面，而且被抬高到一切诗歌创作的宗旨所归。汉儒将“六义”归结于政教风化、美刺讽喻，认为是《诗经》精义所在，《诗》的这种作用，犹为唐代论者所重，他们心目中的“六义”、“比兴”与《毛传》、《郑笺》已不尽相同，但他们所重的并不是“六义”的本身，“比兴”的本身，而是诗歌政教风化、美刺讽喻的作用。这种诗论最突出的代表人物是白居易。白居易将“六义”作为他衡量各时代诗风正邪贞淫和诗人成就优劣高低的首要标准。他在《与元九书》中历数各代诗风诗作，认为从周衰秦兴，六义渐微，到了六朝，大家“嘲风雪，弄花草”，六义尽去。唐兴二百年，诗人不可胜数，但“索其风雅比兴，十无一焉”。他以“六义”为标尺，勾勒出一幅“诗道崩坏”的图景，并提出“文章合为时而著，歌诗合为事而作”的理论主张。”[15]

白居易虽然泛言“六义”，但他的诗论犹为着眼“比兴”，但白居易提倡“比兴”，重点是主张诗歌要有美刺的内容，而不在于“比兴”手法本身。白居易不只在理论上积极倡导，而且创作上也身体力行，他写了大量的“讽谕诗”，还与元稹等人创作“新乐府诗”，真正贯彻汉儒“美刺讽谕”的《诗经》精神。白居易在《读张籍古乐府》一诗中说：“为诗意如何？六义互铺陈。风雅比兴外，未尝著空文。”但元、白等人的新乐府以及其他意存讽谕的创作和理沦，虽然标举“风雅比兴”，但与汉儒对《诗经》的穿凿附会有根本性的不同，汉儒是将自己从《诗》中感发的喻义说成是《诗》的本义，而元、白等人是作诗而非解诗，他们将某种美刺讽喻的思想表达于诗篇，虽然诗的主题过于显露，但并不存在穿凿支离的问题。不过，由于白居易的诗论，表面提倡风雅比兴，实际只重诗歌美刺讽喻的作用，所以，白居易的讽喻诗，元、白的新乐府诗，只有一部分是后世所谓“比兴”，大部分还是赋体。

有唐一代，还有殷墦所标举的“兴象”，开拓了“兴”的内蕴，并将“兴”与“象”联系起来，给后世留下了许多可待发挥的话语空间，甚至到二十世纪上半叶，周作人将“兴”与“象征”并提，其渊源也可以追溯到殷璠的“兴象”。另外，如中唐诗僧皎然在《诗式》中论“比”、“兴”说：“取象曰比，取义曰兴，义即象下之义。凡禽鸟、草木、人物、名教，万象之中义类同者，尽人比兴，《关雎》即其义也。”[16]将“比”释为诗中之“拟象”，而“兴”则是蕴涵在“象”中之“义”，他所说的“象下之义”，即其反复强调的具有“两重意以上”的“文外之旨”，也是所谓“但见情性，不睹文字”[17]的具体阐发，这些对比、兴的解释都颇具胜义。

到宋代《诗经》学乃至整个经学，都发生了重大的变化。宋代以经义论策重用文臣，所谓经义论策，就是从经书中引申出解决现实问题的策略，这就意味着要从现实政治需要出发，突破旧的经书义疏，发挥合乎实际的创见，此风所及，汉学的传统义疏就不再是必须信从的了，因此有宋一代，对汉学经传从经文、训诂到义疏全面质疑并开始重新解释，这种充满怀疑精神的思辨学风，使宋代经学别开生面，皮瑞锡称之为“经学变古时代”。宋代《诗经》学究竟与汉学体系有何根本性的不同，古今学者已经作了大量的探讨，这样一个大题目也不是本文所能把握和概括的，现在仅从宋人对赋、比、兴的理解问题人手分析，看看宋代对赋、比、兴问题的探讨和认识，与前代的理解有何不同，这种理解的差异有何内涵，有何依据。

具有宋代特色的《诗经》学，从疑《序》开始。虽然唐代韩愈、成伯屿都曾有疑《序》的意思表达，但人宋以后，特别是庆历以后，疑《序》之风益盛，北宋时有欧阳修、苏辙、王安石等人。欧阳修著有《毛诗本义》，对《诗序》、么毛传》、《郑笺》之间相互的矛盾和错误进行了指摘。苏辙著《诗集传》，对汉学家依托《诗序》

为孔子、子夏所作，提出疑议，苏辙对比、兴的理解也可谓独树一帜，他离"比"释"兴"，认为兴是因触当时之物而起意，其类可意推而不可言解，苏氏《诗论》云："夫兴之为体，犹曰其意云尔，意有所触乎当时，时已去而不可知，故其类可以意推，而不可以言解也。"[18]这就突破了汉儒"兴者喻"，以美刺之论释比兴的见解，开启了宋人"兴不涉义"的解释方向。

之后，郑樵论"兴"也沿苏辙的路径，认为"兴"是因兴致感，所见在此，所得在彼，不可以事类推，以义理求。不过郑樵论"兴"，还有他自己独创见解，他论兴倡"以声为主之说"，如《乐略・正声序论》中说："夫诗之本在声，而声之本在兴，鸟兽草木乃发兴之本。汉儒之言诗者，既不论声，又不知兴，故鸟兽草木之学废矣。若曰'关关雎鸠，在河之洲'，不识雎鸠，则安知河洲之趣与关关之声乎？"[19]郑樵此说，实为前人所未发，开后人以声解兴之先河。明徐渭《奉师季先生书》曰："诗之'兴'体，起句绝无意味，自古乐府亦已然。乐府盖取民俗之谣，正与古国风一类。今之南北东西虽殊方，而妇女、儿童、耕夫、舟子、塞曲、征吟、市歌、巷引，若所谓《竹枝词》，无不皆然。此真天机自动，触物发声，以启其下段欲写之情，默会亦自有妙处，决不可以意义说者。"[20]到近现代学者以"民歌"释《诗经》，以"声"释"兴"更为颇多人所信服，此处不再赘述。

郑樵、苏辙对兴的解释突破了汉儒穿凿附会的"比兴"说，但宋代学者以朱熹对赋、比、兴的解说，最为详尽。《朱子语类》、《诗集传》对赋、比、兴有多处解释。《诗集传》卷一释赋、比、兴为："兴者，先言他物以引起所咏之词也。赋者，敷陈其事而直言之者也。比者，以彼物比此物也。"[21]朱子释赋、比与旧说相同，惟独释兴，其说不一，颇为纷繁。一以托物兴辞解，与比相近，如《朱子语类》云："兴者，托物兴辞，如关雎，兔罝之类。"[22]一以仅取其声，于意无所取，朱子《诗集传》注《小星》云："因所见以起兴，其于义无所取，特取其在东在公两字之相应耳。”[23]这与郑樵以“声”释“兴”的见解颇为契合。朱熹释兴虽然其说不一，但却反复阐明“兴”具有“以他物引起所咏之词”的特性，这与《毛诗》旨在美刺讽喻时政的以“喻”释“兴”大相径庭，赋、比、兴三者，赋、比的含义较少歧异，惟独对“兴”的解释，因为涉及到理解全诗的方向，所以也更能体现汉宋两个时代《诗经》学的重要分野和思想文化背景的不同。汉儒论诗重诗中的“比”、“兴”，认为草木虫鱼鸟兽的描写隐含婉转曲折的讽喻美刺之旨，而宋儒解诗则更重“兴于诗”，即认为读《诗》可以“感发善心”，“长人一格”，道德修养“有所兴起”。宋代理学以“存理却欲”为道德伦理与自我修省的核心，承认“人欲”的存在是不争的事实，因而敢于突破汉儒以草木虫鱼“兴”政教风化的成见，理直气壮地阐发诗的本义，从而揭示出《诗》中部分篇目乃男女言情之作这一不争的事实，顺理成章地引发出“《国风》民歌”说：“凡诗之所谓风者，多出于里巷歌谣之作，所谓男女相与歌咏，各言其情也。”[24]

朱熹《诗集传》虽然仍以赋、比、兴解诗，但对《毛传》标注的“兴”作了更细致的考察，并将赋、比、兴叠合使用，变成文学批评的专门术语。朱熹还将孔颖达的“三体三用”说进一步明确为“三经三纬”说，《朱子语类》曰：“三经是赋、比、兴，是做诗底骨子，无诗不有，才无则不成诗。盖不是赋，便是比；不是比，便是兴。如《风》、《雅》、《颂》却是里面横弗底都有赋、比、兴，故谓之三纬。”[25]而且朱熹还进一步系统地用赋、比、兴或“比兴”说诗，其《楚辞集注》第一次尝试用《诗集传》的办法将《楚辞》各篇分章注明赋、比、兴，不过他的所谓“比”“兴”和毛、郑不尽相同。将赋、比、兴作为专门的批评术语解读《诗经》外的作品，这种新颖的批评方法尝试，无疑开启了一种批评风尚。后世以比兴论诗，比兴论词也很多，除了大量散见于诗话、词话等论诗的著作外，还有一些专门的著作，影响比较大的有，清代常州派词论家张惠言等人也以比兴论词，清代还有陈沆的《诗比兴笺》，以笺《诗三百》之法，笺汉、魏、唐诗，都颇有影响。

谈到对赋、比、兴的具体阐释，宋代李仲蒙的理解也是颇为后人所称道的，他说：“叙物以言情谓之赋，情物尽也；索物以托情谓之比，情附物者也；触物以起情谓之兴，物动情者也。故物有刚柔缓急荣悴得失之不齐，则诗人之情亦各有所寓。非先辨乎物则不足以考情性，情性可考，然后可以明礼义而观乎诗矣。”[26]他把赋、比、兴分别说成“叙物”、“索物”、“触物”，并将“情”与“物”紧密地联系在一起。李仲蒙这一解释由于中心明确而且脉络清晰，颇为后人称道。钱钟书就认为李仲蒙此说“颇具胜义。”[27]的确李仲蒙将“情”与“物”的有机结合起来，且从“情”与“物”不同层次的关系上评价了赋、比、兴的作用，比前人有进一步的发展。不过也应该看到李仲蒙最终仍将赋、比、兴归结为“明礼义”，理学的致知思路也是很明显的。

朱熹的《诗》学确立权威地位以后，元明两代基本上是剿袭朱说，陈陈相因，在解经的著作中对赋、比、兴的理解基本上也不出朱熹的见解。但明代诗学，特别是一些诗话，却很重“比兴”，也就是说，当时的诗评，对“比兴”有所发挥。象明前七子之一的李梦阳就很重视“比兴”，他在《缶音序》中说：“夫诗比兴错杂，假物以神变也。难言不测之妙，感触独发，流动情思，故其气柔厚，其声悠扬，其言切而不迫，故歌之心畅而闻之者动也。宋入主理作理语，于是薄风云月露，一切铲而不为。”[28]李梦阳将“比兴”释为“假物以神变”，“假物”即“借助于物”，“神变”大致指艺术构思时种种复杂微妙的状态。今人常有以“比兴”为诗歌的“形象思维”之论，严格说来，到李梦阳释“比兴”为“假物以神变”才较接近于我们今天所说的“寓于形象的思维”，虽然从审美艺术规律上谈“比兴”并不始于李梦阳，但李梦阳的解释触及“比兴”

背后的“物”与“神”的微妙联系，突出了传统诗歌的艺术思维特征。而且，李梦阳论“比兴”还从触物兴情出发，归结到“声”、“气”等诗的音乐性问题，体现了明人以声论诗的特点。以“声”论“兴”自宋郑樵，到明响应者颇众，前面提到的徐渭也有“天机自动、触物应声”之论。

从重比兴出发，李梦阳也十分重视民歌，提出著名的“真诗乃在民间”之论，这其实是有明一代的风尚，几乎很多重要的诗人，以至于李贽、徐渭、冯梦龙等，都有称赏民歌之论，而谣谚的集录成书，宋明两代均有。[29]自朱熹揭示《诗经》中风诗乃“情诗”以来，明代以《诗经》张目，所以重民间歌谣，乃在其“情真”，而照这一思路推论下去，歌谣用“比兴”多也惟其“情真”，因此，重“比兴”缘于重“民歌”，而重“民歌”又缘于重“情真”，与“伪名教”、“假诗文”划境。这种思路与“五四”以后的“《诗经》民歌论”以及收集歌谣的运动有相似之处，不过，那时的思想动因又另有所在了。

李梦阳之后，作为明后七子之一的谢榛论诗也重“兴”，谢榛的论“兴”，是从批评宋人的“先立意”入手的:“诗有不立意造句，以兴为主，漫然成篇，此诗之人化也。”[30]谢榛又认为“诗有天机，待时而发，触物而成，虽幽寻苦索，不易得也。”[31]他将“兴”看成诗意生成的原动力，即“走笔成诗，兴也”，[32]甚至认为“凡作诗，悲欢皆由乎兴，非兴则造语弗工……熟读李杜全集，方知无处无时而非兴”[33]将“兴”的位置提到他所谓诗的四格（兴，趣，意，理）之首。谢榛认为“悲欢皆由兴”，又解“兴”为“触物”，所以对诗中“情”与“景”的关系问题，有超越前人的精彩之论：“作诗本乎情、景，孤不自成，两不相备。……景乃诗之媒，情乃诗之胚，合而为诗，以数言而统万形，元气浑成，其浩无涯矣。”[34]从“情”与“景”（物）的关系来释“兴”，自挚虞以来，时有人论及，而谢榛此论，谈及诗中的情、景关系，非常精到。景在外，其种种变态，令人触之而兴情，而作为诗人，触物而兴之情，激起审美联想与想象的涟漪，于是发为吟咏，形为诗篇。联结“情”与“景”的是“兴”，而二者合而言之，即“情乃诗之媒，景乃诗之胚”，是作诗的二要。谢榛还认为“作诗不宜逼真”，不必拘于形貌，“妙在含糊，方见作手”，这样论“兴”，论“情景”，既有“性灵”的倾向，又沟通了“神韵”。从中我们可以看到，传统诗学中所谓文学家的“比兴”论，实际上将“比兴”作为诗歌创作中“心物”、“情景”交互作用，达到“相融相生”的艺术效果和审美境界的重要桥梁之一，所谓“感兴”、“兴象”、“兴趣”、“心物论”、“情景论”是基于不同时代文化思潮与创作风尚的不同理论表述，而其基本的观念，由对“比兴”的理解而来，内在的理路，显然也是有迹可寻的。

以上只是提纲挈领，可能挂一漏百，可以粗略说来，在明代一些《诗话》著作中，对赋、比、兴，特别是对“比兴”，有很多精微独到的见解，基本上将“比兴”问题定位与“情景”、“物我”的关系处理上，逐渐形成了对传统诗学艺术思维理论较为成熟而明确的理论表述。而且，明一代重民歌，将民歌多“比兴”，文人诗少“比兴”的现象，归结为“情真”与“情寡”的区别，此种论调在“五四”后歌谣收集的热潮中又以不同的方式被重提。

到清代《诗经》研究重考据，而且一切门径都恢复洞开，可谓极盛，由清初以毛奇龄《毛诗写官记》、陈启源《毛诗稽古篇》为主的攻击朱学，到其间胡承烘《毛诗后笺》、陈奂《诗毛氏传疏》、马瑞辰《毛诗传笺通释》发扬《毛诗》，至清末由毛、郑之学导源而上，追论三家诗说，如魏源《诗古微》、王先谦《诗三家义集疏》，以三家遗说驳难《毛诗》，在思想上的影响一直延续到民国初年对中国传统学术问题的反省和整理国故的运动。此外，姚际恒的《诗经通论》、崔述的《读风偶识》、方玉润的《诗经原始》，不守汉宋门户之见，就诗求义，虽有清一代并不为人所重，但到近代却颇具影响。

清代作为传统诗学的结穴，可以说对前代的诗学探讨在清代都有各种不同的回响，至于对“赋、比、兴”问题的理解也是如此。

如对“比兴讽喻”的诗教观，清初王夫之在《诗绎》和《夕堂永日绪论·内编》中，一开始就讲诗的“兴、观、群、怨”。在他看来，“兴、观、群、怨”既是诗歌创作的出发点，也是诗歌批评的标准。他说：“‘诗可以兴，可以观，可以群，可以怨’，尽矣。辨汉、魏、唐、宋之雅俗得失以此，读《三百篇》必此也。‘可以’云者，随所以而皆可也。于所兴而可观，其兴也深；于所观而可兴，其观也审。以其群者而怨，怨愈不忘；以其怨者而群，群乃益挚。出于四情之外，以生起四情；游于四情之中，情无所窒。作者用一致之思，读者各以其情而自得。”[35]在这里，王夫之对“兴、观、群、怨”作了新的发展，首先认为“兴、观、群、怨”是诗歌评论的标准，不但要用它研究《诗经》，也必须用它来评价汉魏唐宋诗歌的“雅俗得失”。而且，王夫之的独到之处在于，前人往往论述兴、观、群、怨各自独立的作用，而王夫之在阐述时却把’乞们看成一个相互辉映，相得益彰的整体，在“兴”中体现“观”的作用，在“观”中看到“兴”的意义，在“群”中寄以“怨”，在“怨”之际出之以“群”，而兴、观、群、怨的核心在于动人以情，在王夫之看来，这种情，“出于四情之外，以生起四情”，诗人“游于四情之中，情无所窒”，所以作者以一致之思，读者就各以其情自得，归根结底，在于“情”字，这与他论“情”“景”的妙合无垠是相通的。工夫之对“兴、观、群、怨”理论的发展就在于将这四者有机地结合起来，作为一个整体来看，并将其视为创作和批评的原则，作为贯穿其诗论的一根主线。

而从“情”与“物”，“情”与“景”的关系上来认识和把握“赋、比、兴”的内涵，有清一代以此人手的论说也不少，多数在诗话著作中，比较突出的有王夫之的《姜斋诗话》、吴乔的《围炉诗话》和方东树的《昭味詹言》等，具体表述限于篇幅，不再一一列出。(可见附录)

此外，象清代常州派词论家论词强调“比兴”，他们一方面继承唐代诗论重寄托、重通篇寓意的传统，另一方面在创作上又重视含蓄不露的表现手法，立论有其特色。此派词论家代表人物主要是清中期的张惠言、周济和后期的谭献、陈廷焯等人。

总之，清代论“比兴”，不论是重“比兴讽喻”的诗教观，还是偏向谈艺术审美的“情景论”，抑还是以“比兴”论词，都可视为对传统诗论的总结和发展。

通过以上对“赋、比、兴”简要的历史检讨，我们可以看到关于“赋、比、兴”的言说贯穿中国诗学思想的历史，不同时代的论者不断以自己所处时代的文化经验和创作成就“反观”这个问题，于是看到了许多过去未被注意或未被发现的东西，这就是“重新发现”，传统的诗学也在充分具有创新意义的作品和批评的加入后获得调整。循历史的一轴看赋、比、兴理论的各种解释，大体沿两条线索展开论述，一条线索以《诗经》为立论依据，随着《诗经》学在不同时代文化思潮中的变迁及论者个人才具(感性和偏好)的不同而各有侧重，各具面目；另一线索主要以汉以来的诗歌创作为立论依据，随着诗歌创作本身的演变而不断调整和丰富赋、比、兴的理论内涵。这两个方向的研究，一个希望探求赋、比、兴的本义，可以说是向着过去；一个借旧瓶装新酒，说的是“赋、比、兴”但已与所谓“六义”无涉，注重的是时代诗歌创作的经验的总结，可以说是面对“当下”。表面看来这两个方向背道而驰，但正如前所叙，对传统诗学概念的阐释是一个永远的现在时，而对当下创作经验的总结也同样离不开对传统的反观和内省，每一时代对赋、比、兴理论的阐释，不管立论依据如何，总无法脱离论者所处时代的文化潮流和创作风尚,对经典的“新”释,端赖于“当下”的语境,而对创新的经验总结又丰富了传统的诗学思想,从这个角度追溯关于赋、比、兴的种种论说,虽则汗牛充栋,却也并非无章可循,作为一个历史的、动态发展的理论范畴,朝向过去和面向当下互相渗透,使它同时成为“古典(传统)的”和“现代的”,这也是本论文研究的出发点之一。

还有一点必须指出的是,虽然我们强调时代文化思潮和创作风尚作为赋、比、兴历史演化的共同语境,因为以某一具体的理论范畴为基点研究中国诗学,都不能不思考一般现象背后的相通的文化——心理结构,但正如对一切因果关系的论述和历史线性描绘都应持审慎的态度,一般现象的共同因素虽然有用,我们同时也要认识在同一背景下也可能产生极其不同的见解,因为可变的因素太多,我们可以从各个视点来关照,但却不能武断地决定某一因素具有压倒其他的绝对性,如果没有这样的认识,所谓“共同因素”只能成为束缚。相同的时代,共同的背景也可以容纳各种歧异的个体,也可以包括大小高下的各种准则。在探讨某一特定历史场合的论说者对赋、比、兴问题的具体阐述时,我们看的是他对整体秩序的一种“认识”,他“吸收”的范围,以及在吸收过程中如何受到历史的传统的因素的制约,而这些传统因素又如何与论说者的个人才能(偏好和鉴赏力)相协调。这样才能避免以偏概全,把论题中的某些孤立现象说成是整体因素的决定。这一点对我们下文讨论现代对“赋、比、兴”的理解尤为重要。

近现代,尤其是“五四”时期,由于中国社会历史的变迁和中西方文化的冲突和调和及其复杂,处于一个过去和现在、本土文化与外来文化在各个层面互相碰撞又互相交融、渗透的过程。理性主义思维、进化论思想、怀疑精神、科学研究方法的引入,开拓了思想文化的新领域,激励现代学者摆脱传统教条的束缚,一方面对传统进行“价值重估”,另一方面又积极创造新的文化模式。个人既立足于时代的立场又从自己的“视域”出发，破旧说、创新论，很多传统的概念就在这种不断的发问中被开发出新的意义，而新的基因也被纳入这种理解的框架中，对“赋、比、兴”的阐释也是如此。由于对《诗经》的“价值重估”，加诸“赋、比、兴”的神圣光环被彻底打破了，现代学者从不同的观点和方法出发，对“赋、比、兴”作了新的解释。

# 第二章 “五四”以后对《诗经》“赋、比、兴”的理解

“五四”新文化运动以“重新估定一切价值”为理论旗帜，所以提倡用新的文学观念，以科学的方法来反观传统文学，所谓“整理国故”也成为当时讨论得很热烈的一个题目。1919年，刘师培等人发起成立《国故》月刊社，以“昌明中国固有学术为宗旨”，但新文化运动者则对《国故》提出反击，认为不过是“抱残守缺”的方式而已，毛之水在《国故与科学精神》中反复强调：“必须具有科学精神的人，才可以去研究国故”。[1] 胡适在《新思潮的意义》中对“整理国故”作了更明晰的理论表述，认为“‘重新估定一切价值’，便是评判的态度的最好解释。”[2] 1923年1月，胡适担任《国学季刊》编辑部主任时，将整理国故的系统意见发表在《国学季刊发刊宣言》，认为国故整理的重要方向是扩大研究范围、注意系统的整理、博采参考比较的资料。所以要整理国故，就是要还给古人一个本来面目，他说：“整理国故，必须以汉还汉，以魏、晋还魏、晋，以唐还唐，以宋还宋，以明还明，以清还清，以古文还古文家，以今文还今文家……各还他一个本来面目，然后评判各代各家各人的义理是非。不还他们的本来面目，则多诬古人。不评判他们的是非，则多误今人。但不先弄明白了他们的本来面目，我们决不配评判他们的是非。”[3]

“整理国故”的运动，并非传统学术的简单延续，其中蕴涵中国学术在近代西学影响下学术观念和学术方法的重大转变。在“整理国故”的运动中，争议最多的是要还古代经典以“本来面目”，

对传统《诗经》解释系统的怀疑和重构自是题中应有之义，这与本文所论对“赋、比、兴”的再阐释紧密相关，所以有必要对其时代背景和思想渊源作一简述。

## 一 还《诗经》一个“本来面目”

要追究所谓“还《诗经》本来面目”之论的思想根源，可能要上溯到晚清的今古文之争。[4]从古代流传下来的经典中，今文经被认为有了孔子的微言大义，在晚清的时代变革中，挖掘今文经中的“微言大义”为思想变革张目，遂成一时之风，今文学兴起。就《诗经》研究而言，有魏源的《诗古微》主张抛弃《诗序》，认为回到三家诗，才能“发挥齐鲁韩三家之微言大义”，“以豁除《毛诗》美刺、正变之滞例，而揭周公、孔子制礼正乐之用心于来世”，[5]康有为的《新学伪经考》，以为《诗序》乃刘歆助造，由卫宏完成，至于传《毛诗》的大、小毛公则全是刘歆一手捏造的。虽然，晚清的今文学家还只是在经典的“微言大义”中打转，但无疑已经揭开了“重估”《诗经》的序幕。

从晚清到民国建立，不但有国内的争端动乱，又有强势西方文化的挑战，传统的今古文之争，实已无法回应国内外的变革，而且今文家以辨伪为手段，以改制为目的，也逐渐被认为只是运用政策而非研究学问。学者在求新、求变的要求之下，由今古文的问题，扩大到对中国传统学术问题的反省，遂有整理国故运动的开展，而挽救《诗经》的工作，正是国故整理运动中的一环。

根据胡适的意见，是要还给古代经典一个本来面目，就《诗经》来说，历来的解说纷纭，究竟本来的面目是什么？胡适在《谈谈诗经》中说：“从前的人把这部《诗经》都看得非常神圣，说它是一部经典，我们现在要打破这一观念。假如这个观念不能打破，《诗经》简直可以不研究了。因为《诗经》并不是一部圣经，确实是一部古代歌谣的总集，可以做社会史的材料，可以做文化的材料。万不能说它是一部神圣经典。”[6] 在这里，胡适提出一个主要的观点：《诗经》是一部古代歌谣的总集，不是神圣的经典。

《诗经》之所以长期以来被奉为神圣的经典，主要基于两点，一是受司马迁《史记·孔子世家》孔子删诗一说的影响，因为孔子既然删诗，哪些当存，哪些当删，必有其寓意在内，既有孔子的微言大义，自是“圣经”无疑。二是将《诗序》和《诗经》合看，《诗序》是系统解释《诗经》各篇主旨的文字，从汉代起有关《诗经》的解释就受其影响。又由于《诗序》相传是子夏所作，《诗经》中解释的观点也即是圣人所传，因此而形成一种以《诗经》为中心的《诗》学教化观，深刻影响了历代学者对《诗经》各篇主旨的解释以及对诗歌创作的观点。

魏源和康有为只是怀疑《诗序》的可信性，但还是推崇三家诗的“微言大义”，到胡适提出《诗经》只是一部古代歌谣的总集，已经是要把《诗经》彻底从圣经的束缚中解放出来。而要打破《诗经》的神圣性，首先要做的，就是要否定所谓的“孔子删诗说”。1921 年顾颉刚给钱玄同的《论孔子删述六经说及战国著作伪书书》中，[7] 否定孔子删《诗经》之说，1926 年，张寿林作《诗经是不是孔子所删定的？》，对历来关于孔子删诗的说法加以分析辨证，认为孔子删诗之说根本不能成立。收集于《古史辩》第三册关于《诗经》讨论的文字，象顾颉刚的《诗经在春秋战国间的地位》、《论诗经所录全为乐歌》等文章更进一步辨析《诗经》中并无圣人的微言大义，“《诗经》是当时音乐团体配合着各种乐器来唱的‘乐歌’，“应该从乐工们的工作状况来推想《诗经》的真相”。[8]

其次，要打破《诗经》的神圣性还必须证明《诗序》内容的不合理和解释的矛盾，摧毁二千多年来因《诗序》所建立的解释系统。从 1922 年起，陆续有批判《诗序》的文章出现，其中郑振铎的《读毛诗序》对《诗序》的解释观点进行了全面的检讨。郑氏认为《诗序》最严重的弊病所在，就是先认定某一类的诗是美诗或刺诗，再为每首诗作主旨，所以穿凿附会，将《诗经》搞得面目全非。他说：“大概作《诗序》的人，误认《诗经》里许多诗都是对帝王而发的，所以他所解说的诗意，不是美某王，便是刺某公！又误认诗歌是贵族的专有品；所以他把许多诗都归到某夫人或某公，某大夫所作的。……因为他有了这几个成见在心。于是一部很好的搜集古代诗歌很完备的《诗经》，被他一解释便变成一部毫无意义而艰深若盘诰的悬戒之书了。”[9]

经过对孔子删诗说的辩驳和对《诗序》的批判，《诗经》作为古代乐歌总集的“本来面目”越来越豁然，而当时很多学者对《诗经》中所谓“赋、比、兴”，自然也是以这一观点为基础去理解，他们主要以历史生成的方法，把《诗经》与流行的民歌进行比较，力图从现代民谣去推论《诗经》中的“赋、比、兴”。

## 二　从民间歌谣推论《诗经》的“赋、比、兴”

顾颉刚的《起兴》，自述在收集歌谣的过程中无意地悟出了兴诗的意义，他认为“兴”只是引领章句，最重要的意义在于协韵，并举了许多现代的民谣以谘佐证，认为“在苏州的唱本中，有两句话写尽了歌者的苦闷和起兴的需要：‘山歌好唱起头难，起仔头来便不难”。[10]顾颉刚的意见得到了普遍的赞同，何定生对“兴”下的定义是：“歌谣上兴本意没有干系的趁声。”[11]刘大白在提出依据发音异同对“六义”进行排序的推测之后，指出：“赋是敷陈，比是譬喻，这是不很发生疑问的。至于兴，似乎比较地费解了。其实简单地讲，兴就是起一个头，借着合诗人底眼耳鼻舌身意相接构地色声香味触法起一个头。”[12]钟敬文则在顾颉刚的基础上进一步将“兴”分为两种：“1. 只借物以起兴，和后面的歌意了不相关的，这可以叫它做‘纯兴诗’。2. 借物以起兴，隐约中兼略暗示点后面的歌意的，这可以叫它‘兴而带有比意的诗’。”[13]这些对《诗经》中“赋、比、兴”，尤其是对“兴”的理解，并不能说是“前无古人”，实际上从宋代开始就有类似的见解。

如宋代郑樵论“兴”，力倡“以声为主之说”，如《乐略·正声序论》中说：“夫诗之本在声，而声之本在兴，鸟兽草木乃发兴之本。汉儒之言诗者，既不论声，又不知兴，故鸟兽草木之学废矣。若曰‘关关雎鸠，在河之洲’，不识雎鸠，则安知河洲之趣与关关之声乎？”[14]郑樵开以声释“兴”的先河，另外朱子在《诗集传》注《小星》也说：“因所见以起兴，其于义无所取，特取其在东在公两字之相应耳。”[15]与郑樵以“声”释“兴”的见解颇为契合。后来，明代徐渭《奉师季先生书》曰：“诗之‘兴’体，起句绝无意味，自古乐府亦已然。乐府盖取民俗之谣，正与古国风一类。今之南北东西虽殊方，而妇女、儿童、耕夫、舟子、塞曲、征吟、市歌、巷引，若所谓《竹枝词》，无不皆然。此真天机自动，触物发声，以启其下段欲写之情，默会亦自有妙处，决不可以意义说者。”[16]近现代学者以“民歌”释《诗经》之“兴”，对宋代以来“以声释兴”的见解是自觉继承的，他们也并不讳言这一点的，顾颉刚在《古史辩》第三册的《自序》中，就坦承所谓“洗刷出《诗经》的本来面目”，此等的见解“都是发端于宋代的，……我们用了现代的智识引而伸之，就觉得新意义是很多的了”。[17]

那么以现代民歌来推论《诗经》中的“赋、比、兴”，是不是就可以还《诗经》以“本来面目”，还“赋、比、兴”以本来面目呢？这里面牵涉和引发了很多问题。

《诗经》作品成于远古，无论质地和形式都不是后期的民谣可以比拟，而且现代的民谣和《诗经》隔了几千年的时间和空间的迷雾，现代的民歌诚然可以为我们提供民间歌谣在形式上和表现上种种演变的材料，但它们本非《诗经》时代的出品，这推论的依据和推沦的前提，隔得这么远，所谓“客观的标准”要从何建立呢？而且，现代人对《诗经》的研究，都只能是一种历史研究，无论是考证、笺注、解释还是分析、鉴赏，所面对的都是与研究者的生存方式没有直接关系的已消逝了的另一个世界，所以任何方式的解读都是从现代的理解力、情感和趣味出发，所谓“还《诗经》于本来面目”，也是从现代的角度，对《诗经》进行“价值重估”，不可能彻底“客观”、“忠实”地再现历史的本来形态，胡适、顾颉刚等现代学者要把《诗经》从“圣经”的束缚中解脱出来，将其作为古代歌谣来作新的解释，这不能不说是提供了一个解读的新视角，赋予《诗经》新的生命，但如果将《诗经》完全等同于现代民谣，而搁置了历时性的差异，忽略了《诗经》与粗糙、俚俗的晚期歌谣在本质和形式上的极大不同，那也难免过于机械而陷入与传统解经派一样的“牵强附会”，正如周作人在《谈“谈谈诗经”》中对胡适过于随意的《诗经》新解所提出的批评：“守旧的固然是武断，过于求新者也容易流为别的武断”。[18]

进一步分析这种类比推论的方法，我们可以看到所谓存疑和生成的方法，实际上强调了怀疑论和进化论的观点。就倡以科学的方法研究国故最力的胡适来说，情形更是这样。在对包括《诗经》在内的古代经典进行重新评价时，胡适坚持认为，论证必须依据事实，对任何没有证据的东西都要质疑。而胡适用存疑的方法和生成的方法对中国古典哲学所作的研究，更引进了一种研究中国古籍的新途径。“五四”以后，怀疑的方法成了中国古代典籍和历史研究的一个特点，钱玄同和顾颉刚就是这一潮流的代表人物。

其实疑辨在中国是有其传统的。上古史经过长期的流变，作为其主要载体的古书又遭遇了秦汉间的动乱，有很多无法自圆其说的问题是不足为怪的。因此，与古史流传和古书形成相伴随的，便是疑古辨伪的出现和发展。[19]就《诗经》的研究而言，唐代韩愈、成伯屿都曾有疑《序》的意思表达，但入宋以后，特别是庆历以后，疑《序》之风益盛，北宋时有欧阳修、苏辙、王安石等人。欧阳修著有《毛诗本义》，对《诗序》、《毛传》、《郑笺》之间相互的矛盾和错误进行了指责。苏辙著《诗集传》，对汉学家依托《诗序》为孔子、子夏所作，提出疑议。到南宋初，郑樵作《诗辨妄》，认为《诗序》是村野妄人所作，并全面对《诗序》提出质疑。朱子受其影响，废去旧说，重作《诗集传》，并作《诗序辨说》，逐篇加以反驳。宋学的怀疑学风，发展到朱熹三传弟子王柏著《诗疑》，可以说是发展到了顶峰。朱熹去序言诗，还杂采毛、郑诸家注疏，而且疑序不疑经，而王柏竟在疑的同时还要代行孔子的职权，删掉三十二首诗，这又将宋学重思辩的怀疑学风变成另一种主观武断，过于僵化了。至清姚际恒的《诗经通论》、崔述的《读风偶识》、方玉润的《诗经原始》，不守汉宋门户之见，就诗求义，虽有清一代并不为人所重，但其辨伪求真的精神对近现代学者对《诗经》的重新阐释颇有启发。

不过历代学者虽然对《诗经》有批判的精神和创见，却由于《诗序》所形成的圣王教化观过于牢固，以至于在他们的批判中，旧的解释体系仍无形地影响着他们的具体观点，象王柏一方面不信《诗序》，一方面还提倡正变之说就是明证，更不要说他们的见解在当时的学术社会中还受到怀疑的批评或不受人们的注意。

而胡适、顾颉刚等人之所以能彻底打破“昔日信守的藩篱”，用他们的话来说，是受了欧美输入的科学精神和科学方法的影响，开阔了视野。而在各种科学的观念和方法中，达尔文的进化论是影响最为巨大的。在很长的一段时间里，历史演进的进化论几乎就成为科学观念和方法的代名词。早在清末今文经学宣扬《公羊》“张三世”之说，康有为就有意识地将西方进化论和社会政治学说吸收在里面，而严复更积极地把西方进化论作为新的世界观介绍给人们，他翻译了包括赫胥黎的《天演论》（1895）、斯宾塞的《群学肄言》（1903）等著作，对近现代知识分子产生了广泛而深远的影响。[20]

用“历史进化的眼光”来看古代的经典，所以敢疑，正如顾颉刚所言：“因为得到一些社会学和考古学的智识，知道社会进化有一定的阶段，而战国秦汉以来所讲的古史和这标准不合，所以我们敢疑。”而进化论还重演变的过程，所以辨伪之后还有寻出它渐渐演变的线索，上古既茫昧无稽，又如何窥得“真相”呢？顾颉刚等人认为从民歌和民间故事中可以觅得“经历”的痕迹。

对于歌谣研究，顾颉刚曾坦承：“我对于歌谣的本身并没有多大的兴趣，我的研究歌谣是有所为而为的。我想借此窥见民歌和儿歌的真相，知道历史上所谓童谣的性质是究竟是怎样的。”而“再读诗经的本文，我也敢用了数年来在歌谣中得到的见解作比较的研究了，我真大胆，我要把汉学和宋学一起推翻，赤裸裸地看出它的真相来。”[21]这种比较研究固然提供了一个角度，但是否可以找到“真相”，也得存疑，虽然民歌的收集、整理和研究对理解《诗经》的表现技巧不无帮助，不过如果将“赋、比、兴”就坐实为民谣的简单手法，这种结论就近乎机械，既无法囊括形式和质地都非现代民谣可比拟的《诗经》在表现上的丰富性，也把作为中国诗学时期概念的“赋、比、兴”，理解为民歌和民间故事的表现类型，最后就变成:“现在只须到民间去调查歌谣，便可知‘兴’义；收集谚语，便知‘比’义；听演故事，便知‘赋’义；所以旧公案只好结束，不必继续讨论了。”[22]

从进化论的思想源头来看，达尔文和斯宾塞的进化论观念提出后，在许多国家中，这种历史演化论被运用到文学史的研究，特别是解释原始口头文学和以后文学在技巧、主题和历史的关联上，19 世纪末 20 世纪初出版的英美论口头文学的书几乎都是以达尔文的观点为出发点。[23]顾颉刚等人从民歌来推论《诗经》表现技巧的思路与此相类，其缺点也是这一方法的通病：过于推重事实和科学，以至把诗歌的审美价值抛在一边，而这种推论本身由于隔着时间和空间的迷雾，显得很不可靠，以此推论出的所谓“真相”，同样值得斟酌。“古史辨”派所辨者，基本上属于文学史料的考证工作，一接触到艺术表现问题，往往作比较简单化的解释。

从现代的民谣去推论《诗经》中的“赋、比、兴”，秉承“五四”对线性进化论的推崇，极力廓清附在“比兴”上的旧思想，在否定“比兴”与旧的圣王教化观的联系的同时，对《诗经》的艺术成就难免也有所忽略。而随着修辞学研究的引进，将“赋、比、兴”与比喻修辞格作比较研究，也是当时的新思路。

## 三 从现代修辞学的角度认识《诗经》的“赋、比、兴”

1905年，汤振常《修词学教科书》和龙伯纯么文字发凡·修辞卷》开始引进国外的修辞学说来探讨中国的修辞学，此后，唐钺《修辞格》(1923年)、王易《修辞学》(1926)、《修辞学通诠》(1930)等相继发表，有意识地以国外修辞学的理论为参照来研究汉语的修辞现象，其中，对比喻的分析和研究，成为现代修辞学研究中一个基础问题。这些研究者们在分析比喻中所谓的“显比格”(Simile)和“隐比格”(Metaphor)的时候，大都以《诗经》为例。如唐钺《修辞格》就以《诗经》中的《周南·螽斯》、《卫风·硕人》等篇为例，说明何为“显比格”，何为“隐比格”。[24] 王易《修辞学通诠》在谈到“直喻法”和“隐喻法”的时候，也认为此二法“《诗》中用之最多”，并援引《诗经》中《螽斯》、《硕鼠》等篇为例。[25]

受修辞学研究有所谓“显比”“隐喻”之分的影响，二、三十年代有不少《诗经》研究、《诗经》注解的著作也力图“把这部最古的诗也用修辞的方法略加以研究”。[26]

如谢无量的《诗经研究》就辟有专节讨论“《诗经》的修辞法”，将《诗经》中的“比”和“兴”分为“直喻”和“隐喻”，他说：“要使文辞所表现的势力，格外的明了，少不得要用譬喻的方法，这已经成了现在修辞学的常谈了。诗之六义中，有比和兴，就是譬喻的意思。譬喻有直喻有隐喻，如《邶风·柏舟》诗曰：日居月诸，不能奋发……是直喻法，但《诗经》的特长，乃尤在隐喻法，即因物起兴，如《关雎》……真是自然的好譬喻。”[27] 此外，蒋善国的《三百篇演论》，将《诗经》中的“赋、比、兴”与英文法相沟通，论及“赋”，他说：“狭义的赋，差不多与英文法里面的‘直疏句’相近，广义的赋，差不多与文体里面的叙述体相仿，不但陈述事实，并且陈述事类，总一句说，赋就是直陈事物的艺术”。[28] 至于“比”和“兴”，他认为同样有狭义和广义之分，广义的“比”是“兴中的比”，是隐的，狭义的“比”，是“赋中的比”，是显的，“这与英文修辞学里面的直喻（simile）和隐喻（metaphor）相似。”[29]

而黎锦熙的《修辞学比兴观》更是以很大的篇幅研究了《诗经》中的“比”和“兴”，既引用了历史上诸家的论说，又将《诗经》中的喻句纳入修辞学的“宏纲”之下，诂训《诗经》喻句，并探讨比兴的意义。

黎锦熙同样以“显比”和“隐喻”来区分“比”和“兴”，他说：“显比法者，物非同类，事不相蒙，惟德与情，有酷似者，以此况彼，挈以‘比辞’，两端俱明，故谓显比。斯法为用，在增‘明晰’，含意未伸，观譬斯了，或意于显，得喻益彰。显比在英语为Simile。我国古代诗有六义，三曰‘比’（见《诗大序》）；郑司农云，‘比者，比方于物’（《诗正义》引），孔颖达云‘诸言如者，皆比辞也’（《诗正义》）。所以本篇定名曰‘比’，比的和所比的，其间显然有所谓比辞，故名‘显比’（对‘隐喻’而言）。”[30] 至于，“兴”与“比”的区分，黎锦熙也并不只锁定“显比”和“隐喻”，他参照了各家的论说，有这样的结论：“比以类事；兴以起情。比求相肖，为增‘明晰’；兴不求肖，为辞之‘洽’，或如袭来，俾辞‘有力’。”[31]不过，《修辞学比兴篇》在探讨《诗经》中的“比”“兴”，虽然举例很详尽，但大致而言，除了加入了“显比”和“隐喻”的区分，所谓“比以类事”、“兴以起情”，和朱熹等人的解释实际上也差不多，没有很多新意。

不论是修辞学的专论以《诗经》作品为例分析比喻的方法，还是研究《诗经》的论著以修辞的方法来探讨《诗经》中的“赋、比、兴”，都有意引进西方的修辞学理论来解说“赋、比、兴”，特别是“比”和“兴”，这是有感于旧说的混淆，而欲以修辞学的分类和明晰来整理《诗经》中的表现方法，虽然横向的比较，固然不失为可取的途径，但却割裂了各自不同的理论背景，显得比较生硬，实际上不论是“simile”还是“metaphor”都不能准确地传达出《诗经》中由“物”及“心”的感发作用，所以这种从现代修辞学的角度认识《诗经》的“赋、比、兴”的论说，并没有从《诗经》作为“诗”的角度去把握“赋、比、兴”的艺术特质，而是将诗作割裂成一些例句，来说明修辞学上比喻的方法，在我们最古的《诗经》中也是可以找到的。英文中有所谓明喻（Simile）、隐喻（Metaphor）、换喻（Metonymy）等名目繁多的术语，这是从亚里士多德《诗学》、《修辞学》开始对语言机能的探讨，毫无疑问是建立在西方语言的基础上的，其背后还蕴涵在不同时代背景下概念本身的历史演化，正如英国学者泰伦斯·霍克斯所指出的：“这些分类主要是为了帮助写作而设计的标准程式；而无助于文学批评的反馈。一旦修辞转换当中那种刻板的、语言学的基本原则被看成是行文生动的手段或者被看成它们所描绘的对象本身，大部分的玄妙便似乎烟消云散了。”[32]以修辞学的方法来研究《诗经》，反映了当时对科学方法的推崇，以形式的方法、归纳量化的方法来分析汉语中的修辞现象，把《诗经》中优美的作品视为某一修辞现象的实例，随意性很强地归在一起，贴上某一辞格的标签，一定程度上使《诗经》成为修辞分类下例证的材料，不免有所偏失，既没有考虑《诗经》的时代语境，也和从民间歌谣去推论《诗经》一样，在一定程度上忽略了《诗经》作为“诗”的艺术特质。

## 四 关于“赋、比、兴”问题的两个方面（线索）

不管是从现代民歌中形式和表现技巧来推论《诗经》中的“赋、比、兴”，还是将“赋、比、兴”作为修辞格，都是当时立意创新的两种思路，可以说在一定程度上也丰富了对“赋、比、兴”的理解，但由于追求明晰和科学性，所以对《诗经》的艺术特质有所忽略。随着“五四”热潮的慢慢消退，科学方法的片面性也为越来越多的人所认识。在对“赋、比、兴”的理解上，朱自清、闻一多等学者开始作比较系统的研究和辨析。他们一方面把《诗经》作为“诗”来读，把《诗经》中的“赋、比、兴”，特别是“兴”视为古歌诗特有的技巧，吸收社会学，特别是民俗学、原始社会研究的成果，从《诗经》具体作品的辨析人手，初步整理一些线索：即从初民吟唱的“近取诸身”，慢慢形成“套句”（现成词组）以造成音律和谐，形成了古今歌谣中一些相似的表现技巧，如“巧喻”、“兴”等，另一方面，他们又将“赋、比、兴”作为中国诗学最基本的概念，追本溯源，考证辨析，研究“赋、比、兴”作为概念的历史发展，说明它们从先秦直到后来的流变，从而廓清了以前经常混淆的观念。

朱自清没有专门指出关于“赋、比、兴”问题存在两个方面的理解，不过，在回复顾颉刚的《关于兴诗的意见》中他初步表述对“兴”的理解，实际上有两个不同的层面，他说：“兴诗之名，始见于《周礼》、《诗大序》、《毛公诗传》。《周礼》只有‘兴’之名，别无可援据，且其书真伪也还没有定论，暂可存疑。《诗大序》及《毛诗传》所谓‘兴’，似皆本于论语中‘诗可以兴’

一语。……则‘兴’之原意不与兄所说的相同，虽然弟还相信兄说符于实际。早期的歌谣若有艺术可言，兄所说的‘起兴’必是最主要的。说‘起兴’一名可借以说明古今歌谣的起句的确切价值与地位则可，说所谓兴诗的本义应该如此也可，说‘兴’之一名原义应该如此，那就还待商榷了。”[33] 在这里，朱自清其实委婉地表达了对“兴”的理解有作为“兴诗”的本义和作为“‘兴’之一名”的原义两个不同的层面，点出了对“兴”的理解易生混淆的症结所在，这在当时是一个清醒的认识，从而开拓出更加广阔的研究领域。

## 1．从古歌诗特有的技巧论“赋、比、兴”

《诗经》是诗，这是在胡适、顾颉刚等学者提出《诗经》是古代歌谣集的基础上，对《诗经》认识的深化。在此前提下，闻一多提出“用‘《诗经》时代’的眼光读《诗经》，用‘诗’的眼光读《诗经》”，[34] 作为研读《诗经》的根本态度。

在《匡斋尺牍》中，闻一多指出“在今天要看到《诗经》的真面目”存在三重困难：“圣人”的点化所造成的障碍，二千五百年的时空距离，现代读者与两千多年前“诗人”的心理距离等等，他尤其认为从后代的民歌去推论《诗经》须持谨慎的态度：“用汉后的民歌解释周初的民歌，民歌与民歌比，诚然有点益处，但周初与汉后之间，你望一重时间的雾可密着咧！这方法的危险’你要小心，恐怕是与它的便利一般大的。”[35]

因为每个时代都有其特定的文化背景，就算是民歌与民歌比，也有很大的不同，如果用我们的心理、我们的习惯去附会古人，也不会见到《诗经》的“真面目”。所以，需要了解《诗经》的时代，用不同学科的知识，从多角度去“复活”历史，即通过重组和解释将《诗经》还原到特定的文化背景中去，悟人二千多年前“诗人”的心理。闻一多在《风诗类钞·序例提纲》中提出：“缩短时间距离——用语体文将诗经移至读者的时代”，采用考古学、民俗学、语言学等方法把读者带到诗经的时代，总之，用“《诗经》时代”，用“诗”的眼光去读《诗经》。

在这个基本的原则下，闻一多非常注意“古歌诗特有的技巧：象征廋语 symbolism、谐声座语 puns”。[36] 廋语，即隐语，古人只作隐。闻一多在《说鱼》中，进一步指出：“隐在六经中，相当于易的‘象’和诗的‘兴’（喻不用讲是诗的‘比’）预言必须有神秘性（天机不可泄露），所以占卜家的语言中少不了象。诗——作为社会诗，政治诗的雅和作为风情诗的风，在各种性质的沓布（taboo）的监视下，必须带有伪装，秘密活动，所以诗人的语言中，尤其不能没有兴。象和兴实际都是隐，有话不能明说的隐”。[37]

闻一多将“兴”视为廋语，作为古歌诗的一种特有的技巧来看待，并且综合运用训诂、考古、民俗等多学科的知识，揭示出隐语背后古代人的文化心理。在《说鱼》中，闻一多指出：“在原始人类的观念里，婚姻是人生第一大事，而传种是婚姻的唯一目的”。[38] 种族的繁殖既如此被重视，而鱼是繁殖力最强的动物，所以古代的男女青年称对方为鱼，就如同说：“你是我最理想的配偶！”他还举了大量的民歌，包括贵州苗族的民歌作为旁证。

不过，闻一多对“鱼”这个隐语运用到什么范围还是抱慎重的态度。所以，在《说鱼》的末尾，他写了一条附志：“朱佩弦先生指出：这个古老的隐语，用到后世，本意渐渐模糊，而变成近似空套的话头。他这意见是对的。”[39] 的确，在阐述“兴”作为古歌诗特有的技巧与初民心理特点的关系、“起兴”在后代民谣中的演化以及“赋、比、兴”之间的内在联系方面，朱自清补充了闻一多对“兴”作为隐语的开拓性研究，将闻、朱两位先生在这一问题上的阐述结合起来看，可以使我们在“赋、比、兴”作为古歌诗特有的技巧以及在后世民谣和诗歌的不同发展有一个比较清晰的认识。

朱自清在《关于兴诗的意见》中同样结合了初民的思维方式，悟人《诗经》时代的“诗人”们的心理来探讨“起兴”存在的理由。他说：“由近及远是一个重要的原则。所歌咏的情事往往非当前所见所闻，这在初民许是不容易骤然领受的，于是乎从当前习见习闻的事指指点点地说起，这便是‘起兴’。又因为初民心理简单，不重思想的联系而重感觉的联系，所以‘起兴’的句子与下文常是意义不相属，即是没有论理的联系，却在音韵上相关连着。”[40] 朱自清对初民的心理“不重思想的联系而重感觉的联系”，颇为近理，从常见常闻的鸟兽虫鱼起兴，这些习见的自然之物或许在当时有其特定的氏族的神话——巫术的远古历史背景。例如鸟与祖先崇拜，鱼与生殖祈祷，树木与社稷宗室（即氏族家国）等等，但从心理的角度推断，可能更多的还是与初民靠自己的知觉对事物进行分类的特点有关，所谓“近取诸身”，所谓“知类”，都与这种心理特点有很大的关系。至于初民“起兴”的方式在后世民歌中的演化，朱自清是这样推论的：“这种‘起兴’的句子多了，渐渐会变成套句，《诗经》中常有相同的起兴的句子，古今歌谣中也多，如客歌中‘日落山头一点红’之类。因此这种句子唱得久了，流行得广了，要唱新歌的人也可借用，省得还要另起炉灶，另找习见习闻的事物编成句子——那究竟费力呀。反正只须跟着韵就行，唱惯了的句子倒更容易人于耳出于口，更容易发生效用呢。”[41]

从有意味的“隐语”到空套的话头，后世民谣可找出大量的例证，从这个角度来看，《诗经》的“起兴”作为初民“重感觉”的表达如何变成后代民谣绝无意味的“趁韵”，比简单地以后世民谣的“起句”模式去推论《诗经》的“兴”，对我们更具启发性。这是从民谣用“兴”的实例来分析的，至于后世文人的诗歌创作为何“兴义罕用”，朱自清在《中国歌谣》中有一段分析也颇为明通，他说：“（一般民谣）起兴的办法，可以证明一般民众思想力的薄弱，在艺术上是很幼稚的。所以后来诗歌中渐少此种，六朝以来，除拟乐府外，简直可说没有兴。而论者仍然推尊比兴，以为诗体正宗，那一面是因传统的势力，一面他们所谓兴实即是一种比，即今语所谓象征，这是一直存在的。”[42] 后世文人诗的比是不是就是象征，这还有可以商榷之处，不过可以肯定的是文人诗的所谓“兴”与民谣粗疏的“兴体”在艺术上是有很大不同的，文人诗的“兴”，不再仅仅是“感觉的联系”，而更多的是精思久虑所得，重在诗情、诗意的经营上，文人诗甚少单纯从趁韵的目的来用“兴”，李仲蒙所谓“触物以起情，谓之兴”，对文人诗的创作心理更具概括性，这样的“兴”，不是无心的凑合，而是有意的经营，着眼点更多的是在朦胧的气氛营造上，在“物”与“心”之间触引和感发的层次及性质上。从这里，我们也可以看出，同是名以“兴”，民谣和文人诗，是不可同日而语的，而后世文人诗用“兴”，也不是毛传解《诗》的所谓“兴”，“兴”作为古歌诗特有的技巧，并没有浸微浸灭，而是随着诗歌创作的不断发展，而有了更多样化更复杂的形式，保留了由“物”及“心”联系的意味，但与古歌诗的表现无论是在诗人的创作心理上，还是在表现的方式上已经有了很大的不同。同以“兴”为名，内涵却不一样。

另外，朱自清还认为“赋、比、兴”之间存在着内在的联系并可以相互转化。他说：“诗有赋、比、兴之分，其实比兴原都是赋因与下文或涵蕴的本义的关系，才有此种区别。赋是直说，比是直说此事以譬彼事，而彼事或见于文中或否（如《诗经》中之鸱鸮，黄鸟），兴是直说此事以象征彼事——或用兄说直说此事，任意引起他事。无论比兴所直说的‘此事’，原来必是当前习见习闻的事物。墨子论譬，说是‘以其所知喻其所不知’，这正是比兴的作用，至于后来因艺术之美而用比，则当另论。所以比兴与赋，并无绝对的分别，只是说诗者的一种方便。”[43] 自朱熹将“赋、比、兴”越分越细，有所谓“赋而比”、“兴而比”之类后，由于过于细分，除了失之琐碎外，也颇令人有无所适从之感，更使论者徒于计较诗句是赋，还是比，还是兴，产生了很多难分难解的麻烦问题，添了许多笔墨官司，而无助于对《诗经》作品的鉴赏和理解。其实，“赋、比、兴”三者不可割裂和偏废，这是自钟嵘以来很多论者都持有的观点，如刘熙载云“赋中未尝不兼具比兴之意”，郝仲舆谓“兴比赋非判然三体，每诗皆有之”，都是较为明通和圆融的认识。朱自清将这三者的关系明确为说诗的“一种”方便，认为不能严格地判别，最好是将它们当作三个方面或三种态度。“意思简单的作品，只具一方面，但意思复杂的则有兼具三方面的”。44 这就跳出了斤斤于分类和贴标签的传统说诗方式的局限，从普遍意义上的诗歌创作来认识“赋、比、兴”作为诗的三个方面或三种态度的表现，从某种意义上，我们也可以将“赋、比、兴”作为一切诗作都可能具有的三个方面，意思简单的诗作，可能就只是“直陈”的赋，而意思复杂或者说艺术程度比较高的诗作，表现自然就更繁复，可以兼有“赋、比、兴”三种表现。

将“赋、比、兴”作为古歌诗特有的表现技巧，运用多种方法，尤其是人类学、心理学、神话学、民俗学的方法，宋研究《诗经》，有利于从多角度、多侧面去揭示《诗经》的丰富内涵和表现上的特点，同时从创作心理和表现技巧上，认识同以“赋、比、兴”名之，“天机自触”的民谣和有意为之的“文人诗”的共通之处与不同点。这可以视为现代学者在“赋、比、兴”作为表现手法的问题上，既认真辨析总结前人之说，又运用一些近代理论和方法，提出了自己的见解。这些理解本身虽然不能成为定论，在今天看来，也不无可以商榷之处，但是朱自清、闻一多等现代学者，已经认识到《诗经》作为诗，是存在于一定的历史语境中的，我们要读懂它，就必须试图重建《诗经》时代的一部分情景，所以我们要对当时的历史、器物、传说等等有一定的背景知识，才能理解《诗经》在表现上的丰富性，如果仅仅以我们时代的价值去框定它，无疑会出现简单化和机械化，这就是前面分析的以类比和修辞的方法来研究“赋、比、兴”的弊病所在。《诗经》虽然与现代隔着时空的距离，现代人仍然能够理解它，并且被它打动，是因为诗歌能帮助我们延伸对人类基本反映的同情和理解，这种同情和理解超越了《诗经》时代的情景，为我们想象性反映所体验，所以从创作心理的共通性和历史发展来认识“赋、比、兴”作为表现手法的涵义，与前人“直陈”、“比显兴隐”等简单分类相比，解开了萦绕在“赋、比、兴”上的一些缠夹。当然这些分析也是从现代学者个人的理解力、情感和趣味出发，并非定论，正如前面所说的，“赋、比、兴”没有标准答案，我们今天所作的应该是吸收现代学者的经验，在这个问题上减少单调重复的机会，因为对“赋、比、兴”进行类型归类或者套用西方语言学理论来解释的论文著作现在还时有所见，所以对这一点确实有必要加以强调。

“赋、比、兴”作为“诗学之正源、法度之准则”的意义，还不仅仅是在诗的表现手法上，由于论“赋、比、兴”之说，几乎无代无之，所以“赋、比、兴”实际上已经成为中国诗学的基本概念之一。鉴于“赋、比、兴”在中国文学批评史上的地位，现代学者追本溯源，加以详细的分析，研究其历史演变和确切涵义。

### 2．从批评意念的历史发展论“赋、比、兴”

朱自清在答顾颉刚的《关于兴诗的意见》中初步表示了所谓“起兴”与“兴”之一名的原义并不相同，并表示将对此作“一综合的研究”，后来他在专著《诗言志辨》中有专章论及于此，将其作为古典诗学的基本概念之一，一方面追本溯源，严谨地考证辨析，另一方面又研究了“赋、比、兴”，特别是“比兴”的历史发展，说明它们从先秦到后来的演变，从而廓清了在这一问题上很多缠夹不清的观念。

朱自清可以说是“五四”以后第一位从批评意念历史演变的角度对“赋、比、兴”进行系统研究的学者。在这方面，朱自清显示了深厚的学术功力。针对中国传统诗文评的整理问题，朱自清在《诗言志辨》的《自序》中说：“现在我们固然愿意有些人去试写中国文学批评史，更愿意有许多人分头来搜集材料，寻出各个批评的意念如何发生，如何演变——寻出它们的史迹。这个得认真地仔细考辨，一个字不放松，像汉学家考辨经史子书。这是从小处下手。希望努力的结果可以阐明批评的价值，化除一般人的成见，并坚强它那新获得的地位。”[45]《诗言志辨》中《比兴篇》就将“赋、比、兴”，特别是“比”和“兴”，作为“批评的意念”之一，认真地考辨了“赋、比、兴”的本义和变义，源头和流派。

《比兴》篇分为《毛诗郑笺释兴》、《兴义溯源》、《赋比兴通释》、《比兴论诗》四章。此篇先对最具影响的《毛传》《郑笺》的比兴说加以考察，再探寻此说的渊源，进而指出建安以来的诗人皆不用《传》《笺》的标准去譬喻，后世论诗所说的“比兴”也不是《诗大序》的“比”和“兴”。

朱自清先系统考察了《毛传》中用兴的特点，在对《毛传》释兴诸例作了精细的统计和辨析后，指出《毛传》的兴有两个意义：一是发端，一是譬喻，二者合在一起才成其为兴。在今天看来，这虽然也未必是定解，不无可商榷之处，但朱自清对比了《左传》引诗与《毛传》解兴，指出“‘诗三百’原多即事言情之作，当时义本易明。到了他们手里，有意深求，一律用赋诗引诗的方法去说解，以断章之义为全章全篇之义，结果自然便出常人想像之外了。而说比兴时尤然。”[46]从而戳穿了《毛传》《郑笺》解兴的牵强附会，以大量的统计数字和具体例证为根据的论断，是很有说服力的，从而廓清了在这一问题上颇多的缠夹之处。

至于后世诗论里的“比兴”，朱自清认为并非《诗大序》的“比”和“兴”，但《诗大序》的主旨，即诗以“经夫妇，成孝敬，厚人伦，美教化，移风俗”，却一直牢固地保存着，为诗人和诗论家所重。这个主旨，在朱自清看来，就是诗教，就是“诗言志”或诗以明道。在“赋、比、兴”中，比兴不象赋那样“直陈其事”，而是“譬喻不斥言”或“主文而谲谏”，最与温柔敦厚的旨趣相合，最具诗教的作用，“论诗尊‘比兴’，所尊的并不全在‘比’‘兴’本身的价值，而是在‘诗以言志’、诗以明道的作用上了。”[47] 自唐代以后，“比兴”逐渐成为使用频率最高的批评术语之一，并“由方法而成为了纲领”。这样，朱自清不单对向来纷无定论的“比兴”做了确凿的考释，而且阐明了此一重要批评意念的质的演变。

朱自清先生作为对传统文学批评研究的“大胆的创拓者”[48]他对“赋、比、兴”作为批评意念的历史演变的追寻，使对“赋、比、兴”的研究，摆脱了仅仅满足于划定界说的状态，而开拓出新的更加广阔的研究领域，对现代关于这一问题的研究产生了深刻的影响。而且，更重要的是，对这一批评意念的历史梳理，“可以阐明批评的价值”，使我们对传统诗学有切实而严密的态度，看清楚我们有什么，我们在哪里，这才谈得上“古为今用”。朱自清所揭示的“比兴”作为批评意念背后的“诗教”观，其实是中国诗学一个非常重大，也可以说是最核心的概念，就是诗的社会功能观，虽然朱先生在《诗言志辨》中对“比兴”和“诗教”的关系追寻到清为止，但实际上“诗教”观作为中国诗学的基本因素是存活于现代白话诗的框架中的，我们在后面的章节将深入探讨这一问题。

以上我们对“五四”以后对“赋、比、兴”的理解作了一些总结和分析，当然还有一些别有深意的见解可能遗漏了，但从以上的清理我们可以肯定的是，由于“五四”以来对“旧思想”的批判和对封建典籍的存疑，两千多年来建立在圣王教化观基础上的《诗经》解释系统完全崩溃，对“赋、比、兴”理解的也受对传统经典“价值重估”的影响，取我所需，为我所用，创新论、立新说。从现代民歌的表现手法去作类比推论是基于“层累造成的古史”演变观，希望从民谣中窥见《诗经》的“真相”，由于对进化论和科学方法的过分推崇，忽略了《诗经》作为诗的质素，对“赋、比、兴”自然作了机械的理解；而将力图用修辞的方法将《诗经》加以研究的尝试，无疑提供了一个角度，但将《诗经》中的“赋、比、兴”与西方的修辞作一一比照，得出的结论似乎也无法令人信服。

将《诗经》作为诗，并且希望通过考古学、民俗学、语言学等方法，重建《诗经》的时代情景，将“赋、比、兴”作为古歌诗特有的技巧和传统诗学的一个重要概念来认识，一方面追本溯源，希望从诗歌创作的心理基础上去接近《诗经》，另一方面也重视诗学意念的历史发展。这种对古典诗的同情和理解的态度，对我们今天略嫌浮躁的文论研究，确实值得借鉴。使传统保持鲜活的活力，同时又不使它失真，这为我们今天的研究提供了某种可能性。人性和人情不相远，而历史又是延续的，今天已与《诗经》隔着时空的距离，但我们同样可以从中发现某种理想的感情形态的东西，虽然我们有我们的“前见”，我们可能误读，但对传统经典的尊重，并时时检讨我们自己的反映，或许可以使我们避免武断地得出结论，象“古史辨”派或者修辞学家们那样，因为基于科学观念和方法的类比研究，确确实实会使我们在对待传统遗产上产生盲视，而追求对现实有急功近利的效果，也会使我们痛失从传统中吸取力量的机会，这些都是我们今天谈论“古代文论现代转换”时不得不审慎的。

“五四”时期，对《诗经》等传统的经典进行再认识、再估价与再发现，与建设新文学同为“文学革命”的重要内容，“‘五四’时期的先驱者们既是新文学历史的开创者，同时又是传统文学历史的新的解释者，这两者是互相联系和渗透的，他们对于传统的理解，一定程度上实际也是对他们自身的理解，或者说他们要在对传统的新解释中来发现和肯定自己。”[49] 所以，对传统诗歌发展线索和表现手法的反观，一定程度上为探索现代白话诗的道路提供了相当重要的参照和借鉴。

作为“新诗”先驱之一的胡适，就试图用进化论的观点来为新诗的“诗体大解放”辩护，同时沟通历史上的变革经验。他指出：“我们若用历史进化的眼光来看中国诗的变迁，便可看出从《三百篇》到现在，诗的进化没有一回不是跟着诗体的进化来的，”而由诗到词到曲的发展脉络更使他坚信，新诗的发生，“其实只是《三百篇》以来的自然趋势。自然趋势逐渐实现，不用有意的鼓吹去促进他，那便是自然的进化。自然趋势有时被人类的习惯性守旧性所阻碍，到了该实现的时候均不实现，必须用有意的鼓吹去促进他的实现，那便是革命了。”[50]

将进化论用于《诗经》的“重估”，推导出从民谣中去寻找《诗经》真相的辨析步骤，同理，将进化论用于对中国诗史发展的描绘，胡适就把中国诗从《诗经》以来的“自然趋势”梳理成一个“自然进化”的过程，由于“自然进化”受守旧势力所阻，所以“文学革命”就是必然的后果，胡适在这里加上了“进步”的价值判断，为白话新诗的合法性辩护。而按胡适的思路，文学的革命是“工具”的革命，“白话”是新的工具，是“活文学”，必然要取代以“文言”为工具的“死文学”，二元对立的思路和白话的推崇，使胡适得出了这样的结论：“中国俗语文学是中国的正统文学，是代表中国自然发展的趋势的。”[51] 按这样的思路推导下来，中国诗的发展，各体都出于歌谣，四言的《诗经》是歌谣，五七言出于乐府诗，词曲也出于民间，原来都是乐歌，经过文人的仿作而渐渐脱离民间脱离音乐而独立。那么，按照这个“自然的趋势”，新诗似乎也应该出于歌谣。所以，从新诗诞生开始，对“歌谣化”新诗的探索就成为一个万问。

在“新诗歌谣化”的探索中，“赋、比、兴”的手法自然也受到重视，但新诗的发展由于受到外国的影响，实际上脱离了“歌谣化”的雏形，西方象征主义诗歌被引进中国之后，20年代周作人就看到了其象征、暗示的方法与传统诗学的“兴”有相互沟通交融的可能性。

“新诗歌谣化”是要从歌谣的表现中探索新诗艺术的方向，而将“兴”与“象征”进行比较，是希望“融合”的方向可以使“真正的中国新诗可以产生出来”。[52]这两个方向都可视为对“赋、比、兴”的一种全新的解读和运用，也可以说是以现代白话诗为立论的依据，希望在新诗创作中可以使“赋、比、兴”手法获得鲜活的生命力，并在“象征”的手法中找到依据，使“外国的新潮流”和“中国的旧手法”能够融合起来。这两种尝试，关系到在新诗中如何运用“赋、比、兴”和对“兴”赋予新的意义，蕴涵从“古典诗到现代白话诗”很多错综复杂的关节之处，是我们须加以清理的又一个论题。

# 第三章　赋、比、兴：“中国旧手法”和“外国新潮流”

新文化运动作为思想启蒙运动，高扬民主、科学的旗帜，新与旧、文言与白话、贵族与平民等等成了一一对应的概念，民间文学由于使用俗语，也受到了高度的重视，当然这里面的原因也是多方面的。19 世纪中叶以来，欧洲文化研究兴起，和传统的人文学科相比，研究的层面也逐渐下移。受此影响，国学研究者也改变传统的雅俗概念，积极开展歌谣、风俗、方言的调查、研究。

而西学的引进，在外国语言的参照下，中国言文脱离的问题在晚清已经被提出来了。1897 年，裘廷梁发表了《论白话为维新之本》，提出“文字之始，白话而已矣”的观点，并从启发民智的角度提出“文言兴而后实学废，白话兴而后实学兴，实学不兴，是谓无民。”而晚清白话报刊的印行，兼之大量西方书籍被译成中文，大量西方近代科学的新词汇涌人，都迫使文言无法坚守传统的壁垒，语言变革实际上以不易为人察觉的方式悄悄进行着，而且从启蒙教育逐渐扩展到文学革新。梁启超就发现：“文学之进化有一大关键，即由古语之文学变为俗语之文学是也。各国文学史之开展，靡不循此轨道。”[1]

而“诗界革命”的积极倡导者之一黄遵宪，则积极地想从当时的山歌中吸取语言，他辑录了当时的歌谣，赞美山歌的艺术性：“每以方言设喻，或以作韵，苟不谙土俗，即不知其妙，笔之于书，殊不易耳。”并将当时的山歌与《诗经》并列:“十五国风绝妙古今，正以妇人好知而成，使学士大夫操笔为之，反不能尔，以人籁易为，天籁难学。”[2]黄遵宪辑录山歌以吸取民间语言的做法在当时未必受到重视，不过在二十世纪上半叶新诗的“歌谣化”运动却部分贯彻了黄遵宪的思路。

“五四”以后，在对传统文学研究领域的开拓和价值重估上，比如前面所说的对《诗经》的整理，就把它当作古代的民间歌谣来看待。从古代歌谣、《诗经》的“国风”，《楚辞》中的“九歌”，乐府诗，六朝民歌，直至后来的俗文学，或被重新发掘，或给以新的阐释和评价，都成为当时文学研究的“热点”。

就《诗经》的研究而言，当时除了对传统儒家的解释系统进行全面的批判外，很多学者更致力于从“《诗经》中整理出歌谣”，把《诗经》用白话文翻译成现代民谣的风格，并重新解释各诗的主旨，如郭沫若《卷耳集》、俞平伯的《葺芷缭衡室读诗札记》等，都是建立在《诗经》民谣论的基础上对《诗经》的“价值重估”。这一“重估”非常突出的一点就是要凸现民间文学在传统文学的历史发展中所起的作用。正如胡适所说的：“文学的新方式都是出于民间的”，“中国文学史没有生气则已，稍有生气者，皆自民间文学而来”，文人学士从中吸收营养，使文学获得新的生命，发展到极端，又成为新的束缚，“文学的方向又须另向民间去寻新方向发展”。[3]对民间文学在传统文学中地位和作用的“重估”，反映在《诗经》研究的领域，是“民间歌谣论”成为主流观点外，而当时收集民间歌谣的运动，以及与此相关的对“新诗歌谣化”的探索则希望为白话诗发展开拓一条新路。

## 一　新诗“歌谣化”

### 1．收集民间歌谣的运动

收集民间谣谚并集录成书，在宋代就有，[4]明代的杨慎、冯梦龙等也有收集，[5]到了近代，特别是晚清时期，更有一些学者收集整理了家乡的歌谣、谚语，如范寅编印《越谚》等。"五四"前期，受了英国人类学派影响的周作人，更写作了《童话研究》、《古童话释义》及《儿歌之研究》等论文。

而大规模的收集民间歌谣的运动更始于1918年的春天，由刘半农、沈尹默的建议，蔡元培的支持，北京大学成立了歌谣征集处，他们在《北京大学日刊》上附刊《歌谣选》，并发表了《征集近世歌谣简章》。1920年，歌谣征集处改为歌谣研究会，到1922年冬，北大25周年纪念曰，该会刊行了第一期的《歌谣》周刊，该刊陆续出版了两年半，（1925年6月并人《北京大学研究所国学门周刊》），共收了97期，发表的歌谣总数2226首（见胡适《复刊词》），并编印了《吴歌甲集》（顾颉刚）、《看见她》（董作宾）等歌谣丛书。1936年4月至1937年6月《歌谣》周刊又复刊，共出了53期。

在《歌谣》周刊的《发刊词》上，主编者表明了收集歌谣的目的。共有两点：一是学术的，"歌谣是民俗学上一种重要的资料，我们把它辑录起来，以备专门的研究"；一是文艺的，"从这种学术的资料中，再由文艺批评的眼光加以选择，编成一部国民心声的选集。""这种工作不仅是在表彰现在隐藏着的光辉，还在引起将来的民族的诗的发展"。[6]这种意见，在之后的一段时间里，指导着学界这方面的收集、研究活动，特别是后一种目的，即文艺的目的，要引导未来民族诗的发展，颇为当时的学者所看重。如胡适就明确表示："现在白话诗起来了，然而做诗的人似乎还不晓得俗歌里有许多可以供我们取法的风格和方法，所以他们宁可学那不容易读又不容易懂的生硬文句，却不屑研究那自然流利的民歌风格。这个似乎是今日诗国的一桩缺陷罢。"[7]他认为新文学的来路之一，"就是民间文学，如现今大规模的收集民间歌谣故事等，帮助新文学的开拓，实非浅鲜。"[8]这是将民间歌谣作为"国民心声"

的表现，反映了当时新文学的倡导者对启蒙的重视导致对文学自上而下的关注。

2．新诗“歌谣化”的尝试

胡适所指出的路子，有很多人是走着的。从“五四”时期起’新诗作者就开始了从民歌传统中汲取营养。在北大歌谣研究会中，发起人和参与者大多是早期的白话诗人，如刘半农、周作人、沈尹默等，由此也开始了现代新诗“歌谣化”的努力。刘半农提倡“增多诗体”，其中一条途径就是从民间歌谣的借鉴中创作民歌体白话诗，他从故乡江阴采风的同时，还用江阴方言写作“四句头山歌”20余首，编成《瓦釜集》，在后来《扬鞭集》里也有现代山歌的创作，此外，象刘大白嚷卖布谣》、《田主来》等诗作也是直接借鉴了民间歌谣的体式。

30年代，中国诗歌会诗人提出新诗“歌谣化”的主张，还专门出版“歌谣专号”，希望“借着普遍的歌谣、时调诸类形态，接受他们普及、通俗、朗读、讽诵的长处，引渡到未来的诗歌。”[9]他们的主要目的是为了促进诗歌的大众化，使新诗普及到工农大众中去。虽然中国诗歌会在“歌谣化”上的种种实验并未尽人意’但在某种程度上，承接了“五四”时期刘半农等从民间歌谣吸收资源，发展新诗的尝试。抗战时期又有利用民间曲艺的形式来宣传抗日的热潮，老舍等人就曾用大鼓调来写长诗。

在40年代的敌后根据地里，由于“文艺为工农兵服务”成为主导，“诗的歌谣化”也发展到极致。所谓的“新歌谣”就是组织诗人到民间采风，然后在整理的基础上进行改造，为民间传统的歌谣形式注入革命的内容，使“诗的歌谣化”成为新诗发展的一个重要的方向，并涌现了象李季的《王贵与李香香》、阮章竞的《漳河水》这样的民歌体叙事诗。

可见，从民间资源中吸收营养是新诗“歌谣化”的主旨，目的是要诗歌面向大众，而为革命服务，为工农兵服务是由此推进而来的。

### 3."歌谣体"新诗与"赋、比、兴"手法

在"新诗歌谣化"的尝试中，在艺术手法的借鉴上，民歌的"赋、比、兴"手法是诗人们应用颇为纯熟的手段之一。如刘大白、李季、阮章竞、王亚平、袁水拍等诗人在创作中都善用铺陈的"赋"法，对"比""兴"也能运用自如，颇具民歌的诗风。

《王贵与李香香》，就有很多"以物起兴"的写法，如"山丹丹开花红姣姣，／香香人才长得好"，以"山丹丹"起兴，形成一种美好的氛围，为赞美女主人公做了铺垫，而"一对大眼水汪汪，／就像那露珠在草上淌"，"烟锅锅点灯半炕炕明，／酒盅盅量米不嫌哥哥穷"，等等本土本色的"比"与"兴"，也为全诗带来了清新的气息。除了《王贵与李香香》外，很多歌谣化的新诗都采用"触物以起情"的"兴"法，如阮章竞的《漳河水》就不时重复着"漳河水，九十九道弯"、"桃花坞，杨柳树"以带起所咏之词。

### 4.新诗"歌谣化"所反映的问题

不过在新诗借鉴民歌、民谣的运动中，一开始就有很多不同的声音。这些质疑主要集中在两点上：一是平民与贵族的对立是否有依据，二是歌谣与诗的本质差别在哪里。

李长之在《歌谣是什么》就认为将歌谣作为"平民的"、"集体的"而与"贵族的"、"个人的"文人诗对立起来，并加以推崇是没有依据的，在他看来："与其说歌谣与诗的分别在作者，无宁说是在流传，与其说那分别是在一为集团所创造，一为个人所创造，无宁说同为个人所创造，不过一为在文化教养上所受深些的个人，一为在文化教养上所受的浅些的个人而已。"[10]李长之更认为要明了歌谣与诗的真正区别，才能知道歌谣在艺术上的短长，知道歌

谣在艺术上的真价值，才谈得上“发现它对于新文学的真贡献，以定我们的取舍”。[11] 随后，林庚发表了《歌谣不是乐府亦不是诗》，在艺术上对诗与歌谣根本区别作了分析，他说：“有人以为歌谣是民间的诗，这‘诗’的定义其实是很须斟酌的，若以为凡是叶韵的话便都是诗，那自然可无问题。可是若回过头来一问到底什么是‘好诗’，什么是‘好歌谣’，问题便又不同了。”[12] 他认为歌谣与诗最大的区别就在于：“歌谣是在当时实际上的许多风俗习惯中，及当时所熟悉的许多故事物件上找情趣，而诗则是根据于普遍的人性求更新的灵感。”[13]

李长之和林庚的意见只是就歌谣的起源，歌谣与诗的区别而发，站在今天的角度，我们可以更深入地来看待这一问题。在对歌谣、歌谣体新诗推崇背后的那双无形的“手”就是当时二元对立的思维模式和对线性进化论的迷信。将“进化论”用于解释传统经典，所以得出《诗经》是民间歌谣，可以从现代民谣推论《诗经》的真面目，用“进化论”来描述中国诗的发展，可以得出俗语文学、白话诗才是发展方向的结论，同理，将这个方向身体力行，就有从歌谣中学习语言，作“歌谣体”新诗的尝试，这里面还有一个很重要的原因就是从晚清的白话文改革以来，对“白话”所持的“工具”意识，即白话更能启发民智，使更多的平民接受教育，“歌谣化”的新诗在战争岁月为人推崇的一个主要原因也在于它能更普及地起到宣传作用，这一点与“诗教”观紧密相连，在以后的章节将深入探讨。

回到“歌谣体”新诗对民歌手法的借鉴，从“赋、比、兴”的手法来看，“歌谣体”新诗当然大多用了铺叙的“赋”体，而对“比”和“兴”，“歌谣体”新诗更加着意模仿。不过，这种模仿除了给诗歌带来一些清新的“地方特色”外，由于缺乏变化，也显得比较单一和板滞，很多都更注重在民歌体式中加入诸如民族斗争、阶级矛盾的观念，象“人人都说三边有三宝，/穷人多来富人少”，

"一眼望不尽的老黄沙，/那块土地不属财主家？"都是以民间的题材起句，而带出革命的意识。这种写法是在传统民谣的形式中注入政治思想的内容，也可以说是将"比"和"兴"改造为以"物"而兴"新"思想，这与歌谣纯是比方的"巧喻"已大不相同，也不是含蓄的"寄情"，显得比较直白、浅露。

歌谣常用的"比"和"兴"，本来与有意为之的诗作中以"物"寄情不太相同的。我们可以看到，在大多数歌谣中，"比"是"巧喻"，即纯是"比方"，除了比方外都无寄情之意，"有时甚至只是文字上的一种游戏"，至于歌谣的"兴"，有时侯确实没有什么深意，甚至只要声音之相同便亦可连在一起。这是歌谣之巧，仅仅利用声音的关系就可琅琅上口，而诗却不能只是如此写，诗中的"寄情"，不能"比方"，也不能只是简单的从身边之物就兴"革命"之情，这样的"歌谣体"新诗，可能起到宣传、教育、普及革命思想的目的，但如果作为诗，从艺术的要求来看，就显得过于粗糙。

所以，对歌谣的借鉴不能盲目，歌谣抒情叙事的手段固然可以为新诗带来健康而清新的影响，但如果对此抱过大的希望同样也是不现实的，不利于新诗发展的。搜集歌谣的用处自然是很多，文学作品往往可以作为历史的材料，文学史也时常可成为社会学史的借镜，不过，对"歌谣"的利用，对歌谣艺术表现手法，象"比"和"兴"的手法，也不仅仅是简单的套用。如果我们想专就歌谣本身的价值与意义来推论，则我们必须首先知道歌谣是什么。对歌谣抱太大的希望以为新诗可以从这里面找出路，"这仍由于把歌谣看作低级的未完成的诗，对于歌谣既太小看，对于新诗亦两无好处。"[14]

另外，从新诗的发展来看，除了刻意为之的"歌谣体"，新诗本身接受的歌谣的影响其实不多。因为童谣复沓多，只能表现单纯和简单的情感，而唱本以吟诵为主，篇幅长，且多参用文言调整句式，不很自然，这两者值得新诗取法的都不多。只有山歌在长于创造譬喻这一点上，值得新诗取法，但如果只是套用，这种譬喻要表达现代人复杂而矛盾的情思，却还不太贴切。

新诗并没有像新文学的某些设计者想的那样，出于歌谣。因为诗歌并不是必定朝着一个单一的未来目标发展，尽管胡适将中国诗的发展简单地描绘成起于民间、起于歌谣，再由民间走向文人，但白话诗的实际发展却并非如此简单划一，因为文学史上每一种样式的变化发展所涉及的因素实在太多，而诗歌创作本身个人色彩很浓厚，每一个诗人都可以沿着与我们描绘的线索完全不同的道路开始走下去，他可以从古典诗中寻找表现的模式和刺激，他也可能从来自外国的某一首诗歌中获得灵感，受到触动，这些都是他创作中的个人选择，并且会反映在诗作中，而最终影响到一个特定时期的诗歌创作，这些都是我们应该加以识别和解释的。比如新诗"歌谣化"作为尝试的方向之一，但后来新诗的发展在技法和语言运用上却并没有完全取法于歌谣，这个问题，当然也有很多原因，如果非要找一个主要原因的话，就不能不提外国的影响。

从二十世纪上半叶的白话诗创作发展来看，既不出于音乐，也不起于民间，与过去的各种诗体都不同，可以说新诗是接受了"外国的影响"而产生的。早在20年代，梁实秋就指出，外国的影响是白话文运动的导火线，而白话诗的始作俑者胡适将所译的蒂丝黛儿的《关不住了》，作为他的"新诗"成立的纪元，[15] 也从一个方面，反映了外国诗歌对白话诗的重要影响。从大的背景来看，新诗运动是新文化运动的一个组成部分，而新文化运动是在中西文化冲突、对比和融合的社会文化背景下产生的，虽然当时的学者吸收西方思想显得比较庞杂，新诗的作者对西方诗歌传统也并未有全面、深刻的体认，以胡适为例，他当时接触译述的外国诗歌作品和理论就颇为驳杂，既引述意象派的某些理论，又参照浪漫主义的一些主张，可以说，胡适在进行"新诗实验"的时候，既无暇认识西方诗歌的来龙去脉、历史蕴涵，也无意分辨各种流派理论主张的分歧所在，而只是目之所及，为其新诗的理论假设寻求佐证。不过，无可否认的是，所谓的"新文学运动"是借镜于西方文学、西方诗歌的，也正是这一借镜，才引发了对传统文学、传统诗学的种种反观和重估，引发了"文学革命"，就连当时的民俗学运动，收集民歌的运动，也受了西方国家近代人类学、民俗学很大的影响。正如鲁迅所说，"五四"文学革命的发生，"一方面是由于社会的要求的，一方面则是受了西洋文学的影响。"[16]

白话新诗不只吸收了西方种种诗歌观念，在诗歌语言上，白话受了西洋文法结构的影响，有了很繁复的变化，也不是民间语言的自然流利。从"五四"以来一直到二、三十年代，出于引进西方文化的需要，经由日文大量翻译，中文基本单位由"字"人"词"，现代白话很多常用的词汇很多其实是外来词，欧式句法也广泛被运用。从表情言志的角度来看，民歌的简单形式也无法配合现代人相对比较复杂的思想和感情，而西洋诗的各种体式，无疑为白话诗提供了诸多形式的范本。

正因为西方诗歌观念的引进，使现代诗人也有了重要的参照，将西方诗学的概念与传统的诗学概念作类比，也成为一时的潮流，以"兴"这一概念为例，除了歌谣体的新诗大量使用民歌的"起兴"方法之外，在西方象征主义诗歌被引进中国之后，20年代周作人就看到了其象征、暗示的方法与传统诗学的"兴"有相互沟通交融的可能性，所以他特别指出诗的写法，以中国传统诗歌中的"兴"最有意思，它"用新的名词来讲或可以说是象征"，"这是外国的新潮流，同时也是中国的旧手法；新诗如往这一路去，融合便可成功，真正的中国新诗也就可以产生出来了。"[17]虽然周作人将"兴"与"象征"都仅仅理解为诗的表现手法，对二者都有所误读，但他拈出了"兴"与"象征"的可沟通之处，颇为当时的诗人、评论家所赞同，如朱自清在《关于兴诗的意见》中就认为："《诗大序》及《毛诗传》所谓'兴'……其义殆与我们所谓'联想'相似，周启明先生《谈龙集》里以为是一种象征，颇为近理。"18 闻一多在《说鱼》中以"兴"为"隐"，他同样认为："《易》中的象与《诗》中的兴，上文说过本是一回事，所以后世批评家也称诗中的兴为'兴象'。西洋所谓意象，象征都是同类的东西，而用中国术语说来，实在那都是隐。"[19] 那么，"兴"与"象征"又是不是可以对应的概念呢？将"兴"与"象征"融合起来，是不是就可以找到新诗发展的方向呢？

## 二 "兴"与"象征"

要讨论"兴"，我们也得认识到它的各种意义就是使用它的人决定赋予的意义，但我们能够加以识别，并选用那些我们认为最能阐明历史演变过程的复杂性的意义。从中，我们也可以看到经过长期的历史发展，"兴"义虽然颇为"缠夹"，但也并非无迹可寻，它与中国传统诗学的思维方式紧密相连，包含有丰富的艺术心理学的思想内容。

### 1. "兴"的演变和传统诗学的艺术思维方式和审美观念的发展

#### 1.1 《周礼》之"兴"与"兴"的原始质素

兴，《说文》释为"起"，而从甲骨文的字源来看，"象四只手抬一抬盘之形……甲骨文用作祭名，则为借音字……后代典籍记载兴祭为'喜也，歆也'，而歆则是'神食气也'，与卜辞的兴祭可能有因革关系。"[20] 甲骨文的兴祭是否与"六诗"之"兴"有沿革关系，从《周礼》中，或可寻出些许线索。《周礼》在大司乐所属及与王丧有关的职下，每及大丧皆言"廞"。《周礼·天官·司裘》

说："大丧，廞裘。"郑玄注："'廞，兴也。若《诗》之兴，谓象似而作之，凡神之衣物必沽而小耳。"《尔雅·释诂下》也说："廞，兴也。"郑玄与《尔雅》以兴释廞，说明了兴可能与大丧之祭密切相关。从《司服》、《司兵》、《车仆》等篇言廞来看，所谓廞"衣服"(《司服》)、"五兵"(《司兵》)、"革车"(《车仆》)等，廞，都是陈器物的意思。考之甲骨文兴字原形，有合力共举器物

的意思，或许"兴"的本义与初民祭典仪式有密切的关系。举物是动作，伴以颂赞之辞，就不能不引申到"六诗"之"兴"了。《周礼·春官·大师》："大丧，帅瞽而廞。"郑玄注："廞，兴也。兴言王之行，谓讽诵其治功之诗。"根据君王生时行迹而讽诵相应的诗篇也为兴。由此多少可以看出兴祭之兴与六诗之兴的因革关系和演变轨迹。这是兴由"象似生时而作"器物，引申为一般意义上的"象似而作"颂赞祝诔之辞。对于《周礼》里的"兴"，现代学者有诸多猜测。章炳麟认为这些近乎述赞的"兴"既"不可歌"又"不可遍观"，为孔子所删，故"周乐和三百篇，皆无兴。"[21]朱自清疑"兴"乃"合乐开始的新歌"。而陈世骧则认为《周礼》之"兴"指的可能是"有音乐伴奏的朗诵技巧，有时带着祭祀的情调，意味着舞蹈的起步。"[22]周策纵《古巫医和六诗考》论"兴"的由来，却认为早期的"兴"陈器物而歌舞，相伴的颂赞祝诔之辞当然会从这些实物说起，此种习惯自然也就演变成"即物起兴"的作诗法。[23]

也有些论者从"兴"与宗族祭祀仪式的联系深入追寻"兴"的神话和宗教的根源，如赵沛霖在《兴的源起》中就指出，用以起兴的鸟、鱼、草木，都有其特定的氏族的神话——巫术的远古历史背景。例如鸟与祖先崇拜，鱼与生殖祈祷，树木与社稷宗室（即氏族家国）有关，"兴的源起即人们最初以代物起兴，既不是出于审美动机，也不是出于实用动机，而是出于一种深刻的宗教原因。"[24]但是兴祭之"兴"与六诗之"兴"虽然有沿革关

系，而由于年代渺邈，文献不足征，也只是推论而已，不过从这一角度对“兴”进行解释，或许是探索“兴”的原始质素的可能途径之一。无论是初民合举物旋游时发出的声音，还是由陈器物而兴祭所引申为一般意义上的“象似而作”颂赞祝诔之辞，都是从原始质素的角度，探讨“兴”与原始宗教文化的遗存，与原始思维属性的关系。法国人类学家列维·布留尔称远古人的思维为原始思维，认为原始思维总是离不开具体的物象。他说：“原始人丝毫不像我们那样来感知……不管他们的意识中呈现出的是什么客体，它必定包含着一些与它分不开的神秘属性；当原始人感知这个或那个客体时，他是从来不把这客体与这些神秘属性分开来的。”[25]而关于原始的知觉方式，鲁道夫·阿恩海姆在《艺术与视知觉》有如下的论述：“从原始语言中，我们还可以对原始的知觉方式有一个大概的了解，在原始时期，人们主要是靠自己的知觉对事物进行分类的。”[26]至于原始语言的这种特征与后世诗人们的创作手法的联系，阿恩海姆是这样认为的：“运用这样一种分类法，就可以将那些按照我们的思考方式本应该属于不同范畴的或很少具有相同之处的各种事物组合在一起了（或并为一类）。原始语言所具有的这样一些特征使我们想到，诗人们运用暗喻法将实际上很不相同的事物联系在一起的手法，并不是艺术家们的独创，而是从一种极其普通和自发的经验世界的方式中发展和衍化出来的。”[27]这一思路对我们理解“兴”与原始思维，原始之“兴”与后世文人的诗歌创作用“兴”的关系是有启发性的。现在要探求“兴”的原始质素，我们很难找到早于《周礼》的文献，尽管《周礼》晚出的事实和窜改的部分都很明显，古今很多学者仍认为其基本的精神可以回溯到周朝初叶，《周礼》将“兴”作为“六诗”之一，在《周礼》中，“兴”更时常单独出现，自成一义，而且与音乐有极不可忽视的关系，如《周礼》“大司乐”单独言“兴”，称为“乐语”，以“兴”为“兴道讽诵言语”六种“乐语”之首，而舞师也提到"兴舞"之辞，曰："凡小祭祀则不兴舞"。可见在《周礼》中"兴"与"乐"是分不开的，这可以帮助我们追探"兴"的原始意义，"兴"在古代社会里和抒情人乐诗歌的出现大有关系，但与后世文人着意追求"情景交融"的诗歌创作不同，远古先民往往是对身边熟悉的密切相关的事物中发出感叹，由此开头，而唱出他们的歌诗，其中或有宗教祭祀的意味，都是受身边熟悉的事物触发，由此开头，即兴而作，随口而唱，远古以"乐"为核心的传统，"兴"在声音、节奏、韵律上的作用更为突出，所谓"天机自动，触物发声"，可能也并非后来文人诗歌的刻意经营所能比拟，《毛诗序》将"六诗"改为"六义"，从而取消了"兴"与原始歌诗的特殊关联，这是诗与乐逐渐分家的结果，从重"乐"的时代到重"义"的时代，"兴"义也逐渐演化，从《毛诗序》的"六义"到么毛传》标"兴"，"兴"成为解经的专门术语，受"立象以尽意"的思维方式的影响，经过所谓的"比德"阶段，"兴"义逐渐向政教讽喻的义理扭结，成为温柔敦厚的诗教传统的一个重要观念，这也就是政教之"兴"。而随着诗歌创作的发展和历史时代文化思潮的变迁，"兴"的含义也不断演化，除了对诗歌的社会功能的认识有"诗教"传统的发展外，对诗歌之"兴"在创作思维和审美境界的营造方面所起作用的认识也不断深化，这不仅是诗歌创作本身发展演变的结果，也是诗歌观念演变的现象，"兴"逐渐脱离对《诗经》的具体解释，而成为概括传统诗学艺术思维和审美特征的核心问题。

### 1.2 "兴"与传统诗学的艺术思维方式和审美观念的发展

《周礼》之"兴"或许保存了"兴"的原始质素，但所谓上古茫昧，文献不可征，以上分析其实大部分是推测，不可以作为定论。如果从古代诗论中的"兴"及其发展、演变来看，比较可靠的源起应该始于孔子说《诗》和汉人解经。严格来说，兴义的演变是一个解释学的问题，它原就来自对《诗经》的解释，而随着后世思想文化的变迁和诗歌创作的发展，对“兴”的理解和认识也不断发展。在春秋，《诗三百》是外交言语的重要工具，当时通行所谓“赋诗言志”，到孔子时赋诗不行，雅乐败坏，诗与乐逐渐分家，他论诗侧重义的方面，“兴于诗”，“诗可以兴”成为举一反三，读书修身的方法。汉代尊经重儒，《诗三百》成为“谏书”，诗中鸟兽草木虫鱼向政教的义理扭结，解经者将自己感发的意义说成诗本义，从而产生了“兴者喻”的解释方法，比兴有“风化”“风刺”的作用，所谓譬喻，不止是修辞，而是“谲谏”，对后世理解比兴所具有的诗教作用产生了深刻的影响。“兴者喻”的解释模式着力挖掘诗中自然景物的微言大义，难免穿凿附会，于是从魏晋开始，就有一些突破汉人的见解出现了，如挚虞的以“感”释“兴”，钟嵘以“文已尽而意有余”释“兴”，强调了诗应达到的艺术效果。

盛唐人殷璠标举“兴象”，对诗的艺术形象提出新的内蕴，“兴象”由“兴”和“象”熔铸而成。殷璠在《河岳英灵集序》中说：“然挈瓶肤受之流，责古人不辨宫商徵羽，词句质素，耻相师范。于是乎攻乎异端，妄为穿凿，理则不足，言常有余，都无兴象，但贵轻艳，虽满箧笥，将何用之！”[28] 此外，又评陶翰诗说：“既多兴象，复备风骨”；评孟浩然诗说：“无论兴象，兼复故实”，有时也单称“兴”，如评刘音虚诗说：“情幽兴远，思苦语奇，忽有所得，便惊众听”。其所谓“兴”，与殷理论诗重言外之意相关，是和“情幽”、“旨远”联系在一起的，更接近于钟嵘的“兴”义，其中也包含了与“轻艳”相对立，与“风骨”相接近的生命感发意义。而“象”在《易》中，是指自然万物的符号与图式，所谓“圣人有以见天下之颐，而拟诸其形容，象其物，是故谓之象。”《易》之象而诗歌之托物寓旨有相通之处，而殷璠将“象”与“兴”联为一词，也确实别开生面。虽然他对“兴象”的含义未作明确的说明，但结合“兴象”一词出现的上下文来看，“兴象”似指陈“即目所见的外物所激起的令人感发的艺术形象"，即兴即象，圆融无碍。这一新词的缔造，开拓了"兴"的内蕴，并将"兴"与"象"联系起来，给后世留下了许多可待发挥的活语空间，周作人将"兴"与"象征"并提，其渊源也可以追溯到殷璠的"兴象"。

而自宋代李仲蒙提出"触物以起情谓之兴，物动情者也"，直接从"情"与"物"的关系上来论兴，明清两代从"情"与"景"（物）的关系来释"兴"，也时有人论及，大致的思路是景（物）在外，其种种变态，令人触之而兴情，而作为诗人，触物而兴之情，激起审美联想与想象的涟漪，于是发为吟咏，形为诗篇。具体的论说可参看引论，此处就无庸赘述。

所以，对"兴"的解释虽然有所谓政教之"兴"和审美之"兴"的大略区分，但大多数论说，主要还是从"心"与"物"的关系上立沦，而且随着创作的发展和时代文化思潮的变迁，对"兴"、"比兴"的概括和描述逐渐形成中国古典诗学的一个核心的问题，正如周英雄在《赋比兴的语言结构》中指出的："兴的运用说是研究中国诗词的核心问题，因为'托物言志'不仅和修辞有直接的关系，更间接牵涉到诗人处理物我的基本人生观。研究中国诗词，若能以兴为枢纽，进而循历史的一轴，追踪此一修辞与文学观之演化，则或能将中国诗词的精义，作更准确的界定。"[29] 从处理物我关系上立论，是从审美艺术规律上认识"兴"的关键所在，"兴"不只是具有普遍意义的诗歌表现手法，更是中国传统诗学一种独特的艺术思维方式，也可以说是涵盖了由"物"及"情"而成"诗"的整个过程，在世界——作者——作品——读者的整个文学过程中，"兴"都发挥着作用，"伫兴"、"养兴"是诗人期待酝酿着诗情，"感兴"是即目所见，从自然景物中受到感发，获得创作的激情和灵感，由"触物"而"起情"，诗人"乘兴"而作，展开艺术想象的翅膀，"神与物游"，"即物即情"，将自己的情思与触发情思的"物"直接融合，在作品中传达出来，形成作品的艺术形象和审美意蕴，优秀的作品应该达到“文已尽而意有余”的艺术效果和审美境界，使读者“兴于诗”，感发到作品“意在笔先，神余言外，极虚极活，极沉极郁”的情思，几千年来传诵的佳作无不具有此种感发的质素。以上是对“兴”所涵盖的丰富涵义作简明的描述，可能不太准确，也可能挂一漏万，但从中我们大致可以领略到“兴”以及衍生词，是中国传统诗学对诗歌审美规律的一种概括。

由“触物”而“兴情”，由“兴情”而追求“文已尽而意有余”这种艺术思维方式可以追溯到《周易》“观物取象”、“立象尽意”。何为“观物取象”，《易·系辞》说得明白：“古者包牺氏之王天下也，仰则观象于天，俯则观法于地，观鸟兽之文，与地之宜，近取诸身，远取诸物，于是始作八卦，以通神明之德，以类万物之情”，[30] 上述引文所阐释的是古人从观察万物到制成八卦的整个思维观察，“仰观俯察”、“近取诸身”、“远取诸物”，是拟取自然万象，概括于八卦中，所谓“观”和“取”是这一思维过程的两个阶段，所“观”之物是自然万物，所“取”之象是拟自然万物的“易象”，因此《易·系辞上》释“象”为：“圣人有以见天下之赜而拟诸其形容，象其物宜，是故谓之象”，又曰：“圣人立象以尽意，设卦以尽情伪”。[31]《易》象是对自然现象“拟容”，“立象”是为了“尽意”。《易》之象可通于诗之比兴，古往今来很多学者都已认识到。如宋陈骙《文则》：“《易》之有象，以尽其意；《诗》之有比，以达其情。文之作也，可无喻乎？”[32] 清章学诚《文史通义·易教下》：“《易》象虽包六义，与《诗》之比兴，尤为表里。”[33]《易》象尽意，《诗》之比兴是达情，两者在思维方式上有可以沟通之处，然而《易》之“象”和《诗》之“比兴”貌同实异，这一点钱钟书在《管锥编·周易正义二十七则》中辨之甚明：“《易》之有象，取譬明理也，‘所以喻道，而非道也’（语本《淮南子·说山训》）。求道之能喻而理之能明，初不拘泥于某象，变其象也可；及道之既喻而理之既明，亦不恋着于象，舍象也可。到岸舍筏、见月忽指、获鱼兔而弃筌蹄，胥得意忘言之谓也。词章之拟象比喻则异乎是。诗也者，有象之言，依象以成言；舍象忘言，是无诗也，变象易言，是别为一诗甚且非诗矣。"[34]钱钟书的话颇为精警，《易》之象只是"意"的表征，得意可以忘象，而诗中的草木虫鱼等形象却是整首诗的有机组成部分，诗意和诗中之"象"是难解难分的。因为将《诗》之喻视同《易》之象，在解诗中运用"忘言觅词外之意，超象揣形上之旨"，自然就产生了《毛传》《郑笺》的索隐附会，以草木虫鱼鸟兽"比"、"兴"政教大义。但是由"比德"的诗教再跨前一步，"由于主要是作为道德或人格的情感象征，自然景物才失去其可能被赋予的种种神秘性威吓性，从而也有可能在日后的发展中，日益与人的各种感情交融会合，而终于创造出中国文艺中特别重视的所谓情景交融的艺术意境"，[35]汉末以下社会政治的动荡，使这一时期的诗作有"感"而发，对无限时空中个体生命进行体验和反思，"感物兴情"，"感物兴哀"，"感物兴诗"之类的创作经验之谈，虽只言片语，却随处可见，挚虞突破汉儒"兴者喻"的解释，提出"兴者，有感之辞"的解释，将"兴"与"感"联系起来，魏晋玄学兴起，王弼释《周易》之象为"夫象者，出意者也。言者，明象者也。尽意莫若象，尽象莫若言。……然则，忘象者，乃得其意也，忘言者，乃得其象也。得意在忘象，得象在忘言"。[36]"得意忘言"说影响很大，在文学理论上，探讨如何在创作中达到语言表达思想的丰富性，成为众多论者关注的问题，钟嵘于此有相当的吸收，标举"文已尽而意有余"为"兴"的新解，此后，所谓"感兴"、"兴象"、"兴趣"、"心物论"、"情景论"是基于不同时代文化思潮与创作风尚的不同理论表述，而其基本的观念，由对"兴"的理解而来，内在的理路，显然也是有迹可循的。由"观物取象"到"比德"，由"感物言志"到"触物兴情"，由"立象尽意"到"言不尽意"再到"文已尽而意有余"，"物"与"心"由此及彼的关系，构成"兴"义的丰富性，"兴"是诗意的动情力，而就其能达到的效果而言，则是“文已尽而意有余”，是诗歌创作中“心物”、“情景”交互作用，是达到“物我相融相生”的艺术效果和审美境界的重要桥梁之一，正是在这种意义上，我们说“兴”是中国传统诗学思想的核心。

以上将“兴”从艺术思维和审美观念的角度，对“兴”义的历史发展上作了一番清理，也是将“兴”作为一个不断发展演变的概念，循历史一轴，探研随创作及时代文化思潮的发展，“兴”义的演化。那么，随着白话新诗的崛起，白话新诗是否完全切断此母体的脐带？“兴”所体现的古典诗学的趣味和审美标准在白话诗中是否有效呢？实际上，从早期白话诗的理论探索中，“兴”就不断为新诗论者所谈及，而且无论是将其作为诗歌的表现方式还是作为诗歌观念，他们都不约而同地将“兴”与“象征”、“象征主义”联系起来，一是外国的新思潮，一是中国传统的诗学思想，这两者有何可以沟通之处呢？“象征”是否可以视为对“兴”的现代阐释呢？这种类比是不是一种误读呢？这不得不回溯象征主义诗歌在中国的接受及其对白话新诗在创作和理论上的影响。

## 2. 象征主义与新诗

### 2.1 象征主义诗歌及其理论在中国的接受

正如韦勒克所说：“不仅是法国，二十世纪整个西方世界的诗歌概念都是由法国象征主义所产生的理论支配的。”[37] 事实上，“symbole”并非19世纪下半叶法国诗人所创造的新词，它早已存在，[38] 不过以“象征主义”命名自波德莱尔以来一种与古典主义、浪漫主义及自然主义相背离的现代诗歌趋向，始自莫雷亚斯在1886年9月18日《费加罗》报的《文学宣言》，其后，就象征主义进行研究的论著可谓汗牛充栋，这些研究从不同的角度勾勒象征主义，有各自的理论表述和定义，要从中寻找出象征主义的总体公式显然不太现实，法国《文学大辞典》在“象征主义”的词条下，开首就承认："几乎没有一个标签会如'象征主义'或'象征派'那样让人——包括那些似乎是这两个标签最棒的诠释者——接受得那么困难。"[39]但是在纷繁复杂的各种理论表述中，我们可以选择几个核心的观念：如对诗歌语言的要求、诗的音乐性、契合（correspondence）等作简单的评述，这几个问题也是中国现代文论家、新诗理论家们经常引述、评介的。

威尔逊在《阿克尔的城堡》一书中，概括了"象征主义"的核心观念，他指出："去暗示事物而不是清楚地陈述它们乃是象征主义最重要的目标之一。"的确，从马拉美开始，对诗歌语言的重视就成为象征主义关注的重点。1886 年 4 月 16 日，《时尚》（vogue）杂志发表马拉美答记者问，马拉美认为"诗是通过具体固有节奏的人类语言，对生存各方面的神秘含义所作的表述。"[40]"人类语言"在这里大概指不同于日常语言的诗歌语言，固有节奏和神秘含义则是马拉美对诗歌语言的理解，马拉美对"诗"的这一定义在法国现代诗歌观念的形成过程中起了重要的作用。正如韦勒克所总结的：象征主义者"不满足于日常的消息性语言，试图创造出一种完全独立的诗的语言。"[41]

由于重视诗歌语言的暗示性、神秘性，诗的音乐性成为象征主义最重要的追求，马拉美在《瓦格纳：一个法国诗人的梦》一文中首次将音乐与象征相连，音乐是暗示性的，潜在的，是对情感的本质进行暗示。音乐与诗的象征有根本的区别，但象征主义诗人们认为它们在接近神秘、未知和绝对上是可以汇合的。在诗的音乐性的探讨方面，魏尔伦比马拉美走得更远，魏尔伦在《诗的艺术》中关于"音乐先于一切"的思想后来成为文学史上象征主义的一个重要标志，诗不能只述说诗人的感觉，诗要让人们感觉到这种感觉，而完成感觉的过程是诗人与读者共同创造诗的过程。在魏尔伦看来，诗的音乐能接近感觉的暗示，音乐造成了诗歌语言的属性和功能，是诗歌的最高品质。中国二三十年代象征派诗人接受的大致是魏尔伦的音乐性。

至于象征主义诗论的另一核心概念“correspondances”，则是波德莱尔在诗中最初提出来的，它的涵义之一就是认为，在自然事物、人的心灵和宇宙的神秘精神之间存在着某种对应，作家通过这种对应关系，亦即象征的寻求可以找到沟通二者的桥梁，使个人和最深邃的宇宙精神契合，由于“correspondances”与中国审美艺术思维方式有共通之处，所以也成为中国现代理论家们最经常引述的一个象征主义的概念。

在对象征主义诗论有了一个初步的认识之后，我们可以回头看看自“五四”前后开始，中国现代诗论对象征主义的评介接受的情况。

自 1915 年 11 月《新青年》发表第一篇介绍欧洲文学的文章《现代欧洲文艺史谭》，象征主义就开始进入中国现代文论家的理论视野，《新青年》、《少年中国》等杂志开始陆续译介象征主义的诗歌和理论。Symbolisme 一词最初被译为“表象主义”，见于陶履恭发表于《新青年》4 卷 5 期的《法比二大文豪之片影》一文中，1920 年 2 月，茅盾（沈雁冰）在《小说月报》11 卷 2 号发表《我们现在可以提倡表象主义的文学么？》，指出“表象主义是承接写实之后到新浪漫的一个过程，所以不得不先提倡”，文章谈到写实主义、表象主义与新浪漫主义之间的关系及对中国的意义，观点颇能代表当时对象征主义理解的独特逻辑。茅盾认为“表象主义”可以作为写实主义艺术的一种丰富和补充，起到精神平衡的作用，使人不至于太悲观，这实际上根据中国当时社会现实启蒙运动的需要，赋予“表象主义”平衡精神的乐观色彩，显然是一种有意的曲解。从这种动机来看，从译介接受的早期开始，中国现代的理论家们在象征主义中发现而共鸣的东西，大都是站在固有的理论立场上，对象征主义作有限的，甚至是有意曲解的吸收。他们关注的或许不是对象征主义的本质作整体系统的描绘，而是结合当时中国社会文化的实际，对象征主义作相当的吸收。

除了理论的译介和倡导外，20年代初，一些被视为萌芽性的中国象征派诗已经出现，以李金发为代表的象征诗也"异军突起"于诗坛，并于1925年出版了名震一时的《微雨》，不过李金发对中国象征诗派的诗歌理论却很少做系统的探究，真正对象征主义诗论有所领悟和汲取的，是后期创造社的两位诗人——穆木天和王独清，他们写于1926年的《谭诗》和《再谭诗》两篇相互应和的文章，针对"五四"以来新诗创作的状况和倾向，有意引入象征主义诗论的一些观念，提出具体的富有建设性意见。

改变新诗创作的散文化和浅薄直露的倾向是穆、王二人文章的出发点，穆木天甚至认为胡适是新诗运动"最大的罪人"。他们反复强调"诗要暗示"、"诗最忌说明"，并以象征主义的"纯诗"理论作为新诗建设的方向。通过以上对象征主义诗论主要观念的简介，我们已经初步明了象征主义"试图创造出一种完全独立的诗的语言"，无论是诗的音乐性，还是"色的听觉"理论，都是在这一思想下的理论尝试，而后来瓦雷里沿马拉美的思路，把诗的纯粹性推至极点，提出"纯诗"的概念，企图在诗歌中"完全排除非诗情成分"，并认为"纯诗的思想，是一种不可思议的典范的思想，是诗人的趋向、势力和希望的绝对境界的思想。"[42]象征主义的"纯诗"理想是以对功利主义艺术观的否定为基础的，就此而言，排斥艺术内容，也就意味着割断艺术与社会的天然联系，如马拉美就公开呼吁："让群众去谈他们的道德箴言好了，请不要让他们糟蹋我们的诗"。[43]"纯诗"理论显示了后期象征主义从重暗示反陈述的诗歌表现方式发展到对语言的色、音感觉舍此无它的强调，并逐步抛弃了诗的意象和内容，而走向纯粹的诗歌语言。这与穆木天和王独清心目中的"纯诗"是有一定距离的。

穆木天在《谭诗》中表述了他心目中所要求的"纯粹诗歌"："我喜欢用铜丝织的诗。诗要兼造型和音乐之美，在人们神经上振动的可见而不可见可感而不可感的旋律的波，浓雾中若听见若听不见的远远的声音，夕暮里若飘动若不动的淡淡光线，若讲出若讲不出的情肠才是诗的世界。”[44]而王独清也宣称；“要治中国文坛审美薄弱和创作粗糙的弊病，我觉得有倡 poesiepure 的必要。”[45]然而，在追求所谓“纯诗”的道路上，中国的理论家却没有象西方象征主义的前辈们走得那么远，不可能把诗的纯粹性贯彻到底。穆木天始终坚持诗是“内生活的真实的象征”，而王独清所归纳出的理想中完美的诗公式：（情 + 力）+（音 + 色）= 诗，也显示出他仍然将诗歌表现的内容和形式明确地区分开来，并把前者放在一个重要的位置上。而穆木天、王独清在对象征主义的接受中，最独特的逻辑还在于他们力图将国民文学的社会责任与象征主义的纯诗理想结合起来。

在《谭诗》中，穆木天对旁人在这个问题上可能的质疑作了回应：“或者你要问我说，‘你主张国民文学——国民诗歌——你又主张纯粹诗歌，它不是矛盾么？啊！不然，国民的生命与个人的生命不作交响（correspondance），两者都不能存在……国民文学是交响的一形式，人们不达到内生命的最深的领域没有国民意识，对于浅薄的人国民文学的字眼不适用，国民的历史能为我们暗示最大的世界，先验的世界，引我们到 Nostalgia 的故乡里去，如此想，国民文学的诗，是最佳的诗也未可知。”[46]在这里，穆木天接触到了象征主义的一个核心，“corrcspondance”，穆木天译为“交响”，不过，他并没有强调波德莱尔“correspondancc”这一概念中形而上学和神秘主义方面，而是力求在象征主义内部找到一种理论，将国民文学的提倡和纯诗理想统一起来，从这种动机出发，他不惜曲解了波德莱尔“corrcspondance”的概念，“一方面将国民文学神秘化，另一方面又将象征主义的观念世俗化、现实化”。[47]王独清在这个问题上也赞同穆木天的看法：“我同木天一样，虽然主张唯美派的艺术，但同时又承认这与国民文学毫无矛盾而主张国民文学！"[48]穆、王两人都力图将象征主义"纯诗"的唯美主张与国民文学的社会责职统一起来，事实证明，这一努力是失败的，而后来，穆木天也放弃了自己的象征主义观点。[49]但从穆木天这种努力的本身，我们可以看到，在象征主义的理论逻辑之外，还有更为复杂的因素制约着理论家的选择，这里面有强大的社会精神要求，也有理论家个人的感性和偏好，而在他们的意识当中，也往往存在着传统的因子，制约了这一移植的过程。穆木天在文中认为李白的诗"有一种纯粹诗歌的感"，而"杜牧之的《夜泊秦淮》里确暗示出无限的形而上的感"，已经有将古诗与"象征主义"诗歌理论相沟通的意图，不过，进一步诉诸传统诗歌美学作为理论接受的依据和理由的，却是周作人和梁宗岱，他们将"兴"和"象征"作了类比，希望在理论上倡导将"中国旧手法"和"外国新潮流"相结合，作为新诗发展的路向。

### 2.2 "兴"与"象征"

周作人1926年写就的《〈扬鞭集〉序》，将"象征"与"兴"等同，纳入中国传统诗歌美学的范畴中来认识，周作人将"象征"作为一种基本的艺术表现手法。他说"象征是诗的最新的写法。但也是最旧的写法"。[50]他认为中国传统诗中的"兴体"就是"象征"。周作人将"象征"和"兴"都理解为诗歌的表现手法，对两者都是过分简化的比较批评，但周作人却对此作出了乐观的展望，认为："这是外国的新潮流，同时也是中国的旧手法；新诗如往这一路去，融合便可成功，真正的中国新诗也就可以产生出来了。"周作人将"象征"和"兴"都作为为诗歌艺术的表现手法，是简单化的理解，而且他也未作具体的分析与论证，不过，周作人此文背后的理论逻辑却颇耐人寻味，他的批评感觉已隐约触摸到"兴"与"象征"之间的内在联系，而且将"兴"与"象征"并提，目的又是要为"真正的中国新诗"寻找一条路向。

应该说，周作人对“兴”与“象征”的论述更多的只是一种感觉上的敏锐，而且只在艺术表现方法的层面探讨，没有触及“兴”与“象征”在诗歌观念层上的涵义，真正对“象征”和“兴”的“共相”作更深入探讨的是梁宗岱。

梁宗岱发表于1934年的《象征主义》一文，从比较文学的角度研究了象征主义与中国传统诗学的特点与关系，特别是对“象征”和“兴”作了贯通和融会。文章开篇就指出：“所谓象征主义，在无论任何国度里，任何时间底文艺活动和表现里，都是一个不可缺少的普遍和重要的因素罢了。”[51]可见梁宗岱是将“象征主义”作为超越时间空间的“共同模子”来认识的，这是对“象征主义”极其主观的、个人化的理解。[52]接下来，梁宗岱先引出朱光潜在《论美》中对象征的定义：“所谓象征是以甲为乙的符号……象征的定义可以说是‘寓理于象’。”梁氏对此一定义颇不以为然，明确指出这是把文艺上的“象征”和修辞学上的“比”混为一谈，梁宗岱经过引证论析后认为“所谓比只是修辞学底局部事体而已”，“只是把抽象的意义附加在形体底上面，意白意，象自象”，在梁宗岱看来，象征和《诗经》里的“兴”颇为近似，他先引《文心雕龙》对兴的诠释：“兴者，起也；起情者依微以拟义”，进而指出，所谓“依微拟义”颇能道出“象征底微妙”，从上面对“兴”义演变的历史梳理，我们可以看到刘勰对兴的理解既以“兴”为“起情”，又以“兴”为“托喻”，是“参古以酌今”，颇为圆融的解释，不过梁宗岱所着眼的并非刘勰释“兴”的历史延续和上下文，与对“象征”的理解一样，他抓住的是“兴”和“象征”在表现两物之间微妙关系上的相似性。较之周作人蜻蜓点水式的议论，梁氏的不同之处在于他抓住“象征”和“兴”的关联后，继续条剖缕析，深入探讨，通过《诗经》、杜甫诗的实例和对谢灵运和陶渊明诗句的比较，进一步得出结论：“所谓象征，只是情景的配合，”而象征的两个特性，即为“融洽或无间”，“含蓄或无限”。梁宗岱不仅将“象征”和“兴”

作为相似性的概念加以探讨，而且通过对东西方诗学的双向论述，彼此互为证明，互为解说，从诗歌观念上将“象征”与中国传统诗学的核心“兴”加以沟通。

象穆木天一样，梁宗岱也接触到了波德莱尔“correspandances”，梁氏将其译为“契合”，并认为“象征之道也可以一以贯之，曰，‘契合’而已”，接着，他又以诗一般的笔调，描绘了“契合”的状态：“一种超越了灵与肉，梦与醒，生与死，过去与未来的同情底韵律在中间充沛流动着。我们底内在的真与外界底真调协了，混合了。我们消失，但是与万物冥合了。我们在宇宙里，宇宙也在我们里：宇宙和我们底自我只合成一体，反映着同一的荫影和反映着同一的回声。”[53] 波德莱尔诗中神秘主义和形而上学的色彩被梁宗岱诠释为物我不分，形神两忘的境界，这显然也是对“契合”的有意误读，实际上是将现代西方诗学的概念纳入中国传统诗学的语境中。

梁宗岱将“象征”与“兴”并举，他所引的是刘勰“依微拟议”的概念，但在具体的分析中，他所谓“景即是情，情即是景”、“形神两忘”、“物我不分”，比较接近于明以来对“兴”的理解，李梦阳的“假物以神变”，谢榛的“情乃诗之媒，景乃诗之胚”，王夫之的“情景虽有在心在物之分，而景生情，情生景，哀乐之触，荣悴之迎，互藏其宅”，都可与梁宗岱的解说相发明，由此我们也可以看到梁氏在接受“象征”时所诉求的是传统诗学在“兴”义中隐约透露的艺术思维模式和审美观念，而实际上，心与物之间的起兴和超越的象征之道是有本质差异的。

象征主义注重的是神秘与未知，心灵与未知的关系，对诗的音乐性的追求，“纯诗”的理想，与西方由19世纪到20世纪社会历史和文学的发展是分不开的，是对浪漫主义和巴拿斯派的总结和深入，浪漫主义对古典诗律的动摇和自我的膨胀，巴拿斯派对情感的极力隐去和对诗歌艺术的刻意追求，使继起的象征主义把语言提升到具有创造世界的能力，马拉美所说的“美”象一束我们在植物界在花圃上所看不见的新花，神妙地，音乐地从语字中升起，诗人把物象从它们具体的自然环境里抽离出来，然后把它们移放在语言世界里，他所创造的“花”是不见于植物界的，这就是所谓“还创造性给语词本身”，希望创造一种独立的诗的语言。而波德莱尔所谓“契合”的概念无论是在理论自身的历史延续方面还是在哲学和美学上的假定都与中国传统美学中“物我不分”，“形神两忘”有根本性的差别，波德莱尔题为“correspondances”诗中，“自然是座大神殿，在那里活柱有时发出模糊的话；行人经过象征底森林下，接受着它们亲密的注视”，这种非人间的、充满神秘主义和形而上的“契合”与传统诗学由“观物取象”到“比德”，由“感物言志”到“触物兴情”，由“立象尽意”到“言不尽意”再到“文已尽而意有余”，“物”与“心”由此及彼的关系，所构成“兴”义的丰富性，显然是有根本的歧异的。

梁宗岱对“兴”与“象征”的歧异避而不谈，而是在两者间寻求平行的例证，将“物我或相看既久，或猝然相遇，心凝形释，物我两忘：不知何者为我，何者为物”作为象征的最高境，将芭蕉写蛙跳水鸣的俳句和林逋的绝句作为象征诗的最高范例，这种双向的有意误读，使梁宗岱的阐释缺乏理论的严密性。

可见，周作人、梁宗岱将“兴”与“象征”进行的类比，其实是建立在对这两者部分误读的基础上的，而且，对传统文化、美学的执着，包括历史理论和思维习惯，牵制和决定了他们对象征主义理论中某些层面的排拒。事实上，某种流派、某种思潮为某位理论家所接受并有意阐发的，不一定是其精要的部分，而往往是能接上当时社会需要的部分，周作人、梁宗岱等将“兴”和“象征”进行比照，有一个共同的心理基础就是对早期新诗创作的粗糙和浅薄不满，认为运用“象征手法”可以为新诗带来“含蓄”和“朦胧”，而“象征”不仅是外国的新潮流，也是中国的旧手法——兴，所以更是新诗应该努力的方向。他们的意图是要在新诗中倡导"含蓄"，虽然触及象征主义，但根本的出发点还是中国古典诗学中由"物"及"心"，最终达到"文已尽而意有余"的含蓄的境界。

在这里，周作人和梁宗岱实际上都运用了一种迄今仍颇有争议的批评逻辑：将"兴"和"象征"抽象出来作为中西诗学的代表性典范，然后要求白话文写成的新诗能够达到或接近这一共同的典范，这一要求是比较模糊的，而且在现代诗歌批评史上，人们很难寻觅到一种有说服力的理论，能够为这样的要求提供充足的依据。比如，提出这样的要求，必须在理论上令人信服的澄清中文诗与西文诗语言的差异性问题，也必须清晰地说明"兴"与"象征"两个概念涵义的历史演变有其一致性，而这几乎是不可能的。所以，抽象性的类比其实经不起进一步的推敲。

以外国的新潮流为参照，确实为新诗带来了可能的方向，不过机械地将中西的一些概念进行类比，而没有细致地分析各自的历史演变和具体的创作实践，最终就难免陷入以现象解释现象的循环中，仅仅成为口号性的倡导，而对实际的诗歌创作并无多少裨益。

从客观上来说，仅从诗歌要达到的"含蓄"、"朦胧"的效果着眼，人们很难区分"难懂"、"晦涩"和"含蓄"、"朦胧"的界限在哪里。就"兴"而言，也并非能通向"含蓄"境界的灵丹妙药，钟嵘早就指出专用"比兴"的毛病，《诗品序》云："若专用比兴，则患在意深；意深则词踬。若但用赋体，则患在意浮；意浮则文散。嬉成流移，文无止泊，有芜漫之累矣。"[54]他指出"意深"、"词踬"是"比兴"的毛病。近代学者黄侃在《文心雕龙·比兴》论及"兴义罕用"，也说："自汉以来，词人鲜用兴义。故缘诗道下衰，亦由文词之作，趣以喻人。苟览者恍惚难明，则感动之功不显。"可见，用"兴"也有"难明"、"晦昧"的毛病。所以，周作人、梁宗岱这种缺少辨析的作法，很快就在批评实践中受到了挑战。从二十年代到四十年代，周作人寄望于象征主义为新诗带来的“含蓄”和“朦胧”，在一大批论者眼中却成为不折不扣的“晦涩”。比如，他在李金发的象征主义诗歌中意识到“别开生面”的东西，就被很多论者斥为“晦涩”。

以上的分析，针对“歌谣体”新诗借鉴民谣“赋、比、兴”手法在艺术表现上的得失，以及现代诗歌批评将“兴”和“象征”进行类比的可行性进行了解剖。可以看到，虽然“五四”以后将《诗经》解读为“民间歌谣”，极大增强了“由《诗经》到新诗都来自民间”的进化论文学史观，而收集歌谣运动的勃兴，更使时人对从歌谣中发展新诗抱有乐观的期望。但从表现手段上来看，“歌谣体”新诗套用民歌的所谓“赋、比、兴”手法，除了给诗歌带来一些清新的“地方特色”，更便利于宣传之外，在诗歌表现上由于缺乏变化，也显得比较单一和板滞，而且，这种借鉴受进化论概括文学史的思路影响，希望从民间吸取资源发展新诗，本也无可非议，但模糊民谣和诗的不同之处，过分突出诗歌创作的集体性、民间性，使“新诗歌谣化”运动既简单理解了民歌，也简单理解了“赋、比、兴”手法，在艺术表现上就显得直白和浅露。

而将“兴”与“象征”进行类比，拈出了“兴”与“象征”在“联想”心理过程和“含蓄”的艺术效果方面的相似之处，希望为早期过于直白的新诗创作找到方向，却由于缺少辨析，所以在新诗的创作上就只流于口号式的倡导，在现代诗歌批评上也无法自圆其说。

“新诗歌谣化”是希望从传统的民间资源中寻找方向，但由于新诗在诞生伊始就受到外国的影响，在词汇上在文法结构上都不只是以“俗语”为诗歌语言，而民谣简单的手法确实也无法表达现代人复杂的情思，所以除了刻意为之的“歌谣体”，实际上新诗本身接受歌谣的影响很少。将“兴”和“象征”并举，目的是寻找能概括中西诗学共通性的艺术观念和方法，开拓"真正中国新诗"的方向，但抽象化概念的类比，以抽离具体语境的误读开始，最终也只能是以现象解释现象，"真正新诗的方向"也并没有在"兴"和"象征"的融合中出来。

那么，我们是否可以就此得出结论，"赋、比、兴"只是古典诗学的概念，它在白话文写作的新诗中已经失去其在创作上的借鉴意义和诗歌批评上的审美标准有效性呢？对于这种武断的结论我们是必须审慎的。无庸置疑，现代白话诗与古典范例之间存在着历史距离，白话文取代文言，成为新诗的语言，这一变化是重大而深刻的。随着而来的疑问就是："赋、比、兴"由总结《诗经》而来，历经数千年的演变，其涵义本身也有很多缠夹难明之处，它与白话新诗能有什么联系呢？其实，从"赋、比、兴"的历史演变我们可以看到，就这一概念本身而言，历代的诗论家们，从钟嵘开始就冲破了《诗经》的限制，在《诗经》以外，如以五言诗、七言诗为对象来探讨"赋、比、兴"，这一现象给我们一个重要的启示就是，"赋、比、兴"并不是类型概念，也并不局限于诗歌的形式，从《诗经》的四言到五言诗、七言诗都可以作为"赋、比、兴"这一概念的立论依据，以此类推，在新诗发展传统表现手法和批评方法的讨论中，如果从新诗与"赋、比、兴"可能具有的联系为一个角度，我们是否也能以现代白话诗为立论依据来讨论"赋、比、兴"呢？

要回应这一颇具挑战性的问题，我们首先就必须对"五四"以来加诸古与今的一种二元对立的思维方式有清醒的认识。"五四"以来积极倡导的"白话文运动"，把口语引入书写，改变过去以文言为基础的书写用语。它的主要目的，是使书写更接近人们的日常感觉与思考方式，这一方向也是现代社会诗歌时代性与题材性选择的必然进展，所以今天我们尽管不满早期浅露的诗风，但胡适等前驱者对白话诗的积极倡导和身体力行，我们是应该表示敬意的，新诗的成绩不尽理想，也不应该简单归因于他们。但“文学革命”那种新旧对立的思维模式却值得反思。

所谓中国诗的传统，以广义而言，当然牵涉到《诗经》以降的诗史演变，以现代批评术语而言，也牵涉到文学以外的文化与社会，但古今之分却并非一刀两断式的“银货两讫”。虽然新诗作为思想启蒙运动——文学革命的一部分，是先有理论的倡导，又是自古体诗冲出来的一项突破，彼此在语言和形式上关联并不密切，看上去是干净利落的新篇章，这使当时很多人产生了“旧体”诗已死，新诗代表“进步方向的错觉。但从《诗经》到现代诗，不是因为现代诗比三百篇进步，也不是因为古诗已“死”而需要脱胎成新诗，主要的进展原因可能还在于时代性与题材性的不同感受和选择，比如，我们经常谈到的现代诗的某种晦涩表现乃是来自现代人对现代生活复杂性的一种心理过程等等，所以，创新并不就意味着进步，也不是把传统推倒重来，如果我们把中国诗的传统不作那么狭隘的理解，那么，新诗不是代表了一种新的传统出现，而是一种加于过往传统的增量（increment），假如它真是一种增量的东西，则无所谓新的比旧的好，新的比旧的进步了，从新诗的历史发展来看，在开始的时候也生产了不少“次品”，这也证明了形式上的创新就一定是有价值的或者是代表了进步的未来方向。

说中国诗是汉字写成的诗，大概不会有太大的疑议，白话文更接近口语，而且转译的词汇也很多，但还是以汉字为基本材料，这一点就决定了单纯横向移植西方的语法、句法及手法并不能提高白话诗的“诗”性，反而在吸取汉诗艺术传统方面，有诸多可能性还远未被意识到，或者作更深入的探讨。对“字”的重视，近几年来已有语言学者开展了深入的研究，也有一些诗人提出“现代汉诗”的概念，越来越多的人认识到白话诗的“源”，应该在中文文字的可能性之内。诗的形式、语言和格律可以随时而迁，从四言到五言、七言到自由体的白话诗，但作为"诗"，作为用中文文字写成的诗，在表现手法和批评方法上，汉诗传统有没有一些因素还存活于白话诗的框架中，也就是说在诗歌表现、诗歌观念、诗歌批评方法诸方面，现代白话诗对汉诗艺术传统有何承传和变异，它对传统的"增量"是什么？

就"赋、比、兴"而言，在表现手法上，代表诗的"三个方面或三种态度"，"赋"的"直陈"、"比"的"拟喻"、"兴"的"触物兴情"，这三个方面在现代白话诗中也并非无迹可寻。以现代批评术语来说，诗的传达与组织关系、比喻的方法和意象的经营关系密切，新诗当然不例外，比如在比喻方面，或变故为新，或新创，白话诗在方法上就和传统的"近取譬"不太相同，但以"比"名之，也无不可。总之，我们可以暂时借用"赋、比、兴"为名，看看白话诗在表现手法上，对传统继承了什么，它的"增量"又在哪里。我们在接下来的第四章继续探讨。

而在诗歌观念上，特别是对诗歌社会功能的认识方面，从孔子的"诗可以兴"开始，"比兴"就与"诗教"的观念密不可分，"五四"对儒家诗教大加鞭挞，但"重教化"的功能观念却牢牢地保存在现代诗人、评论家的意识中，并赋予了新的时代内涵。在诗歌批评方法上，自毛公"独标兴体"到朱熹将"赋、比、兴"变成批评术语，清代常州词派又以"比兴"论词，现代诗歌批评在方法上不可能分章标注"赋、比、兴"，但细读的方法和对读者的重视仍然受到现代诗论者的推崇。我们把这些问题放在第五章中讨论。

# 第四章 “赋、比、兴”与现代白话诗的表现手法

“赋、比、兴”，虽然最早见于《周礼》和《毛诗序》，但都没有具体的解释，汉人解释“六诗”或“六义”，也没有明确作出风、雅、颂是诗之体，赋、比、兴是诗之法的结论，虽然论说之中已涉及诗的表现方法的问题，但仍持“体用相兼”的观点。“赋、比、兴”明确被定义为诗的表现方法，是唐孔颖达在《毛诗正义》中提出的“三体三用”说，孔颖达虽然在阐明“六义”原旨方面不够圆融，但却更明确地提出了“诗法”的问题，把赋、比、兴列为三种表现方法，开启了此后对于诗的表现方法越来越深入的研究，对后人有很大影响。随着创作的发展和批评风尚的变迁，对“赋、比、兴”的具体解释虽然颇为纷繁缠夹，但将“赋、比、兴”作为诗的表现方法，却始终是众多解说中较为集中的认识，而且不再局限于《诗经》，立论的依据扩大到一切的诗歌创作，成为诗歌创作具有普遍意义的表现方法，成为“诗学之正源，法度之准则。”诚如叶嘉莹所言：“如果我们不用旧日经学家的牵附政教的说法，而只从‘赋’、‘比’、‘兴’三个字的最简单最基本的意义来加以解释的话，则所谓‘赋’者，有铺陈之意，是把所欲叙写的事物加以直接叙述的一种表达方法；所谓‘比’者，有拟喻之意，是把所欲叙写的事物借比为另一事物来加以叙述的一种表达方法；所谓‘兴’者，有感发兴起之意，是因某一事物之触发而引起所欲叙写之事物的一种表达方法。”叶嘉莹是以简单明了的现代汉语对“赋、比、兴”作为诗的表现手法作了她自己的解释，所本的是宋

代李仲蒙从“情”与“物”不同层次的关系上探讨“赋、比、兴”的解释，所谓“叙物以言情谓之赋，情物尽也；索物以托情谓之比，情附物者也；触物以起情谓之兴，物动情者也。”不过叶嘉莹这个简明的解释，大致符合“赋、比、兴”作为表现手法所牵涉的“情”与“物”关系的传统思路，可以作为我们理解这三种传统的表现手法仍然为现代白话诗所继承和发展的一个引子，因为如果从“情”与“物”的关系来理解“赋、比、兴”作为诗歌表现手法的话，现代白话诗以现代语言表达现代生活的经验和情感，在语言形式上完全打破了中国古典诗的格律模式，但白话诗的创作也必须经历由构思到传达的过程，同样离不开处理“心与“物”的关系，如果从这个角度看的话，要传达现代生活的经验和情感，“叙物”、“索物”、“触物”三种基本的表达方式，现代诗人自觉不自觉仍然是使用着的，而且由于现代生活的复杂性和对西方诗艺的借鉴，白话诗还把这一传统诗歌艺术经验在中西融合的道路上继续发展，如“比”的手法，就不只是“近取譬”，还采用了“远取譬”，大大扩大了“比”的表现力。

在处理“赋、比、兴”与现代白话诗的表现手法这样一个题目的时候，我们还必须明确，虽然在理论探讨上，有这三种表现方式的区分，但在诗歌的创作实践中，这三种表现手法却有很多可以相通之处，而且往往是交替使用的。“赋、比、兴”必须并用，不可偏废之说法，早在齐梁时的钟嵘就已经提出来了，他说“若专用比兴，则患在意深；意深则词踬。若但用赋体，则患在意浮；意浮则文散。嬉成流移，文无止泊，有芜漫之累矣”，所以，要“宏斯三义，酌而用之”。因此，我们应该具有这样一种比较全面的基本认识，即这三者在本质上是可以相通，而且是必须“酌而用之”的，虽然在具体探讨“赋、比、兴”与现代白话诗的表现手法的时候，为了论述的线索清晰，我们是分别论述的。

## 一 “赋”与现代白话诗的“散文化”

1918年1月，《新青年》4卷1期破天荒第一次发表了胡适、刘半农、沈尹默三位诗人的九首白话自由体诗，1920年3月，胡适将其白话诗集《尝试集》付梓，这是我国新文学初期的第一部白话诗集。次年，郭沫若的《女神》问世，紧接着，康白情的《草儿》，俞平伯的《冬夜》联翩而至，白话诗终于破土而出。白话新诗的诞生，是先有理论的倡导，后有创作的实践，不是后起的理论给存在的作品命名，而是先有理论的倡导，再依照倡导的规范从事创作。从胡适倡言“诗国革命何自始，要须作诗如作文”到钱玄同竭力主张“今后当以‘白话诗’为正体”之类，均针对传统文言旧体诗在新的历史时期面临的深刻危机而发，在当时是为响应和推广以白话代替文言，言文合一的文学革命主张。胡适、钱玄同、刘半农等先驱者是将新诗作为整个文学革命的一翼看待的，将诗国作为白话文学须攻克的最后一座堡垒，旨在发起一场“革命”将白话新诗推上诗歌的正宗地位。以胡适为代表的“五四”新诗运动从“诗体解放”入手，这也是总结了晚清文学改良运动与诗界革命的历史经验而做出的选择。晚清由梁启超、黄遵宪、谭嗣同、夏曾佑诸人倡言、掀起的“诗界革命”，对旧体诗做了一些“改良”，如黄遵宪就做过弘扬古风、乐府，“用古文家伸缩离合之法入诗”[1]等多种尝试，但最终止步于“以旧风格含新意境”，而“诗界革命”也始终限制在传统诗歌的范围内。不过，晚清的“诗界革命”对“五四”的新诗理论在观念上有很大的影响，可以说，“诗界革命”的终点，成为以胡适为代表的“五四”新诗运动革新的起点。

胡适曾高度评价黄遵宪的诗歌实验“都是用做文章的法子来做的”[2]并且说：“我认定了中国诗史上的趋势，由唐诗变到宋诗，无甚玄妙，只是作诗更近于作文，更近于说话。……我那时的主张颇受了读宋诗的影响，所以说‘要须作诗如作文’，又反对‘雕琢粉饰’的诗”。[3]有些论者从胡适“作诗如作文”的主张和自述受宋诗影响的这段话，认为“在某种意义上，‘五四’新诗运动正是从宋诗对唐诗的变革里，取得自身的变革与创造的历史依据与启示的。”[4]的确，“五四”新诗运动的“诗体解放”与宋诗的“以文为诗”颇有遥相呼应之处，但如果从诗的表现手法来看，溯本清源，所谓“诗体解放”带来的还是“铺陈直叙”的“赋”体表现手法大行于世。关于“五四”时期兴起的“散文诗”与“赋”的关系，也有颇多论者涉及，郭绍虞在《“六义”说考辨》中就认为：“我从现代的新诗有所谓的散文诗，这名称好似很新鲜别致，但是在以前的赋和颂已有这种散文化的倾向。”[5]朱自清在《经典常谈·辞赋第十一》中论及赋，也认为“散文化更容易铺张些。‘赋’本是‘铺’的意思，铺张倒是本来面目。”[6]既然“散文化”、“铺张”都与“赋”体有关，那么，“赋”究竟是一个什么概念呢？这一概念在不同历史时期和不同论者那里，具有怎样不同的历史涵义，又经过了怎样的发展变化？理清这一脉络，我们方才能对“五四”白话新诗的表现手法与“赋”的关的关系有一个比较明晰的论断。

赋字，《说文》曰：“敛也。从贝，武声。”段注：“敛之曰赋，班之亦曰赋。”由于赋与敷、铺、布发音相近，可以通借。东汉郑玄注《周礼》“六诗”，对“赋”有如下解释：“赋之言铺，直铺陈今之政教善恶。”[7]郑玄强调“赋”的“直陈”含义，可能也是为了和比、兴区别开来。到唐孔颖达在《毛诗正义》中提出的“三体三用”说，将“赋”进一步规定为“直陈其事不譬喻”。此后对于“赋、比、兴”的解释，特别是对“比”和“兴”，后世还有颇多争议，但对于“赋”，作为诗的表现方法来看待，基本上与《孔疏》的解释，没有很大出入。如朱熹在《孔疏》“三体三用”的基础上，又提出“三经三纬”，[8]但对“赋”的解释，仍是“赋者，敷陈其事而直言之者也。”[9]至于论《诗经》以外作品，如钟嵘论五言诗之“赋”，所谓“寓言写物，直书其事”，也以“直书”为解。

从诗歌创作来看，赋作为诗歌表现手法的一种，在古典诗创作中颇受重视，所以朱自清考察了唐以来的“比兴”观后，也不得不承认：“建安以来的作家，可以说没有一个用过《传》、《笺》式的“比兴”作诗的。用《楚辞》式的譬喻作诗的倒有的是，阮籍是创始的人。不过这一种，连后来的比体在内，也还是不多。赋体究竟是大宗。”[10]

至于作为“韵文一体”的“赋”，是在汉代受了《楚辞》的影响，声势曰盛，离《诗》而自成韵文之一体。[11]汉之后，赋体又逐渐分化，有齐、梁、唐初“俳体”的赋和唐末及宋“文体”的赋，到唐宋取士，更有所谓“律赋”，调平仄，讲对仗，限于八韵。

总而言之，如果把“赋”作为诗歌的一种表现手法，保留它“直陈”、“铺叙”、“叙物言情”的涵义，我们会发现，早期的白话诗标榜“自由”，又以“近于说话”为自然，用的也多是“直陈”的手法。胡适作于1919年8月的《我为什么要做白话诗》(即《〈尝试集〉序》)中对“诗体解放”有完整的表述：“若要做真正的白话诗，若要充分采用白话的字，白话的文法和白话的自然音节，非做长短不一的白话诗不可。这种主张可叫做‘诗体的大解放’。诗体的大解放就是把从前束缚自由的枷锁镣铐，一切打破：有什么话，说什么话；话怎么说，就怎么说。这样方才可以有真正的白话诗，方才可以表现白话的文学可能性。”[12]胡适将“诗的散文化”和“诗的白话化”统一起来，希望从古典诗歌的形式结构中挣脱出来，开辟了现代白话诗的“新纪元”。从形式上看，新诗不用韵，不讲究平仄，大量采用虚词，采用现代汉语的句式和章法，以清晰的语义逻辑成诗，这些都从根本上有别于传统诗歌，其“革命性”是不言而喻的，但如果从表现手法来看，所谓“有什么话，说什么话；话怎么说，就怎么说”，也不妨以“赋”（直陈）名之。

“有什么话，说什么话；话怎么说，就怎么说”，形成了对感情和生活体验直白的抒写，而胡适力倡的“具体的做法”，也使“五四”时期的诗作，显示出客观写实的倾向，即用白描的手法如实摹写生活场景和自然景物，所以早期的白话诗，以散文化的形式，多采用“直陈”的抒情和“具体”的白描和渲染的手法来刻划对象。这个时期的很多作品都表现出铺叙和白描的倾向，如胡适的《人力车夫》、刘半农的《铁匠》、周作人的《两个扫雪的人》，康白情的《草儿在前》等都是对社会人生和民间疾苦的描绘和抒写，这是所谓的“社会写实抒情诗”。其时描摹刻画风景的写景诗也比较活跃，象俞平伯的《孤山听雨》，康白情的《江南》、《和平的春里》，傅斯年的《深秋永定门上晚景》，都纯粹以写景为主，其中最著名的是康白情，梁实秋称他为“设色的妙手”。这种以铺叙和白描的“赋”笔为主的手法，虽然在叙情状物上自然质朴，但比较直白，缺乏艺术的想象力，所以周作人认为早期的诗“象是一个玻璃球，晶莹透彻得太厉害了，没有一点朦胧，因此也似乎缺少了一点余香和回味。”[13] 不过这种“直抒胸臆”的表现手法，倒是适应了“五四”时期文化启蒙主义重视“表达思想、观念”的时代要求。

同样是因为要“传达”要“表现”，后来就有了郭沫若以直接倾泻的方式来抒写内心的激情的《女神》等作品，抗战时期，为了忠实地记录了民族战争时期民族团结奋起的昂扬情绪，抒情的方式更多以直抒胸臆的呐喊，宣言式自白，同时还加人大量议论式的陈词。也有人把新诗的这种“直陈”和“铺叙”的手法，称为“诗的散文化”，与“格律化”“纯诗化”对应，如朱自清就将抗战前后的诗作概括为：“抗战以前新诗的发展可以说是从散文化逐渐走向纯诗化的道路”，“抗战以来的诗又走到散文化的路上”。[14]

“诗的散文化”的提法显得比较含糊，因为自由体“诗”和“散文”如何明确划界常使现代诗论家们左右为难，再加上“散文诗”出现，更使边界模糊。在使用“诗的散文化”这一概念的时候，它更多地是与“格律化”、“纯诗化”相比照。尽管早期自由体诗浅露的毛病颇受继起者抨击，“格律化”“纯诗化”的尝试也一直有人提倡，但很多诗人还是承认所谓的“自由体”新诗，在表现现代生活和情感方面，比“格律化”的新诗更具优势。如艾青就明确提出了“诗的散文美”的概念，把诗歌形式的散文化提到美学的高度，艾青指出：“散文的自由性，给文学形象以表现的便利；而那种洗炼的散文、崇高的散文、健康的或是柔美的散文之被用于诗人者，就因为它们是形象之表达的最完善的工具。”[15]

所以，白话诗的“散文化”不只是“直陈”和“铺叙”，诗人们是希望将散文化的形式与形象的表达有机地结合起来的，有意识的纠正和超越直接描摹现实，直抒胸臆的表达方式，建立一种能够表现现代的题材、情感和思想的具有“散文美”的自由体诗，这种自由诗体接近口语，但又能表达形象，具有充分表现力和弹性。因为“赋”虽然是诗歌的主要表现手法，但如果通篇都用直接陈述的语调，用狂吟式的感情抒写，用记帐式的铺叙，就难免单调而平板，生命体验在艺术上没有经过高度提纯，虽然可以产生现时式的鼓动作用，毕竟缺乏历时性的回味，感人也不深。如前所述，早在齐梁时代的钟嵘就已经注意到这个问题，指出“但用赋体，则患在意浮；意浮则文散。嬉成流移，文无止泊，有芜漫之累矣。”

现代诗人、诗论家也正是通过对历史和现实经验的总结，积极探索自由体新诗运用“直陈”之“赋”笔，在艺术表现上如何既“具体”又“含蓄”，没有“芜漫之累”。以艾青的诗作为例，他的作品注重明白晓畅，也着意铺叙，但却没有“意浮”、“文散”的毛病，原因就在于他扩大了诗歌现实主义的思想艺术含量。“诗的散文美”并不意味着平铺直叙地再现生活场景，也不是表面式、报道式地表现生活，它同样需要艺术构思和形象的表达。艾青自觉地向象征主义诗歌艺术借鉴，追求诗歌语言的暗示性，将散文化的自由体和总体象征式的抒情表现手法结合起来，对于早期新诗缺乏想象的平实，对于创造社和中国诗歌会的感情外露和呼号都是一种有意识的反叛，可以说扩大了“赋、比、兴”三义并用的概念，将散文的句式融入诗中，从客观对象的具体形态中开掘出内在深广的社会历史内容，扩大了新诗的表现力，丰富了新诗的艺术风格。艾青的很多诗作可以说是以“天然去雕饰”的朴素手法来表现雄伟奔放的现代民族情绪，象在《雪落在中国的土地上》这首诗里，诗人在描写了艰辛苦难的农夫形象之后，接着写道:“躺在时间的河流上/苦难的浪涛/曾经几次把我吞没而又卷起——/流浪与监禁/已失去了我的青春的/可贵的日子，/我的生命/也象你们的生命/一样地憔悴呀”。把感受最深的，用最自然的方式表达出来，朴素、单纯又富有感染力，把自由诗的散文美推向了一个新的坚实的高峰。艾青的诗作与诗论直接影响了抗战以后新诗艺术的探索，如七月诗派[16]的创作，以提倡革命现实主义与自由诗体为主要旗帜，强调“突人生活”的底蕴，注入客观对象以主观的精神和个性，将历史与个人统一融合起来，“不自觉地走向了诗的现代化的道路。”[17]

以上是对自由体诗在运用“直陈”的表现手法方面的艺术探索，作了一番粗略的探讨。简单说来，五四初期以写实为主题，强调逼真地反映生活，但对“真实”的理解仅停留在事物的表层，带有一定的自然主义的痕迹，同时，“写实”的诗歌忽视“想象”的作用，在表现手法上主要是重“白描”而轻“比兴”。与写实的诗风迥然不同的浪漫诗风，主张“诗的本质专在抒情”，要求诗歌发挥想象的作用，但不论是创造社的“自我表现”还是中国诗歌会对“阶级斗争”和“民族革命”的热烈歌颂，都具有过于直白、铺叙、松散等缺陷，有些甚至变成没有深度的口号。不过，随着对白话诗艺术表现特点的认识逐渐深入，现代诗人们也开始认识到生活的激动和白话口语并不等于就能成就一首好诗，口语不等于诗的语言，生活经历也不等于诗的内容，这中间还有一个“诗的转换”的问题，正如艾青所说：“诗是借助于语言以表现比较集中的思想感情的艺术”，因此，“无论诗人采取什么体裁写诗，都必须在语言上有两种加工：一种是形象的加工，一种是声音的加工”。[18] 所谓“形象的加工”，即是以形象而含蓄的诗的语言创造出诗的意象和诗美。“诗的散文美”的提出，是希望建立一种既接近口语，又具有充分表现力和弹性的诗歌语言。

诗歌语言一旦过于“直露”就容易失去暗示性和含蓄，诗的感染力必然会受到极大影响。然而，白话作诗的难处也正在这里。早在白话诗的草创时期，俞平伯就曾说过，“白话诗的难处，正在他的自由上面，”因为“他是赤裸裸的”，使诗成为“专说白话”而缺乏“诗美”，所以他认为“中国现行的白话，不是做诗的绝对适宜的工具”，白话缺少诗的蕴含，“缺乏美术的培养”，“往往容易有干枯浅露的毛病”。[19] 俞平伯这番评论可谓中的，而且，因为“白话的传统太贫乏”，[20] 如何既要达意，又避免但用“赋”体的“意浮”、“芜漫”的毛病，确实是现代诗人面临的一大挑战。追求质朴而含蓄的“散文美”是方向之一，而“比喻”和“意象的经营”更是新诗表现的关键所在。

## 二　近取譬和远取譬

讲究用比喻，是白话诗在表现方法上一个最明显的特征。朱自清在《新诗的进步》一文中，言简意赅地概括了新诗发展的路向：从早期自由诗派较平凡的比喻到格律诗派奇丽的譬喻，再到象征诗派，比喻简直就是“他们的生命”了。假若强立名目，当然可以有各个诗派之分，但各个诗派在表现方法上，却都离不开比喻。实际上，从《三百篇》开始，“譬喻”的手法就是诗人们“托物言志”的重要手段，所谓“不学博依，不能安诗”。

从文字训诂的角度看，比，甲骨文写作，从二匕，有偕同之义。《说文》曰：“比，密也。”《段注》释：“密意足以括之其本义，谓相亲密也。余意备也。及也、次也、校也、例也、类也、频也、择善而从之也、阿党也，皆其所引伸。”先秦古籍中对“比”的运用和解说也比较具体。《左传·文公七年》记载：“宋成公卒……昭公将去群公子。乐豫曰：‘不可。公族，公室之枝叶也，若去之，则本根无所庇荫矣。葛萬犹能庇其本根，故君子以为比，况国君乎！’”《葛萬》是《诗经·王风》中的诗篇：“绵绵葛萬，在河之浒。终远兄弟，谓他人父。”“故君子以为比”据杜预注为“谓诗人取以喻九族兄弟”，也即《释名·释言语》所说的：“事类相似谓之比。”到郑玄注《周礼》“六诗”，释“比”为“比见今之失，不敢斥言，取比类以言之。……郑司农云：……比者，比方于物。……”[21]

后来，《毛传》、《郑笺》以美刺为主要的意念，又受孟子“知人论世”、“以意逆志”的影响，将自己从《诗》中感发的义理说成是《诗》的本义，这等于说诗人是运用“比方于物”、“引譬连类”的手法进行创作，才使《诗》具有了这种喻义。经过孔颖达、朱熹、李仲蒙等后世论者的进一步引申，“比”作为诗人以“物”来“喻志”来“托情”的含义也逐渐固定下来。刘勰在《文心雕龙·比兴》中，更对“比”提出“切至”的要求，他说：“比类虽繁，以切至为贵，若刻鹄类鹜，则无取焉。”[22]

从创作的实践来看，《诗经》中的比，主要是以“鸟兽草木虫鱼”为喻，《离骚》也是“引类譬喻”，所以“善鸟香草，以配忠贞；恶禽臭物，以比谗佞；灵修美人，以媲于君；宓妃佚女，以譬贤臣；虬龙鸾凤，以托君子；飘风云霓，以为小人”，[23]这都是“近取诸身”，以自然常见的喻体与固定的喻指联系起来，虽然这是从解诗的角度，难免有“穿凿附会”之处，但毫无疑问的是，《诗经》和《楚辞》大都是以常见的自然来譬喻。到五言诗的“感物兴情”，“物”以由自然景色扩展到社会生活，钟嵘《诗品序》云：“气之动物，物之感人，故摇荡性情；形诸舞咏”，“春风春鸟，秋月秋蝉，夏云暑雨，冬月祁寒，此四侯之感诸诗者也。”[24]四侯的更替，物色的变易可使人动情而成诗，此乃常谈，但钟嵘将“物”扩大到社会生活，就比较新鲜，他说：“嘉会寄诗以亲，离群托诗以怨。至于楚臣去境，汉妾辞宫；或骨横朔野，魂逐飞蓬；或负戈外戍，杀气雄边，塞客衣单，孀闺泪尽；或士有解佩出朝，一去忘返；女有扬蛾入宠，再盼倾国。凡斯种种，感荡心灵，非陈诗何以展其义？非长歌何以骋其情？”[25]将“物”从物色风景扩展到形形色色的人生遭际。刘勰的《文心雕龙•比兴》将“比”分为“比义”和“比类”，“比义”类于“虚以实譬”，如“金锡以喻明德”，“比类”是以“实以实譬”，如“麻衣如雪”。刘勰还将“比”分为几类，“或喻于声，或方于貌，或拟于心，或譬于事”，还分别举了具体诗作的例子来论证，显示对“比”法的应用和认识至刘勰已较完备。刘勰以后，自唐至明清，各种《诗格》、《诗法》类的书汗牛充栋，对“比”的分析更加详尽，宋陈骙《文则》将取喻之法大致分为“直喻”、“隐喻”、“类喻”、“诘喻”等十类，[26]每类也都以实例为证。

由唐到宋，比喻的艺术也是不断发展的。李杜诗篇比喻的神妙自不待言，晚唐五代更以比喻的繁复多变和色彩绚丽为现代诗派所推崇，到宋诗比喻更为讲究用典和用事。清冯班《读古浅说》有“古人比兴都用物，至汉犹然。后人比兴都用事，至唐而盛”的断语，[27]虽然失于简略，但古诗之“比”，“用物”和“用事”确是两大端，也有将实际感性与寓意用典结合起来的比喻，象李商隐的名句：“沧海月明珠有泪，蓝田曰暖玉生烟”，“珠有泪”和

“玉生烟”既有典故，[28]又是具实感的拟喻，有很大的空间供读者去想象和发挥。古诗很多精彩的比喻直至今天都颇具感染力，但由于长期的积淀，很多比喻也日趋固定化，象“香草譬君子，恶鸟譬小人”之类几乎成为套路，由于使用时间长了，比喻也就钝化，它使接受者感受其语象的能力就日趋减弱。

清末的“诗界革命”，对这种老化、钝化的比喻进行了有意识的反叛，梁启超在《饮冰室诗话》中回忆说，他和夏曾佑、谭嗣同当时相约“以作诗，非经典语不用”，黄遵宪在《入境庐诗草自序》中更明确倡导“复古人比兴之体”，在取材上，他主张“凡事名物名切于今者，皆采取而假借之”，而序事，他则认为“举今日之官书会典、方言俗谚以及古人未有之事，未辟之境，耳目历历，皆比而书之。”[29]谭嗣同、黄遵宪等人的诗作大量使用翻译词语和自造词语，虽然只是“持扯新名词以自表异”，但毕竟给诗坛输入了大量的新材料、新语词，表现出要在诗中反映新思想、新内容的积极努力，为传统诗歌老化、钝化的比喻艺术打开了缺口。

“诗界革命”在观念上对“五四”新诗运动有很大影响。1917年陈独秀倡导文学革命时就直呼“推倒陈腐的铺张的古典文学，建立新鲜的立诚的写实文学”。[30]古典文学的“陈腐”既指内容的陈旧，也是指意象的陈陈相因。胡适对陈独秀的倡导大加赞同，他在《寄陈独秀》中说：“凡人用典或用陈套语者，大抵皆因自己无才力，不能自铸新辞。”胡适还将“不用典”、“不用陈套语”作为文学革命的“八事”，反对古典诗歌的陈腐雕琢，将真实朴素、自然清新作为新诗运动的大旗高高举起。

“五四”新诗运动，在表现方法上以胡适的“具体的做法”为金科玉律，“具体的做法”不过用比喻说理，[31]所以这个时候的比喻大都具有明白平凡的特点。象胡适的《一颗遭劫的星》一诗，用马缨花、大星、黑云、雨等来比喻社会生活事件，天热比喻黑暗、沉闷的时代，凉风比喻新思想，黑云比喻发动当局，大星比喻响应新思潮的国民公报。种种比喻都是为了说明光明必将冲破黑暗这个道理。因此整首诗给人以简单、生硬的感觉，缺乏情感与意象的浑然一体。朱自清曾批评胡适和早期的新诗："他的诗里所用具体的譬喻似乎太明白，譬喻和理分为两橛，不能打成一片；因此，缺乏暗示的力量看起来好象是为了那理硬找一套譬喻配上去似的。别的作者也多不免如此。"[32]

的确，初期白话新诗中的比喻大多朴素而简明，例如描写"雪"像"那白沙糖似的东西"，又"象面粉"，[33]缺乏余香和回味。1921年郭沫若的《女神》出版，一方面将"诗体解放"推向极致，另一方面也充分调动了比喻的力量，以丰富的想象力，在一种"有距离"的联系中为诗坛带来新的冲击。如"我是一只天狗"，头颅"好象那火葬场里的火炉"，《女神》表现二十世纪"动"的和反抗的精神，用了很多新鲜的比喻，不只是"近取譬"了。

到1923年冰心《繁星》与《春水》以及宗白华的《流云小诗》出版，"小诗体"开始引人注目，小诗注重表现作者刹那间的感兴，寄寓人生哲理和美的情思，比喻也很丰富起来，象宗白华的《夜》："一时间，/觉得我的微躯，/是一颗小星，/莹然万里星，/随着星流。//一会儿，/又觉得我的心，/是一张明镜，/宇宙的万里，/在里面灿着。""身躯"象"小星"，"心"象"明镜"，却又回到传统的"近取譬"。

而以闻一多、徐志摩为代表的新月诗派，受巴那斯主义[34]的影响，变直抒胸臆的抒情方式为有意识地运用比喻将主观情绪化为具体形象，象"鸦背驮着夕阳"，"黄昏里织满了蝙蝠的翅膀"，等等极为繁丽，既有对传统喻体的推陈出新，也有新的多样化的内涵。

从闻一多、徐志摩奇丽的譬喻再进一步，便到了象征诗派，象征诗派强调表现人的内心感觉和微妙的情景，比喻是他们的生命，但多"远取喻"，在远距离的事物中发现诗的联系，不是把比喻放在明白的框架里，而是将一连串的形象如散落的珠子一般一个一个排列在一起，表面看来，似乎毫无联系，仔细琢磨，自可发现其内在的联系线索。象李金发的《有感》:“如残叶溅血在我们脚上，/生命便是死神唇边的笑。”交替运用隐喻和明喻，具有暗示的力量，尽管难免予人生硬的感觉，但提高了比喻的表现力。

初期象征诗在比喻上还不够圆融，到戴望舒、卞之琳、何其芳等诗人在“化古和化欧”的融汇上下工夫，比喻的艺术趋向成熟。戴望舒的《雨巷》，卞之琳的么断章》、《圆宝盒》，何其芳的《预言》，表现现代“感伤”的情调和思绪，既有传统“美草佳人”的传承，又以日常生活的意象表现了现代的情绪，像将“思念”比作“一夜的虫声使我头白”，将“梦想”比作“少女”，“裙带卷着满空的微风与轻云”，“伸向黄昏的道路象一段灰心”，“我喝了一口街上的朦胧”，“友人带来了雪意和五点钟”等等，显示了白话诗在以比喻经营意象上达到的高度。

30年代后期新月派、现代派诗人趋向对传统意象的点化、借用以表现现代的情绪，而40年代以穆旦为代表的“九叶诗派”却对此采取拒绝的态度，始终坚持“使诗的形象现代生活化”，以穆旦的诗作为例，他着意表现现代生活中充满荒诞、无奈的真实感受和体验，采用“几近于抽象的隐喻似的抒情”[35]方式，象他的《还原作用》一诗，“荡在尘网里，害怕把丝弄断”的生命的“空壳”，以及“花园”向“荒原”的转换，都是抽象的隐喻，造成一种陌生与奇峻的美。

以上是对20世纪上半叶白话新诗在比喻运用上大略的梳理和概括，朱自清在《新诗的进步》中比较了象征诗派的“远取譬”和传统的“近取譬”，认为:“所谓远近不指比喻的材料而指比喻的方法，他们能在普通人以为不同的事物中间看出同来。他们发见事物间的新关系，并且用最经济的方法将这关系组织成诗”。[36]白话新诗的“远取譬”在比喻的方法上确实是一个“进步”，但也应该看到新诗的比喻也有传统的承继性。总之，作为对现代的生活和情绪的表达，新诗的比喻也并非是对传统的简单再现，在方法上也有了“新变”。

自从汉儒发现《诗经》中“草木虫鱼鸟兽”譬喻背后的微言大义，“近取诸身”的比喻方法一直在中国古典诗词中占重要地位，“南国有佳人，容华若桃李”（曹植《杂诗》），“人生无根蒂，飘若陌上尘”，（陶潜《杂诗》），“问君能有几多愁？恰似一江春水向东流”（李煜《虞美人》），这些比喻都是“近取”，喻体与喻指的距离较短，不是目光所及的自然万物，就是在习惯性的思维逻辑中，读者不难把握其中的意蕴。所以刘勰将“比”归结为“切至”，所谓“比类虽繁，以切至为贵，若刻鹄类鹜，则无所取焉”，“刻鹄类鹜”的“远取譬”常招人诟病，像以奇喻著称的李长吉，古人就认为其喻“好奇无理，不可解会”。[37]

现代白话诗的“喻象”具有一定的传承性，早期新诗的比喻多移用传统的意象，如将“飘雪”喻为“花朵”、“棉花”，将“天空”喻为“碧玉”等等，到趋于成熟的现代新诗，其比喻用现代的白话，但意蕴却源于中国古典诗歌传统，如徐志摩的名句：“最是那一低头的温柔，/象一朵水莲花不胜凉风的娇羞。”将女性的情态与莲花互喻，是传统意象的借用和点化。戴望舒《雨巷》中以“丁香”为喻，与李璟“青鸟不传云外信，丁香空结雨中愁”有异曲同工之妙，卞之琳的《音尘》将书信喻为“游过黄海来的鱼”、“飞过西伯利亚来的雁”，是“鱼雁传书”的现代表述。新诗中常见的比喻原型还包括作为人生境遇的喻体，象“梦”、“孤雁”、“流萤”、“秋叶”、“鱼”、“蚕”、“飞蛾”等等。

在喻象的借用和点化上，白话诗具有传承性，但在比喻的材料和方法的更新方面，现代白话诗也发生了如下的“新变”。

首先，在比喻的方法上，在远距离的事物间发现新的联系，突出“暗示”在诗歌艺术中的位置，即所谓的“远取譬”。如闻一多的“家乡是个贼”(《你看》)，冯至的“我的寂寞是一条蛇”(《蛇》)，鲁藜的“每道皱纹是人生的壕堑”(《绿叶集·九》)，这种“远取譬”新奇而动人，是对单调、老化的喻象的更新和换血。

喻象的物理可感性是中国传统诗歌的一个比较显著的特征，所谓“比”，郑众的“比方于物”，钟嵘的“因物喻志”，朱熹的“以彼物比此物”，李仲蒙的“索物以托情”，都是讲究将具体可感的事物作为他物的比拟，作为诗人感情和心志的表达。在创作上也是如此，像以坚挺的竹节比喻意志的坚毅：“人怜直节生来瘦，自许高材老更刚”，以落红比喻年华易逝的伤春情怀：“林花谢春红，太匆匆，无奈朝来寒重晚来风”等等都是“近取譬”，象“羲和敲日玻璨声”、“清泪如铅水”这一类“以一端之相似，推而及之初不相似之他端”的“远取譬”，常被斥为“好奇无理”。而白话新诗的“远取譬”，却要在“无理”处类推而更进一层，用表面极不相关而实质有类似的事物来拟喻，一方面刺激读者的注意力，另一方面“在他稍稍恢复平衡以后使他恍然于意象及其所代表事物的确切不移，及因情感思想强烈结合所赢得的复杂意义。”[38]像艾青的《马塞》中：“多量的／装货的麻袋，／象肺结核病患者的灰色的痰似的／从厂房的门口，／不停地吐出……”“装货的麻袋”以“肺结核病患者的灰色的痰”来比喻，藏克家《贩鱼郎》：“他的脸是一句苦话”，把“脸”比喻成“苦话”，在反常理中使人联想到脸上悲苦的表情。李金发在《夜之歌》中写“记忆”：“粉红色之回忆／如道旁朽兽／发出奇臭。”以“朽兽”比喻“记忆”，使“记忆”带着浓重的情绪并具象化浮现出来。这些都是从普通人认为不同的事物中看出同来，发现事物间的新联系。新诗的远取譬还经常使用感觉转移，即“通感”，如艾青在《火把》中有“他的话像灯光一样发亮”，诗人有意将听觉向视觉转移，在这种转移中使“他的话”所隐藏着的热烈而高昂的情绪更真切地浮现出来。类似的比喻像闻一多《荒村》中“鸟声像露珠样圆”，何其芳在《预言》中“那歌声像火光一样沉郁而高扬”，在《秋天（一)》中:“谁的流盼的黑睛像牧人的笛声”等等都是利用感觉的转移获得新奇的效果。

其次，以比喻说理在白话诗中也达到新的高度。早期新诗以比喻说理，像胡适的么老鸦》、刘大白的《淘汰来了》等，过于生硬，喻体和喻指无法浑融。喻理的新诗发展到卞之琳、冯至的创作时已比较成熟。卞之琳、冯至都力图从日常的境界中体味出精微的哲理，“在日常的境界里体味哲理，比从大自然体味哲理更进一步。因为日常的境界太为人们所熟悉了，也太琐屑了，它们的意义容易被忽略过去；只有具有敏锐手眼的诗人才能把捉得住这些，这种体味和大自然的体味并无优劣之分，但确实是进了一步。”[39] 以具象来表现日常生活的哲理，堪称新诗的一大进步，象冯至的十四行诗中的一首：“我们安排我们在这时代 / 象秋日的树木，一棵棵，/ 把树叶和过迟的花朵，/ 都交给秋风，好舒开树身。/ 伸人严冬；我们安排我们 / 在自然里，像蜕化的蝉蛾。”这一段可以说是内心的独白，“秋日”、“树木”、“树叶”、“花朵”、“秋风”、“树身”、“严冬”，从秋日到严冬，是一个逐渐进展的过程，也是日常的景象，但冯至在这些普通的喻象中寄寓了个人对人类的生存状态、生命的形而上的体验和思考。这种生命体验和形而上的思考，与从歌德到里尔克的西方思潮的关系，是有迹可寻的，但另一方面与传统思想的联系也很明显，具有“天人合一，物我一体”的思想因素。冯至在《十四行诗》的最后一首中写道：“从一片泛滥无形的水里，/ 取水人取来椭圆的一瓶，/ 这点水就得到一个定型”；“向何处安排我们的思、想？/ 但愿这些诗象一面风旗 / 把握一些把不住的事体。”一方面是不可把握的哲学思考，另一方面是有型的感性体验，冯至将这两者有机地联系起来，在他的诗中，“风”、“水”、“飞鸟”、“泥土”、“平原”、“树”等都是日常生活常见的，而且有传统的原型，但冯至试图在自然流动中表达内在的诗情和哲思，以比喻寄寓生活的哲理并达到水乳交融的地步，可以说是从敏锐的感觉中体味出来，必须从沉思中去领略，显示了新诗采用现代白话口语在喻象的经营方面，已经逐渐形成了自己的方向，在表现手法上趋向成熟。

再次，以比喻促进意象的多层次呈现，在古典诗词中不是没有，在新诗中却出现了引人注目的发展趋势，喻体越来越从单一走向复杂，具有新的多样化的内涵。初期的白话诗，喻体还不免单一。如朱自清的《赠A. S》中："你的手像火把，/你的眼像波涛，/你的言语如石头。"都是例证式的譬比，过于乏味。随着新诗创作的发展，喻体也开始多样化，而且呈全景式的立体结构，并交叉运用各种感觉的转换，使相承续的比喻有机组接，形成意象的叠加，给读者的感受更具体、更真切。试看何其芳的《欢乐》；"告诉我，欢乐是什么颜色？/像白鸽的羽翅？鹦鹉的红嘴？/欢乐是什么声音？像一声芦笛？/还是从簌簌的松声到潺潺的流水？//是不是可捉住的，如温情的手？/可看见的，如亮着爱怜的眼光？/会不会使心灵微微地颤抖，或者静静地流泪，如同悲伤？//欢乐是怎样来的？从什么地方？/萤火虫一样飞在朦胧的树阴？/香气一样散自蔷薇的花瓣上？它来时脚上响不响着铃声？//对于欢乐我的心是盲人的目，/但它是不是可爱的，如我的忧郁？"欢乐，这最抽象的情思在何其芳的笔端都变成了可观、可触、可闻、可嗅的声色，以一连串的喻象加以表现，这些喻象以其内蕴的微妙感受拨动读者的心弦，使"欢乐"更真切更动人。

总体而言，"比"的方法是古典诗词的传统，也是白话新诗主要创作手段，新诗在喻象的运用上有传统的承继，有很多比喻是对传统原型的借用和点化，具有深厚的历史文化底蕴。但在材料上，在方法上，新诗的"比"法，又有了自己独特的发展，采用二十世纪的"物""事"表现现代的诗情和哲思，运用"远取譬"的方法，发现事物的新关系，并用最经济手法将这种关系组织成诗，喻体也从单一走向复杂，具有新的多样化的内涵，真切地表达了现代的情境和思绪。

## 三 “戏剧化”：将生活的情思化为诗的经验

“赋、比、兴”之中，以“兴”的含义最为缠夹，有意深求者以“比显兴隐”之别以为弥缝，并声称“明而未融，故发注后现”，[40] 搞得“兴”法恍惚难明；以“声”释“兴”者，从民谣中获得例证，遂以“兴”为“触物发声”，并无深义，但此种论断似乎解释歌谣之“兴”较为恰当，对《诗》“兴”艺术成就不能完全概括；而李仲蒙以“触物起情”以及明清论者从“情与景”的关系释“兴”，就比较接近“有意为之”的文人诗创作。王先霈先生在《兴论新释》一文中，总结了原始歌谣和文人诗创作心理的不同，指出“兴，是一块跳板，是创作主体从日常实物活动与实务心理向审美活动和艺术心理过渡的跳板”，[41] 并以杜甫和李贺的诗作为例，说明文人诗有意识寻找自认为有激发力的外物来启动诗情，使“兴”的手法得到了发展。从这一角度来认识“兴”法在古诗中的发展，是比较明通的。以此反观现代白话诗的创作，除了“歌谣体”新诗借鉴歌谣之“兴”外，“触物起情”的表现模式在很多诗人的创作中都得到重视和使用，而且“根植于现代人最大量意识形态的心理认识”，现代诗人还提出了“戏剧化”的手法，力求将日常生活的经验化为诗的经验，开拓了白话诗的表现空间。

在现代白话诗中，开头先言他物，以启起诗情的模式并不少见，如徐志摩《我来到扬子江边买一把莲蓬》：“我来扬子江边买一把莲蓬；/手剥一层层莲衣，/看江鸥在眼前飞，/忍含着一眼悲泪——/我想着你，我想着你，阿小龙！”这是由手剥莲蓬，目睹江鸥而想起心中的恋人，抒写思念的恋情。而闻一多的《忆菊》，见瓶中盛放的秋菊而联想到遥远的祖国和东方文明的“高超”、“逸雅”，再如李金发的《雨》由小雨而思故乡，冯乃超的《残烛》“看着奄奄垂灭的烛火”，“追寻过去的褐色欢忻”，都是“触物兴情”的抒情模式。

但在白话新诗中，触物起情的表现模式与《诗经》、乐府、民谣的起兴有所不同，表现在起兴之物不再是一次出现，所引发的感情也不是单一的，在一首诗中，起情之物频繁展现，而生成的诗情也此起彼伏，绵亘悠长。在民歌、民谣中“先言他物以引起所咏之词”可能只是谐音押韵的需要，并无意味，或者起情之物与兴起之情一一对应，而在白话新诗的佳作中，“触物起情”的模式就要复杂得多，兴象不仅启动了情感，而且能够比较自然地融人诗情的流动中，构成诗情的一个有机组成部分。总之，随着白话新诗逐渐走向成熟，利用形式的解放，在处理“物”与“情”的关系上，白话诗人发展了“触物兴情”的起兴模式，用扩展的白话语言，对景物作焦点的强调，表现诗人心中渴切追求的细节，不再是机械的开头趁韵，以草木鸟兽虫鱼起兴，而是转为以浮动于诗情中的物象，表现现代人微妙的情绪。像戴望舒的《印象》：“是飘落深谷去的 / 幽微的铃声吧， / 是航到烟水去的，小小的鱼船吧， / 如果是青色的真珠； / 它也已堕到古井的暗水里。 // 林梢闪着的颓唐的残阳， / 它轻轻地敛去了 / 跟着脸上浅浅的微笑。 // 从一个寂寞的地方起来的， / 迢遥的，寂寞的呜咽， / 又徐徐回到寂寞的地方，寂寞地。”，“深谷”、“烟水”、“渔船”、“真珠”、“古井”、“残阳”叠加，无论是“人”感觉中的“自然”，还是追随“自然”的人，都是“人”与“自然”的浑然一体。这样的意象，与古典诗的情景交融有相似之处但不等同，物象已失去本身的现实，贯注其中的感伤情绪是30年代典型的现代“诗情”，显示诗人对人生飘忽、茫然而寂寞的审美感受。这样的表现手法不是古诗意义上的“比”或“兴”，而是在物象中涂上诗人所赋予它的特殊心态的艺术色调，我们可称之为“意”之象，而实则是说不清的，非逻辑推理能讲清的“意”，也因此更耐人寻味，或者钟嵘“文已尽而意有余”之“兴”义差可比拟。

另外，在白话新诗中，“触物”所兴的也不只是感伤的情绪，具有自觉哲学意识的诗人，往往“触物”而对人生和宇宙进行哲学的思索和开掘，可谓“触物兴思”。以郑敏的《金黄的稻束》为例：“金黄的稻束站在／割过的秋天的田里，／我想起无数个疲倦的母亲，／黄昏路上我看见那皱了的美丽的脸，／收获日的满月在／高耸的树颠上，／暮色里，远山／围着我们的心边。／没有一个雕像能比这更静默。／肩负着伟大的疲倦，你们／在这伸向远远的一片／秋天里的田里低首沉思。／静默。静默。历史也不过是／脚下一条流去的小河，／而你们，站在那儿，／将成为人类的一个思想。”由收割后留在田野里的稻束，想起无数个疲倦的母亲，将“母亲”的意象再推前一步，置于历史的河边，好象静默地站着“人类的一个思想”一般，进一步显示稻束完成孕育使命后的庄严神态。就这样，由“稻束”起兴，循着诗人思考的深入，虚实交错，情景感知一层层由微观推向宏观，深化了诗歌的哲理意境。

无论是“触物兴情”还是“触物兴思”，现代白话新诗发展了传统的“兴”法，巧妙地利用眼前之“物”，在物的直观呈现中暗示情思的流动，在白话的自由形式中，表现出现代人的情绪和对人生的思考。这种表现手法有意识地寻求外物触动诗情，但不只是单纯地“触物”，而有了很多繁复的变化，用现代批评术语来讲，也可称为主观情愫的客观对象化，诗人将自己的意念和感受投射到眼前的事物，不断地与事物建立关系，并说明这种关系，对于这种表达程序，闻一多曾有这样的总结：在“初得某种感触”时并不作诗，要等到“感触已过，历时数日，甚至数月以后”，“记得的只是最根本最主要的情绪的轮廓，然后再用想象来装成那模糊影象的轮廓”，把主观情绪化为具体形象。[42] 新月派所提出“理性制约情感”的美学原则，显然受了力主“无我”和追求艺术形式工巧的西方巴那斯主义的影响，但在某种意义上，与古诗的“比”“兴”的手法也有一定衔接。废名在《谈新诗》中就承认所谓新诗的古风，其脉系的源头，“就是由诗经开创而由楚骚完成的以‘兴’的方法去感觉客观和传达情绪的传统”。[43]

古诗“感物兴情”之“兴”，力图抓住“物”在一瞬间的呈现，达到“物我不分”“情景交融”的一种静态的均衡，因此，它不容易将现代激烈动荡的生活节奏纳入诗中，也不容许狂热的内心争辩的出现，而中国的现代诗人面对的是一个新旧交替的动荡不安的现实生活，而诗人的职责就是要把现代中国的感受、命运和生活的激变表现出来，这个挑战使中国的现代诗注定与旧体诗有不同的风貌和表达。对现代诗人而言，抓紧现代经验中的张力和节奏，既准确地传达现实生活中的情绪，又能达到“文已尽而意有余”的审美效果，有一个将日常生活的意志和情感化为诗的经验的转化过程，即如何避免直接陈述而以相当的外界事物寄托作者情思的间接性表现，由静态到动态演进，而最终又可达到视境及表现中的某种均衡：“表现上达到超然的纯粹的倾出，经验的幅度兼及转化自现代梦魇生活的‘形而上的焦虑’”。[44] 在这方面，现代诗人提出了“戏剧化”或“戏拟”作为主要的手段。

卞之琳在西方小说化、典型化、戏拟化的“戏剧性处境”与中国的“意境”之间找到契合点，他自述：“我总喜欢表达我国旧说的‘意境’或者西方所说‘戏剧性处境’，也可以说是倾向于小说化，典型化，非个人化，甚至偶尔用出了‘戏拟’（parody）。”[45] 这实际上是在抒情诗的创作中倡导“小说化”、“非个人化”，从倾向上“跳出小我，开拓视野，由内向到外向，由片面到全面”，而目的是要扩展诗境，将川流不息的现实动态纳入诗中。卞之琳的创作实践了这种技巧和形式的试验，他的《白螺壳》、《圆宝盒》、《尺八》等等，由于“戏拟”手法的使用，抒情的主体不仅在一首诗中常常变换，而且诗中的代词也可以互换，“‘我’也可以和‘你’

或‘他’（‘她’）互换”，[46] 而且将意象层层展开，步步推延，把诗导向预期的效果，依循实境来发展而通过场景的变换来推移经验的转折与飞跃。卞之琳的《距离的组织》可以作为诗境扩展的典范之作：“想独上高楼读一篇《罗马衰亡史》，/忽有罗马灭亡星出现在报纸上。/报纸落。地图开，因想起远人的嘱咐。/寄来的风景也暮色苍茫了。（醒来天欲暮，无聊，一访友人吧。）/灰色的天。灰色的海。灰色的路。/哪儿了？我不会向灯下验一把土。/忽听得一千重们外有自己的名字。/好累啊！我的盆舟没有人戏弄吗？/友人带来了雪意和五点钟。”这首诗忽伸忽缩的距离组织中，可谓句句有典，在卞之琳自己的注解中，他将每句诗的典故和安排的用意一一注目，如开篇的《罗马衰亡史》和报纸对一颗新星的报道“涉及时空相对的关系”，“友人将来时的内心独白”是“戏拟我国旧戏的台白”，盆舟的典故是《聊斋志异》中“白莲教”篇，是“从幻想的形象中涉及微观世界和宏观世界的关系”，而最后一行，是“沿袭我国诗词的传统，表现一种心情或意境，采取近似我国一折旧戏的结构模式”。可见作者是经过一番细密的安排的，是名副其实的“距离”的“组织”，通过诗境的营造，扩展和变换，增强了白话新诗的表现力，既吸收旧诗意境的暗示和含蓄，又融合旧戏的台白、结构模式，在“戏剧化“和“意境”之间，找到了一条新路。实际上，诗境的扩展造成氛围在旧诗中也很常见，如杜牧的《泊秦淮》：“烟笼寒水月笼沙，夜泊秦淮近酒家，商女不知亡国恨，隔江犹唱后庭花。”从“烟笼寒水”到“月笼沙”是平面的推伸，“秦淮”、“酒家”到“商女”，诗境向时间扩展，使平面发展成立体，而且通过强烈的对比，加深了孤苦无告的感觉强度。不过比较起来，卞之琳的诗，时空的跳跃度更大，忽近忽远，比杜诗更为复杂，而且利用白话的口语化，可以模拟语调，增多变化，还可以重复显示焦点的移动，更曲折地表现出繁复多变的现代生活。

卞之琳的尝试预示了随着白话创作的丰富和发展，只重“白话”不重“诗”的阶段逐渐过去，诗人开始努力探索如何提炼白话，将其扩展到坚韧的程度以容纳现实传达的需要。因为古诗所谓“物我合一”虽然是努力的方向，但这种静态的类似水银灯投射的表达方式，达到的使静态均衡，在表达现代生活充满波动的现象方面有其局限性，那么，是不是“即物即情”的“兴”对新诗就没有启示意义了呢？不是，“触物起情”是语言依循可触可感的“物”来发展诗情，这对新诗在表现上可以消除“理障”，使其更具诗的“感发”力量，因为，白话比文言增多了许多分析性和演绎性的元素，要尽量消除这些元素，就必须将连接的媒介进一步省略，达到更深一层的与外物合一，所以“兴”所具有的“即物即心”的感发在开启诗的动情力方面所达到的高度，对新诗的表现仍有不可低估的启示意义。而一旦进入诗境，诗人们便可以采用层层扩展的方法，利用作者观察时空的移动，通过“戏剧化”、“焦点的变化”等多种手法，挖掘白话在刻画细节方面的表现力，使诗境更繁复更丰富，以曲折地表达出动态的现代生活情绪。

或许理论的描绘过于抽象，我们可以看看一些优秀新诗在融合“旧诗”表现和发挥“新诗”优势方面所到达到的高度。艾青的《北方》就是依循实境的律动而发展，诗是这样开始的：“从塞外吹来的／沙漠风，／已卷去北方的生命的绿色／……一片暗淡的灰黄／蒙上一层揭不开的沙雾／……／荒漠的原野／冻结在十二的寒风里。”诗的开端写的是自然的景物，可以说是先言他物，接下来，在诗境的展开方面，艾青把北方的幕景徐徐拉开，在自然场景里出现了一个人，戏剧而真实地演出他的人生：“孤单的行人，／上身俯前／用手遮住了脸颊／在风沙里／困苦了呼吸／一步一步地／挣扎着前进……”这个形象，依然是在自然场景中合乎戏剧进展的要求展露，因为是触“景”而起，又是依循诗境的自然展开，采用“戏剧化”的手法，使诗歌印象突出，明澈又具深度，直接又很含蓄，既融化了“兴”所具有的“即物即心”的优势，又避免了白话表面描写的单调和枯燥。另外，象何其芳的《预言》也充分显示了白话诗所达到的成就：“这一个心跳的日子终于来临。／你夜的叹息似的渐近的足音／我听得清不是林叶和夜风私语，麋鹿驰过苔径的细碎的蹄声。／告诉我，用你银铃的歌声告诉我／你是不是预言中年轻的神？//你一定来自那温郁的南方，／告诉我那儿的月色，那儿的曰光，／告诉我春风是怎样吹开百花，／燕子是怎样痴恋着绿杨，／我将合眼睡在你如梦的歌声里，／那温馨我似乎记得又似乎遗忘。／请停下，停下你长途的奔波，／进来，这儿有虎皮的褥你坐，让我烧起每一秋天拾来的落叶，／听我低低唱起我自己的歌，／那歌声将火光样沉郁又高扬，火光样将落叶的一生诉说。……”在《预言》中，我们可以看到很多欧化的句子，像“那歌声将火光样沉郁又高扬，火光样将落叶的一生诉说”，但欧化而不生硬，能在内涵扩张的过程里准确地抓住比较复杂的情感，而且更进一步，诗人以强调性的语言来揭示声音的情形，如“告诉我那儿的月色，那儿的曰光，／告诉我春风是怎样吹开百花，／燕子是怎样痴恋着绿杨”，“告诉我”的重复是随诗人内心的发展将诗的空间扩充，两个“怎样”的重复通过焦点的移动，表达出诗人心中追求的细节。全诗既吸收了欧化的句式，又不落“春风开百花，燕子恋绿杨”等类文言诗的俗套，将白话提炼到字句凝练、印象鲜明的高度，诗境的展开依循声音的强调和转折，真切地把握到现代曲折而细腻的情感。像《北方》、《预言》这样的佳作，确实在创作上预示和开拓了新的路向，真正把“白话”提炼成“诗的语言”，把日常的生活经验化为诗的经验。

四十年代，中国新诗派诗人把这一转化的过程概括为“戏剧化”，明确提出“新诗戏剧化”作为“新诗现代化”的具体途径。虽然中国新诗派并没有共同的诗歌纲领，但“戏剧化”无疑是反映其主要倾向的基本观念，正如袁可嘉指出，新诗的现代化绝非“西洋化”、“晦涩化”所能实现，在“如何使意志和情感转化为诗的经验”这个关键的问题上，必须“设法使意志与情感都得着戏剧的表现”。[47] 戏剧化的实质是表现上的客观性和间接性，自新诗诞生后，不少诗人都注意到这个问题，如新月派的闻一多、徐志摩在诗中就较多运用了“戏剧独白”的方式抒情，而卞之琳也力求沟通“意境”和“戏剧化”，袁可嘉在前辈诗人理论和实践的基础上’借鉴西诗戏剧化的方法使之全面化、系统化。中国新诗派“要求思维形象化”“思想知觉化”使得“说理时不陷于枯燥，抒情时不陷于直露，写景时不陷于静态”，就是要把传统的主观抒情变为表现戏剧性的客观处境。

袁可嘉提出“新诗戏剧化”所依据的是现代生活的变化：“现代文化的日趋复杂，现代人生的日趋丰富，直线的运动显然已不足应付这个奇异的现代世界”[48] 所以，“现代诗人重新发现诗是经验的传达而非单纯的热情的渲泄。热情可以借惊叹号而表现得痛快淋漓，复杂的现代经验却非捶胸顿足所能道其万一的。诗底必须戏剧化因此成为现代诗人的课题。”[49] 这是所谓“对诗的思维方式进行改造”，与此相联系的是语言的改造：“现代诗人极端重视日常语言及说话节奏的应用，目的显在二者内蓄的丰富，只有变化多，弹性大，新鲜，生动的文字与节奏才能适当地，有效地，表达现代诗人感觉的奇异敏锐，思想的急遽变化。”[50]

“戏剧化”的主张，在理论上有后期象征主义诗歌影响的痕迹，在具体主张上则与艾略特、奥登等人更为接近，袁可嘉就明确表示：“新诗现代化的要求完全基于现代人最大量意识状态的心理认识，接受以艾略特为核心的现代西洋诗的影响。”[51] 艾略特“诗不是放纵感情，而是逃避感情；不是表现个性，而是逃避个性”的观点’特别是“‘客观联系物’（Objective Correlative）”的概念对“新诗戏剧化”有很大影响，“‘客观联系物’是说，如果你想表达一种诗思诗情，你必须避免直接的叙述和说明，而采取旁敲侧击，依靠与这种情思有密切关连的客观事物，引起丰富的暗示与联想”[52]，这与新诗派诗人对“戏剧化”“客观化”地表现“诗的经验”无疑是相合的，成为新诗派的直接参照系。不过对中国古典诗歌的优秀传统，中国新诗派也是积极肯定的，他们提出要重新估价古代诗歌——我们的宝藏的价值，要理出传统和现代的关系。《诗经》的《杨柳》、陈子昂的《登幽州台歌》、杜牧的《泊秦淮》在表现上对新诗的借鉴作用不时为新诗派的诗人们提及，因为这些作品都使人觉得“一切好诗中所显示的诗情接近顶峰时的不可避免性”。

最能体现中国新诗派创作上“现代化”的，无疑是它的代表诗人穆旦。穆旦在他的代表作《被围者》里抒写了他的新发现：“一个圆，多少年的人工，/我们的绝望将它完整。/毁坏它，朋友！让我们自己/就是它的残缺。”同是新诗派的唐湜将穆旦诗中对“圆的毁坏”解释为“至善的终结”、“绝对的理念”的追求，从而达到了“一个自觉的超越”。[53]这也意味着对传统哲学与诗学的超越，传统的物我不分、情景交融的静态均衡在穆旦的笔下被打破了，出现了一个现代的“我”，站在不稳定的点上，不断分裂、破碎的自我，诗人排拒了传统的中和与平衡，将现代生活中充满矛盾与困惑的一面打开。在《诗八章》中，穆旦这样写道：“水流山石间沉淀下你我，/而我们成长，在死底子宫里。/在无数的可能里一个变形的生命/永远不能完成他自己。//我和你谈话，相信你，爱你，/这时候就听见我底主暗笑，/不断地他添来另外的你我，使我们丰富而且危险。”在诗中有不少的矛盾，你我既沉淀又生长，有无数的可能又永远不能完成自己，但真切地表达出对“自我”的一种比较复杂而深刻认识。穆旦始终坚持“使诗的形象现代生活化”，[54]“不用陈旧的形象或浪漫而模糊的意境来写它，而是用‘非诗意’辞句写成诗”，在穆旦的诗中有很多充满矛盾的意象："梦见长了翅膀”的“猪”，“啃啮所有的新芽和旧果”的“老鼠”，甚至还出现了“子宫”这样的字眼，都是传统诗中极少前例或被视为大忌的，但确实又是诗人在现代生活中的充满荒诞、无奈的真实感受与体验。而所谓用“‘非诗意’辞句写成诗”，则是指诗人所采用的与传统抒情相异的“几近于抽象的隐喻似的抒情”方式，[55]大量采用内心独白和戏剧对话，把可触可感的经验戏剧地呈现，使抒情变得间接，同时诗中出现两极间的跳跃、突转，造成陌生而奇异的效果，象《防空洞的抒情诗》、《从空虚到充实》就混合了独白和对话、动作和背景描写。而在诗的语言上，穆旦主张“诗要明白无误地表现较深的思想”，充分发挥现代汉语的弹性，利用多义的词语、繁复的句式，以表达现代人“较深的思想”，同时又自觉地大量运用现代汉语的关联词，以揭示抽象词语、跳跃句子之间的逻辑关系。象“虽然他们现在是死了，/虽然他们从没有活过，/却已留下了不死的记忆，/当我们乞求自己的生活，/在形成我们的一把灰尘里”(《鼠穴》)。正如诗人郑敏所说的，穆旦所创造的是一种“介于口语与书面语之间的文体”，“它扭曲，多节，内涵几乎要突破文字，满载到几乎超载”。[56]这样，在诗的思维、诗的语言艺术现代化方面，以穆旦为代表的中国新诗派诗人跨出了现代新诗史上具有重要意义的一步，显示了五四以来新诗发展到这一阶段视野的成熟和诗歌语言、诗体的多元化，既是对早期白话诗张扬“自我”而又“直叫干喊”的纠正和发展，又比新月派、象征派和现代派诗人更自觉也更复杂地试验诗中现代的“我”，他们“企图有一个新的出发点，批判地接受内外来的新的影响，为现代化这一运动作进一步的努力”。[57]

以上从现代白话诗的表现手法人手分析，借用“赋、比、兴”所代表的三个方面，以“叙物”、“索物”、“触物”三种基本手法为分析的起点，探讨了白话诗在表现艺术上对传统的传承和自身的发展。应该说“直陈”、“譬喻”、“触物兴情”的表现手法，现代诗人自觉不自觉仍然是使用着的，但由于现代生活的复杂性和对西方诗艺的借鉴，白话诗还把这三种基本的表现手法在中西融合的道路上继续发展，如“直抒胸臆”的手法使早期的新诗过于浅露，但现代诗人并没有停留在这一层次上，而是努力探索把自己感受最深的经验，用最自然的方式表达出来，达到朴素、单纯又富有感染力的“散文美”。又如“比”的手法，新诗有很多比喻是对传统原型的借用和点化，但在材料上，在方法上，新诗的“比”法，又有了自己独特的发展，采用二十世纪的“物事”表现现代的诗情和哲思，运用“远取譬”的方法，发现事物的新关系，并用最经济手法将这种关系组织成诗等等，诗的喻体也从单一走向复杂，具有多样化的内涵，真切地表达了现代的情思。至于先言他物以引领诗情的“兴”，对新诗所具有的启示意义是，语言可以依循实境人诗可以达到直接和存真，但古诗的“兴”法，追求由“物”及“心”的情景交融，在将复杂动荡的现代社会生活纳入诗境方面有一定的局限，所以在创作上，诗人们开始探索如何一方面将文言的好处化人白话里，另一方面又利用白话的口语化和欧化的语法表现出现代复杂的情感，所以就有了闻一多的“主观情愫客观对象化”，卞之琳力图沟通旧诗的“意境”和西方的“戏剧性处境”，而40年代中国新诗派诗人在“新诗现代化”和“寻求新传统”方面比新月派、现代诗派又更进了一步，他们自觉吸收艾略特等理论家的主张，提出“新诗戏剧化”，依据现代人思维的变化，强调对“诗的思维和语言的根本改造”，以“戏剧化”作为将生活经验转化为诗的经验的艺术手段，最终要达至“现实、象征、玄学”综合。在创作上，以穆旦为代表的中国新诗派诗人注重知性和感性的溶合，象征和联想的运用，幻想与现实的渗透，力求“抽象思维形象化”“思想知觉化”，在诗境的扩展与诗歌语言的运用上，吸收了西方后期象征派和现代派的某些表现手段，开拓新诗的表现空间。可以说，中国新诗派在诗歌思维方式和语言表现方面，突破和扩大了传统的思维和审美观念，表现出一定的叛逆性和异质性，但他们坚持“诗的形象现代生活化”，在更深一层上，同样显示出鲜明而强烈的民族性，如穆旦诗中对现代生活矛盾而分裂的“自我”的表现，他所要排除的只是“传统的陈词滥调和模糊不清的浪漫诗意”，要给“诗以严肃而清晰的形象感觉”[58]，这是对闻一多、卞之琳等人诗歌“戏剧化”“客观化”的表现方式的深入探研，扬弃了“传统诗意”中某些陈旧和模糊，不适合时代经验表达的部分，找到自己真正想要的，能传达出动荡时代的复杂经验的表现手段。尽管“戏剧化”只是一个不太明确的方向，本身受西方现代诗的影响很大，而且有些着力“戏剧化”的诗作也难免流于“晦涩”，站在今天的角度来看，“戏剧化”只是提出了一种表现的手法，我们同样也不能对它作出“成熟”或者、“进步”的价值判断，但“戏剧化”出发点，是希望通过诗歌传达出对现实社会、时代风貌的观察和感受，正如在艺术上，“新条件、新问题，新题材、新手段注定会摧毁旧技巧，并且需求创作者和公众双方都养成新习惯。我们必须希望，精通的机会总是会出现，但是我们不能确定，我们必须让未来自己照顾自己。”[59] 对诗法的创新也可作如是观，我们应该持比较开放的态度来看待诗歌表现手法的种种新的探索，因为“诗这东西的长处就在它有无限度的弹性，变得出无穷的花样，装得进无限的内容。只有固执与狭隘终是诗的致命伤，纵没有时代的威胁，它也难立足。”[60]

# 第五章 “比兴”：诗歌社会功能观与批评方法

“赋、比、兴”由解《诗》而来，经过解者的阐说，它被赋予了表现手法的含义，被定义为诗的“三用”，用现代批评术语来说，是将日常生活经验化为诗的经验的三个基本方面或基本态度，这是从创作心理来定义的，我们前面也分析了这三个方面在现代白话诗创作中的承传和变异的问题。而“赋、比、兴”既然是由阐释经典而来，它背后必然包含人们对《诗经》的基本态度以及随着诗歌创作的发展对诗的功用的看法等等，这些看法当然随着不同时代的创作风尚和批评家的个人眼光不同有所调整，但似乎“诗教”的观念都是每一个诗人和论者无法绕开的，不管是二千多年来将《诗》奉为“经”的儒生，还是“五四”以后还《诗》于本来面目的启蒙者，表面上势不两立，但在对诗歌社会功用的看法方面却又有相通之处。如果说诗歌的语言和格律可以随时而迁，不断创新，是属于“可变”因素的话，那么，“诗教”的观念可能就是“难变”的因素之一了。在对“赋、比、兴”的理解上，我们受重“比兴”轻“赋”的影响很大，这也是唐以后的观念，对“比兴”的推崇，所重的并不是“比兴”手法本身，而是诗的作用。从这个角度来看，在语言形式上，现代白话诗可以说彻底冲破了古典文言诗的格律模式，但对诗歌所承担的宣传教化等社会功能的强调，仍是关注的焦点之一，并赋予了新的时代内涵。

从批评方法来讲，从毛公“独标兴体”，后世用“比兴”说诗的不少，朱子更将“赋、比、兴”叠合使用，系统地用“赋、比、兴”或“比兴”说诗，开启了一种批评的模式。毛、郑的取喻之法，朱子的系统，都有人仿效，比如常州词派就以“比兴”论词。这种笺注“赋、比、兴”或“比兴”的批评方法，是从分析意义下手，再谈到欣赏，用朱子的话来说，即所谓“晓得文义是一重，识得意思好处是一重”。一方面，是注重文本的细读，从细读中识得“意思好处”，另一方面也是结合创作来批评，并逐渐重视论者的自我意识，比如，词论家就提出，“比兴”是词人的“寄托”，但论家却要“非寄托不入，专寄托不出”。虽然传统以“比兴”说诗论词，常常以“美刺”为意念强行牵合，得出的结论难免穿凿，但就这种批评方法本身，自有它的价值，对现代诗歌批评也有借鉴意义。

## 一 “比兴”与“诗教”观念的历史发展

朱自清在《诗言志辨》中已经拈出“比兴”与诗教观念之间的因缘关系，他说:“比兴有‘风化’‘风刺’的作用，所谓‘譬喻’，不止于是修辞，而且是‘谲谏’了。温柔敦厚的诗教便指的这种作用。比兴的缠夹在此，重要也在此。”[1] 朱自清所指的“比兴”所具有的“风刺”、“譬喻”乃至“谲谏”的含义，大抵是汉以来对“比兴”的理解，孔子的“《诗》可以兴”才是《诗》教意念的源头，孔子在《论语》中的《泰伯》篇和《阳货》篇分别说：

“兴于诗，立于礼，成于乐。”

“小子何莫学夫诗！诗可以兴，可以观，可以群，可以怨。迩之事父，远之事君。多识于鸟兽草木之名。”

何晏《论语集解》引包咸释前一句话为“兴，起也，言修身当先学诗。”又引孔安国说后一句话为：“兴，引譬连类”。将两者结合起来，经过一系列的譬况，启发人向善，有益于修身，当是孔子诗“兴”论的要义。孔子虽未明言何为“兴”，但《论语》中不乏此类实例。《论语·八佾》云：“子夏问曰：‘巧笑倩兮，美目盼兮，素以为绚兮’，何谓也？’子曰：‘绘事后素。’曰：‘礼后乎？’子曰：‘起予者商也，始可以言诗也已。’”孔子由“素以为绚兮”发挥为“绘事后素”并肯定子夏的“礼后”之悟。这大概就是引譬连类而领悟、启发的成功典范了。

另外，孟子“知人论世”和“以意逆志”的原则对毛公解《诗》在方法上也有影响。孟子与咸丘蒙论《北山》诗，与公孙丑论《小弁》、《凯风》都注重全篇说解，反对“以文害辞”，“以辞害志”的断章取义。《毛诗》也注重全篇的说解，但却曲解“知人论世”，先根据“美刺”定下“诗人之志”，然后“以己意逆志”，变成以诗证史，由知人论世引出对“诗人之志”的“钩考”，例如《毛传》虽然训“兴”为“起”，但说到具体的解释，却认为“兴”是譬喻后妃君子之德。到郑玄笺注《毛传》所说的兴诗，参照《毛传》兴诗的例，增加了一些兴诗，解释也比《毛传》更详明也更为系统，但《郑笺》说“兴”诗的喻义，也与《毛传》一样，以诗证史，结果难免附和支离，远出常人想象之外。

从对《毛传》、《郑笺》的兴诗的分析，我们可以看到毛、郑将“比、兴”都理解为譬喻，并根据既定的先验主题，将《诗经》中普通的“草木虫鱼鸟兽”都向政教风化、美刺讽谏等义理扭合，深掘其中的微言大义。这种解诗的方法从先秦的用诗中已初见端倪，春秋时列国大夫聘问，通行赋诗引诗来言志，不过赋诗引诗是应景而发，引者和听者大都能彼此了解，而《毛诗》、《郑笺》却只是用赋诗引诗的方法，抹去了晤对的背景，认定《诗》中的鸟兽草木是“比”“兴”后妃大夫之美德或恶行，这种“美刺”的意念有时就让人觉得是无中生有。

后世论诗也重“比兴”，但对“比兴”的理解已与毛、郑不尽相同，所依据的也不一定是《诗经》作品，论者所重的并不是“比”“兴”本身，而是诗的作用，白居易，便是这种诗论最重要的代表。

隋唐儒学的重振，使对“六义”的推崇不仅是在经学研究的层面，而且被抬高到一切诗歌创作的宗旨所归。《毛诗正义》成为科举考试的定本，孔颖达的“三体三用”说使《毛诗序》“六义”的定义更加明确，影响也就更大。有唐一代，标举“六义”为矫革齐梁诗风的理论武器，推崇“比兴”为论诗标准，并积极附诸创作实践的是白居易。白居易将“六义”作为他衡量各时代诗风正邪贞淫和诗人成就优劣高低的首要标准。他在《与元九书》中历数各代诗风诗作，认为从周衰秦兴，六义渐微，到了六朝，大家“嘲风雪，弄花草”，六义尽去。唐兴二百年，诗人不可胜数，但“索其风雅比兴，十五一焉”。他以“六义”为标尺，勾勒出一幅“诗道崩坏”的图景，并提出“文章合为时而著，歌诗合为事而作”的理论主张。[2]

白居易虽然泛言“六义”，但他的诗论犹为着眼“比兴”，白居易提倡“比兴”，重点是主张诗歌要有美刺的内容，而不在于“比兴”手法本身。白居易不只在理论上积极倡导，而且创作上也身体力行，他写了大量的“讽谕诗”，还与元稹等人创作“新乐府诗”，真正贯彻汉儒“美刺讽谕”的《诗经》精神。白居易在《读张籍古乐府》一诗中说：“为诗意如何？六义互铺陈。风雅比兴外，未尝著空文。”元、白等人的新乐府以及其他意存讽谕的创作和理论，虽然标举“风雅比兴”，但与汉儒对《诗经》的穿凿附会有根本性的不同，汉儒是将自己从《诗》中感发的喻义说成是《诗》的本义，而元、白等人是作诗而非解诗，他们要身体力行，将某种美刺讽喻的思想表达于诗篇。在理论表述上来看，白居易的诗论，虽然标举“风雅比兴”，所重的并非比兴本身，而是诗美刺讽喻的作用，在创作实践白居易的讽喻诗，元、白的新乐府诗，只有一部分是后世所谓“比兴”，大部分还是赋体。

自唐以后，“比兴”逐渐成为论诗的重要观念，重“比兴”轻“赋”也就慢慢成为风气，当然所尊的也不全在“比兴”手法本身的价值，而在于“比兴”所具有的“诗教”作用了。而文人作诗，赋体始终还是主要的手法。

而且，对“比兴”作用的认识，也不断地发展。宋儒解枝诗》，推重“兴于诗”的感发作用，如朱熹就认为:“兴，起也。诗本性情，有邪有正，其为言既易知，而吟咏之间，抑扬反复，其感人又易人，故学者之初，所以兴起其好善恶之心而不能自己者，必于此而得之。”[3]朱熹将汉儒以草木鸟兽虫鱼“比”“兴”微言大义，补充解释为“诗本性情，有邪有正”，“兴于诗”除了正面感发善心外，也包含了惩恶从善的意思。所谓读诗令人“兴起好善恶恶之心”，其中的“恶恶”便是针对所谓“淫诗”而发。这样，诗中“比兴”就不再只是“美刺”，而兼有修身明理的功用。在创作上，宋代诗歌“寡比兴”，有“以文为诗”的倾向，显示了诗歌观念的变化。“言志”“美刺”的背景还牢固地存在着，不过所谓“志”与“道”的内涵却有所拓宽，不仅具有政治教化的含义，而且也有所谓“理念天道”的意思在内，不仅是理学家，就是一般诗人，也善于“自一毫毛处认大千世界”或“自平常歇脚处悟人”，所谓由格物而人，由悟道而出，以“以议论为诗，以文字为诗”，以自然景物描写为说理之具，这与理学《诗经》研究中对“天理人欲”的知性体认和思考也是互动的，所谓“比兴深者通物理”，“物理”的内涵自然比“谲谏”更为普泛，也鲜明地显示出宋代诗歌创作“重法”“重理”的特色。

以《诗》中草木鸟兽虫鱼“比”“兴”政教风化、天道理念，就是对诗“言志”“明道”的作用的一种强调，用现代批评术语来说，即是对诗歌社会功能的要求，要求诗歌肩负社会伦理道德甚至政治方略的宣传重任，而且，不只是“外在”的社会政治教育，也包括“内在”的修身悟道。以“比兴”论诗说词，立论依据也渐渐脱离《诗经》的作品，而泛指汉以来的诗歌创作，像白居易标举“比兴”，并身体力行创作“讽喻诗”就是明证。可以说，在中国传统的诗歌观念中，对诗歌社会功能的要求始终被放在一个突出强调的位置，对“比兴”的重视，也是对诗歌功能作用高度期望下必然的结果。如果从这个角度来看，现代白话诗从诞生之日起，就担负“启蒙”的重任，又何尝不是“载道”，只不过是赋予了新的时代的内涵。

## 二 现代的诗歌功能观

晚清“诗界革命”，黄遵宪提出“复兴古人比兴之体”作为途径之一。“复兴古人比兴之体”，着眼点在“以旧风格含新意境”，所谓“新境界”，目的是使诗歌创作更贴近现实生活，可以传播西方文化，反映社会重大的历史事件。“诗界革命”的产物“新派诗”（黄遵宪语），不但以偏重题材的拓展初步革新了内容，而且主张用诗歌来感发人心，黄遵宪“复兴比兴”自然不出此端。[4]

“诗界革命”在观念上对现代白话诗有重大的影响。现代白话诗诞生于本世纪初，“五四”运动后得到进一步的发展，这一时期是中西文化冲突和调和极其复杂的时期。由于长期外国列强的分权割地和本土封建体制的压迫，最先觉醒的一批中国知识分子抱有强烈的打破桎梏，寻求解放的愿望，他们希望通过政体和社会变革而重建中国，这些动机使得当时寻求新的文化理论根据成为迫切的需要，具体表现在对旧有政治、伦理、美学秩序的“价值重估”及欧美意识形态及文学理论大规模的移植，随着而来的也就是与“旧文学”针锋相对的“新文学”破土而出，所以新诗的诞生并不是一场独立的诗文革新运动，而是作为一场更为广泛的社会政治、文化和意识形态启蒙运动——新文化运动的组成部分。

诚如钱穆先生所指出的："新文化运动，唱自胡适之、陈独秀，以文学革命为旗帜……故文学革命的运动，实乃人生思想道德革命的运动。言其成效，亦以改换社会人生观念与提出新思想新道德之讨论，为此次文学革命莫大之成绩。至于新文学本身，则今尚在试验时期，堪称为精美之作品者，尚不多见，至于胡、陈诸人，亦本非一文学家也。"[5]钱先生可谓一语中的，"文学革命"、"白话文运动"在当时可以说与"思想启蒙"是同一涵义的，其目的不在文学本身，而在于借用文学为新思想凿通一条传播的渠道，白话诗的产生作为这场"文学革命"的具体实践，作为白话文学的"胜利成果"，是先有理论的倡导，后有创作的实践，不是后起的理论给已经存在的作品命名，而是理论先提出规范，再按照这些规范去实践。白话诗作为"文学革命"的最后一役，在其倡导者的心目中，他们更看重的是白话是否能作诗，白话要全面占领整个文学领域，而诗不过是其中一个门类而已。正如胡适所言："现在我们的争点，只在'白话是否可以作诗'的一个问题了。白话文学的作战，十仗之中，已胜了七八仗。现在只剩一座诗的壁垒，还需全力去抢夺，待到白话征服这个诗国时，白话文学的胜利就可以说是十足的了，所以我当时就打定主意，要作先锋去打这座未投降的壁垒，就是要用全力去试做白话诗"。[6]

胡适用"战斗"、"攻占"、"壁垒"、"征服"等语词固然是夸张的比喻，但也传达出时代氛围下，白话诗的倡导者们对诗歌、对文学的总体看法。白话、文言的紧张对立，在某种程度上与新、旧思想的对峙取得同质异构的对应，文学革命也好，诗国革命也好，都是要推倒障碍，打开缺口，为新思想的传播凿通渠道。所以，新诗的先驱者们虽然对"文以载道"以及儒家的"诗教"观大加鞭笞，但"诗教"观所包含的对诗歌社会"教化"功能的要求仍然留存着，不过，具体的内涵有了不同。

胡适曾批评"古文学的共同缺点就是不能与一般的人生出交

涉”，至于何为“交涉”，按他的说法就是要“有我”和“有人”，“有我就是要表现著作人的性情见解，有人就是要与一般的人发生交涉”。[7]这正是“五四”时期文化启蒙主义在诗歌观念上的反映，即重视“精神、观念”的表达，因为要“与一般的人发生交涉”，所以就要提倡通俗平易的白话，要提倡“诗体的大解放”，借这种形式来疏通“我”与“你”之间的信息渠道。与这种诗歌观念相应，胡适提出“具体的做法”为新诗的方法，他说：“诗须要用具体的做法，不可用抽象的做法。凡是好诗，都是具体的；越偏向具体的，越有诗意诗味。凡是好诗，都能使我们脑子里发生一种——或许多种——明显逼人的影像。这便是诗的具体性。”[8]“具体的做法”是要用比喻说理，和唐以后对“比兴”的重视一样，“比喻”是筏，说理才是主要目的，胡适举了很多古诗的例子，如《诗经》的《伐檀》，杜甫的《石壕吏》，白居易的《卖炭翁》等，来支持他的立论，正从侧面证明了这一点。

在新诗草创的早期，胡适所提出的“具体的做法”，差不多成为创作和批评的金科玉律，“用比喻说理”成为一大特色。像写鸽子“回环来往，夷犹如意”的自由来反衬人生的压抑（胡适《鸽子》），写老鸦“哑哑的啼”“呢呢喃喃”不能讨人欢喜来比喻社会的改造者苦口良言，不合时宜（胡适么老鸦》），写落叶坠地比喻生命的短暂（刘半农《落叶》）等等，其他像周作人之小河》、沈尹默《月夜》等皆是托物寄兴之作，表达诗人对社会人生的感悟和思索。早期的白话诗以“具体的做法”写“抽象的题目”，在某种程度上，与白居易创作“讽喻诗”在目的上有相似之处，只是“具体的做法”，所托之“物”更具时代色彩，所寄之“兴”也有新的时代内涵，但关注的焦点仍是诗歌所具有的社会政治教育功能。“要与一般的人发生交涉”，反映了“五四”启蒙主义的时代特色。不过由于“喻体和喻依分成两截”，“缺少了一种余香与回味”。[9]

对新诗的宣传、教育功能，早期无产阶级诗歌中更加强调。

1921年中国共产党成立，1923年共产党员邓中夏在《新诗人的棒喝》、《贡献于新诗人面前》等文中就明确提出新诗必须自觉充当无产阶级领导下的民主革命的“工具”，“多作能够表现民族伟大精神的作品”，“多描写实际生活”并“暗示人们的希望”，同时向诗人发出了“从事于革命的实际活动”的号召。蒋光慈于1925年出版的《新梦》在创作实践上体现了无产阶级革命诗歌这一要求，向读者描绘了“十月革命”的理想，希望宣传、普及革命的思想。

成立于1932年9月的中国诗歌会，直接承续了蒋光慈等早期无产阶级革命诗歌的传统，作为左联领导下的一个群众性诗歌团体，中国诗歌会的创作与中国共产党在思想上与组织领导上有密切的联系。中国诗歌会要求诗人站在“（无产）阶级的意识形态”（即“新世纪的意识”）的立场上去把握和反映现实，也即实现“诗的意识形态化”，并且要求“诗与诗人的大众化”，殷夫、蒲风等人的创作强调诗歌对实际革命运动的直接鼓动作用，表现了强烈的理想主义与英雄主义色彩。不过由于要使新诗更好地发挥宣传、教育的作用，往往采用直书胸臆的“赋”笔，在艺术表现上显得比较粗糙，而且把反映现实生活的重大题材推向极端，也导致了诗歌题材的单一化。

到了抗战时期，一切文艺形式都要配合抗战的需要，以笔作刀枪，以诗为武器，诗歌的宣传、教育功能更被推崇备至，几乎所有的诗人都唱起了民族解放的战歌。中国诗歌会所倡导的具有强烈时代性、战斗性的诗风，成为不同流派诗人的共同趋向，这一时期的大量的诗歌、诗集，像郭沫若的《战声集》、冯乃超的《宣言》、藏克家的《从军行》、戴望舒的《元曰祝福》、何其芳的《成都，让我把你摇醒》等等，都直面现实，忠实地记录了抗战时期的民族情绪，鼓舞民众奋起加入到民族解放斗争中。由于要配合抗战宣传的需要，诗人也从象牙塔里走上十字街头，胡适当年所力倡的要“与一般的人发生交涉”，在抗战时期诗歌民族化、群众化的大潮中，被大大发扬了。在表现抗战的诗歌中，很多是直接描摹现实的急就之作，但也有通过具体的形象艺术地表现爱国情操的佳作，象戴望舒《我用残损的手掌》：“我用残损的手掌，/摸索这广大的土地，/这一角已变成灰烬，/那一角只是血和泥；//无形的手掌掠过无限的江山，/手指沾了血和灰，手掌粘了阴晴，/只有那辽远的一角依然完整，/温暖，明朗，坚固而蓬勃生春。”诗人将对祖国的爱，外化为抚摩版图的动作，没有使用响亮的政治术语和口号，却内含庄严而悲壮的情思，切实吻合时代的脉搏，“思想性的提高，非但没有妨碍他的艺术手法，反而使他的艺术手法更美好，更深刻地助成了思想性的提高。”[10] 比起那些过于概念化的呼喊，这首反映抗战的作品，以比喻和营造意象的手法陈爱国之情，更为深沉，也“助成了思想性的提高”。

在抗日战争和解放战争时期国统区的诗歌创作中，七月诗派的影响也很大。绿原在《〈白色花〉序》中曾把七月诗派诗人创作态度和方法的共同追求概括为“努力把诗和人联系起来，把诗所体现的美学上的斗争和人的社会职责和战斗任务联系起来”，这表明七月诗派是直接继承了30年代中国诗歌会的革命现实主义传统的，把诗作为战斗的“武器”，有鲜明的政治倾向性与为革命服务的创作目的性。七月诗派反对“琐碎地”描摹“生活现象本身”，而主张凭借正确地把握了的历史力量，“突入生活”，[11] 注重从客观对象具体形态中开掘社会历史内容，从而创造出反映历史内容的艺术形象，所谓把诗的“美学斗争”和人的“社会斗争”联系起来，在一定程度上对中国诗歌会主张描摹现实的诗歌观有所纠正。从根本上说，七月诗派的“突人生活”也是强调诗歌以形象化的抒情手法更好地发挥“武器”的功用，实用的功能观念仍是题中应有之义。

抗日战争胜利后，讽刺诗和政治抒情诗仍然盛行，因为“诗人是时代的前驱，他有义务先创造一个新中国在他的诗里”，[12] 而在敌后根据地，歌谣体新诗更成为宣传、启蒙教育革命思想的一个得力工具。

纵观新诗前30年的发展，由于“从属论”、“工具论”根深蒂固，在创作上，从一开始以比喻来说理、宣传新思潮，到抗战时期、解放战争时期以新诗为革命斗争的“匕首”和“武器”，很多以宣传为主要目的的诗作，譬喻陈陈相因，意象也相对贫乏，正如“善鸟香草，以配忠贞；恶禽臭物，以比谗佞”的格式化一样，出现了千篇一律的比喻，像黎明似乎一定带来希望，暴风雨就象征革命，而黑夜永远表示反动派、统治阶级的凶残迫害，虽然在当时的革命斗争环境中起到了宣传的作用，但也反映了创作上对政治观念生吞活剥的接受和公式化的表达，感染力终究有限。与此相关，在批评上，许多的读者、诗人与批评者之间，有形无形地构成一个纯粹以所表达的观念本身来决定作品价值高下的标准。并非因为它是一首宣传革命的“好诗”而后是“好诗”，而仅仅因为它是宣传革命的诗，它就是“好诗”，甚至因为它表达了我所倾向的政治意念就是好诗。这与白居易尊“比兴”，以强调诗歌社会的作用（上以“补察时政”下以“泄导人情”），在思路上实有异曲同工之妙。从中我们可以看到，如果将传统的“诗言志”或“文以载道”作比较宽泛的理解，在强调诗歌内容与社会政治的联系方面，重“比兴”尊诗“用”的观念并未过时，与现代“新诗是革命宣传工具”的论题可以衔接。

现代白话诗在语言形式上打破了古典诗歌的格律束缚，在文学史里，新诗的倡导者常常为这一干净利落的新篇章而摇旗呐喊、暗自得意，因而也容易夸大它与传统的“决裂”姿态。不过在对诗歌所承担的宣传教化等社会功能的强调方面，“新”诗与“旧”诗之间实在有着内在精神的深刻联系。《毛诗序》的主旨，诗以“经夫妇，成孝敬，厚人伦，美教化，移风俗”，二千多年来始终牢固地保存着，这可以说是“诗教”，也可以说是诗以“言志”、

“明道”，“比兴”因为与温柔敦厚的“诗教”密切相关，也颇为论者所重，至于“志”与“道”具体何指？用现代批评术语而言，大约近乎一种积淀社会伦理内涵，体现社会群体规范的思想感情。“五四”时期，新诗的先驱者对“文以载道”和儒家的“诗教”观大加鞭笞，旗帜鲜明地主张“推倒陈腐的铺张的古典文学，建设新鲜的立诚的写实文学”[13]，这是对“载道”和“教化”所包容的封建社会伦理内涵的一个清算，但是“诗教”所包含的重视诗歌社会政治宣传和教化功能的观念仍牢牢地保存于现代诗人的意识中，因为“现代文学本身就是中国近代社会民族危机的产物；以文学为工具，唤起民族的觉醒，改变人民的精神面貌，进而促进民族的新生，这几乎是所有中国现代作家走上文学道路的最初的出发点”，[14] 于是“诗教”被赋予了新的时代的内涵，“五四”时期，新诗要表达、宣传启蒙思想，抗战时期和解放战争时期，新诗要充当革命宣传和教育的工具，更是“旗帜”和“炮弹”，动荡的社会现实、复杂的历史文化背景，使这一时期的新诗，“未尝不是‘载道’；不过载的是新的道，并且与这个新的道合为一体，不分主从。所以从传统方面看来，也还算是一脉相承的。一方面攻击‘文以载道’，一方面自己也在载另一种道。这正是相反相成，所谓矛盾的发展。”[15] 至于“具体的写法”和“距离”、“象征”、“形象化”等艺术手法的运用，被视为有助说理或提高诗的思想性，参看“比”“兴”与传统“诗教”的关系，内在理路和致思的方向也并无根本性的冲突。

## 三 比兴解诗

### 1．“比兴”解诗——诗歌批评方法之一

自《毛诗》标注“兴”以发挥“微言大义”，后世沿用毛郑以

诗证史的批评方式的来解诗论词的还有不少，像张惠言的《词论》就是取毛、郑的方法，以“比兴”论词。他在《词选序》中说:“传曰：‘意内而言外谓之词’。其缘情造端，‘兴’于微言，以相感动。极命风谣里巷男女哀乐，以道贤人君子幽约怨悱不能自言之情。低徊要眇，以喻其致。盖《诗》之“比兴”变风之义。骚人之歌则近之矣。”[16]张惠言认为好的词继承了国风、楚骚的传统，运用比兴手法，“缘情造端，兴于微言”，表现委婉含蓄，达到“意内而言外”的境界。这段话为比兴论词定下了基调。张惠言在《词选》中对具体作品的评注，大抵也是从这一角度进行论述，书中解释屡用“兴”字。如在温庭筠《更漏子》下云：“‘惊塞雁’三句言欢戚不同，‘兴’下梦长君不知也。”[17]不过《词选》中，牵强附会之说也不少，如把温庭筠的艳词《菩萨蛮》解读为“感士不遇”，并认为“照花”四句有《离骚》初服之意，就是一个明显的例子。此外，像清末陈沆《诗比兴笺》，也是“以笺古诗三百首之法，笺汉、魏、唐诗，使读者知‘比兴’之所起，即知志之所之也。”[18]陈沆取喻于毛诗、郑笺的系统，以诗证史，最终也难免像毛、郑那样，有很多穿凿附会之处。

像《词选》、《诗比兴笺》一类的著作是以毛、郑的方法来解诗，另外还有一些受毛、郑模糊影响又比较支离破碎的诗格、诗话，也以“比兴”说诗，比如梅圣俞《续金针诗格》、张天觉《律诗格》之类解读杜甫等诗人的诗就常常“弃其大旨，取其所发兴于所遇林泉、人物、草木、虫鱼，以为物物皆有所托，如世间商度隐语者”，[19]这样的解读方式，自然不得要义，也不太受人重视。

比较系统地用“赋、比、兴”说诗的是朱熹，在《诗集传》中朱熹将赋、比、兴叠合使用，标注了“赋而兴”、“比而兴”、“兴而赋”、“兴而比”等名目，使“赋、比、兴”成为专门的批评术语。而且，朱熹还尝试用《诗集传》的办法将《楚辞》各篇分章注明赋、比、兴，作《楚辞集注》，后人也有用朱子的方法注释古诗的，像

《风雅翼》、《选诗补遗》、《选诗续编》之类的著作，四言分章，五言就以篇为单位，标注“赋、比、兴”。这种作法笺释评论比较详细，非诗格类的空谈所能比拟，但由于武断和分类标准不太明确，也受后人批评。如陈廷焯就认为：“《风诗》三百，用意各有所在，仁者见之谓之仁，智者见之谓之智，故能感发人之性情。后人强事臆测，系于比、赋、兴之名，而诗义转晦。子朱子于《楚辞》，亦分章而系以比、兴、赋，尤属无谓。”[20] 陈廷焯这一意见，可谓直指朱熹以“赋、比、兴”系统说诗僵硬胶固的弊端，认为不要将“比兴”坐实，强将各篇各章系之于“赋、比、兴”之名就草草了事，而要从“比兴”之义来看，强调诗词“感发”的作用，只要能感发性情，也就“仁者见仁，智者见智”，无一定之规，这与分章分篇标注的作法相比，在批评思想上就比较圆通，所谓“必有比兴，但不知其何所指，读者各以意会可也”，[21] 注重读者对“比兴”理解的自主性。

在诗、词中标注“赋、比、兴”或“比兴”，本身就是解诗者通过每一章、每一句的分析，上升到对全篇了理解。《毛传》、《郑笺》以及用毛郑的方法说诗者，先定下“美刺”的标准再“以意逆志”，以诗证史，对“人情”的理解过于狭隘，自然难免穿凿。朱子的作法，对每一章句的分析更详细、更系统，提出“赋”与“比”两个批评词语，并重新考虑《毛传》所谓“兴”的准确程度，对毛郑以“美刺”托意的解诗原则也有所反省，但强分“赋、比、兴”的作法过于生硬，倒是常州派词论家，象谭献、陈廷焯强调主观的美感经验，提倡读者“各以意会”的方法，所谓“作者之用心未必然，而读者之用心何必不然”（谭献《复堂词录序》，《复堂类集》文一），比较接近于“人情不远”的“以意逆志”法。

“以意逆志”是孟子提出来的，《孟子·万章上》指出：“故说《诗》者，不以文害辞，不以辞害志。以意逆志，是为得之。”对“以意逆志”，赵岐注曰：“人情不远，以己意逆诗人之志，是为得其实矣。”赵注拈出“人情不远”,作为“以意逆志”法的基础,后人从这一角度去认识,“以意逆志”也不只限于解《诗》,而扩展到对五言诗、七律、词的理解、鉴赏,而“以意逆志”也成为中国传统文学批评中影响最为深远的基本原则之一。

### 2.“以意逆志”法对现代诗歌批评的意义

如果从“人情不远”的角度来理解,结合对文辞字句的仔细分析,不作过多的附会和曲解,“以意逆志”法对现代诗歌批评也同样是行之有效的。

首先,“以意逆志”法包含对古代文学、文献的理解问题。现代人对古典诗歌、古典文学的研究,无论是考证、笺注还是分析、鉴赏,所面对的都是与现代人的生活没有直接关系的已消逝了的另一个世界,现代受科学研究观念和西方各种流派研究观点的影响,对古典的“价值重估”,提供了更多的角度,但由于“食洋不化”,有时也难免牵强附会,象强调进化论的历史演进法和概念类比研究的方法就出现了很多曲解和盲视,倒是“以意逆志”法,如果从“人情不远”的角度来看,对现代人理解古代文学有借鉴意义,朱自清在《古文学的欣赏》中说:“人情和人性不相远,而历史是连续的,这才说得上接受古文学。但是这是现代,我们有我们的立场,得弄清楚自己的立场,再弄清楚古文学的立场,所谓“知己知彼”,我们才能分别出那些是该扬弃的,那些是该保留的。弄清楚立场就是清算,也就是批判;‘批判的接受’就是一面接受着,一面批判着。自己有立场,却并不妨碍了解或认识古文学,因为一面可以设身处地为古人着想,一面还是可以回到自己立场上批判的。”[22] 这种对古文学的欣赏态度既强调现代人的立场,又从“人情不远”的角度对古人表同情和了解,是对“以意逆志”的现代理解和运用。同时,由于“人情不远”涵义较广,朱自清还认为:“赵氏举出‘人情不远’之说,是很好的。但还得加一句，逆志必得靠文辞。文辞就是字句。‘以文害辞’‘以辞害志’，固然不成，但离开字句而猜全篇的意义也是不成的。”[23]这是对毛、郑解诗的断章取义而发，其实要了解全篇的意义还须结合当时的时代文化背景，才能弄懂每个字的含义。总之，“以意逆志”也不能离开字句而牵强附会，而要在对全篇意义的充分了解的基础上，才谈得上从“人情不远”的角度去接受和欣赏古文学。前文所述的闻一多、朱自清等现代学者对《诗》的研究都一定程度上体现了对这一原则的体会和应用。

至于现代诗歌批评，新文学运动从一开始就强调批评的精神，加之受科学观念研究文学的影响，现代诗歌批评在明晰方面有了长足的进展。茅盾在20年代初说过：“我们现在讲文学批评，无非是把西洋的学说搬过来，向民众宣传。”[24]作为对开创时期的批评风尚的估衡来说，倾向大致是如此。“五四”新诗批评在方法上确以“收纳新潮，脱离旧套”为特色，与传统的“诗文评”、诗话类著作“点悟式”的批评模式在结构体例上有很大不同，由于西方艺术批评中的实证分析风靡一时，“始、叙、证、辨、结”的法则，加诸哲学、人类学、社会学、心理学等多元化的角度，都颇使当时的新诗评论者们心向往之。开始的时候，由于白话诗的创作还处在探索阶段，所以诗评虽然也注重分析，但基本上还停留在评价阶段，内容上一般是先复述诗情，然后从时代的角度揭示诗歌所具有的思想特征和社会意义，对阅读诗歌所获得的审美感受也多属于随感印象式的，也有人力倡印象批评的方法，即批评者完全凭籍着对诗作的主观印象和由此发生的瞬间感觉和个人联想进行旁征博引的描述发抒。

从二十年代中期象征派“异军”突起，白话诗的创作趋于丰富，创作的发展，必然要求批评的跟进，朱自清、李健吾、李广田、朱光潜、袁可嘉等诗人、评论家都以他们多种形式的理论探索和批评实践，对当时的诗歌创作进行了分析。尽管批评者各自的出发点和凭藉的理论有所不同，大致而言，从解读新诗的实践来看，有两点是比较突出的：一是分析意义，从意象的经营和语言的传达人手，弄懂“每一个字的意义”，二是从阅读的视角出发，尊重诗人和批评者各自审美经验的差异，形成一种审美对活的批评模式。而这两点与传统解诗方法也有内在的联系性。

首先，从分析意义的方面来看，由于感觉和语言运川方式与早期新诗的明白易懂相歧异，象征派、现代派的作品造成了人们理解和欣赏上的困难，一些批评家和读者称之为“晦涩”，抱怨“读不懂”，金克木、朱自清、李健吾等批评家不赞成这种将“晦涩”和“读不懂”归咎于作者的观点，认为意义的分析是欣赏的基础，象征派诗虽然用了大量跳跃、省略等暗示性的表现手段，但在结构上仍是一个“有机体”，只要具有相当的修养和训练，从分析意义人手，“大部分的诗，细心看几遍，也便可明白的”。[25]而分析意义的步骤，朱自清引用了朱熹的“晓得文义是一重，识得意思好处是一重”的解诗之法，认为将意义分出“文义”和“意思”两层来，“很有用处，但也只说个大概，其实还可细分。朱子的话原就解诗而论，诗是最经济的语言，‘晓得文义’有时也不易，‘识的得意思好处’再要难些。”[26]

朱子解诗分章标注“赋、比、兴”，是在“晓得文义”的基础上体会诗的“意思好处”，这两个步骤的划分，对现代诗歌批评也“很有用处”。现代诗歌批评要分析一首诗的意义，首先要从意象的经营和语言的传达人手，在技术上是剥笋式的，一层层剥开去，弄清每一个比喻、意象的内涵以及它们之间的关系，每行诗句和每个词语的相互联系，这也是要“晓得文义”。当然，现代诗评分析“文义”的方法在技术上更多的是受现代英美批评家的影响，主张对作品进行严密的分析，即将作品的结构、意象、节奏、文字都条剖缕析，经过一番分析之后，再用一两个核心观念使之贯串，又还于整体，最终目的是对作品的艺术性，对诗人由感悟到表达之间所牵涉的许多问题有明澈的识见，在看出诗歌结构“有机体”的基础上了解现代诗“复杂的意义”，这是现代诗评要“识的意思好处”。区别于中国传统解诗学过分追求字义的疏证，并以诗证史的穿凿，也有别于完全杜绝作者的创作意图而将作品进行封闭式解剖的形式主义，现代诗歌批评所做的，是借助西方现代批评的技术方法，从分析意义人手而达到对现代诗的艺术性以及表达上的许多美学问题有所理解和欣赏。

其次，现代诗之所以会被一些读者和批评者斥为“晦涩”，主要是因为一些诗歌通过象征、意象、暗示、隐喻等多种艺术手段来表现自己内心的感觉世界，追求表现自己和隐藏自己的表现效果，而一些“以智慧为主脑”的诗，有诗人“独特的对人生宇宙的见解”蕴蓄其中，作品内涵的多义性和诗歌语言表现的复杂性为解读带来的一个必然现象就是：对作品理解读者与作者、读者与读者审美经验的差异和在此基础上形成审美经验的对活和互补。

《周易·系辞上》云：“仁者见之谓之仁，知者见之谓之知。”在诗的阅读中，“见仁见智”是一个比较普遍的现象，陈廷焯引此句以为诗三百，用意各有所在，读者各可意会，以感人性情为本，不必强事臆测而系以赋、比、兴之名，而谭献也提出所谓“作者之用心未必然，而读者之用心何必不然”，强调渎者在阅读中的自主性，这与现代诗论家李健吾等在诗歌批评中的“自我发现”说很相似。李健吾在总结他的批评实践原则时确认：批评家葆有‘自我存在’的意识是进行批评的出发点，“批评的成就是自我的发现和价值的决定”，当然，“发现自我”最终是为了发现诗，现代诗论家并没有止于这种“见仁见智”的批评标准上的相对主义，而是采取类似现代阐释学的开放性观点，阅读被看作由主观（来自读者）和客观（来自作品）双重决定的审美行为，让存在差异的两种审美经验进行对话，从而形成一种开放的具有张力的阐释结构，这种阐释结构显示出理解的可能性，并包容作品的复杂意义。

在现代诗歌批评史上有一个十分重要的现象，就是诗人与批评家共同创造的审美经验对话模式，批评家以自己的经验世界再造与创生诗人的经验世界，诗人对批评家的“再造”产生的误差进行对话式的自解，批评家进而在修正自己审美差异中丰富艺术再造的精神活动。三十年代出现的朱自清、李健吾的诗歌批评和诗人卞之琳的往返沟通，就是这种批评模式的实践。

对卞之琳四行小诗《断章》的理解，李健吾认为寓有深刻的“人生的悲哀”，而诗人出来解释，表明《断章》着重的是形而上层面的相对关联的思考。两者解释“不吻合”的现象出现了。批评家当然得认同诗人的自白，但同时又认为，“作者的自白也绝不妨碍我的解释”，审美经验的差异，“与其看做冲突，不如说做有相成之美”。[27] 当然诗人也承认批评家对一些诗篇的解读有深刻体认，比如对《寂寞》的解释就使卞之琳感到“出我意料的好”，因为诗的境界中包含批评家开掘的意义。理解作品的复义性应以作品的客观包容性为前提，同样不能主观臆测，但由于现代诗语言传达的多层次内涵也引致读者在作品中注人多层次的想象。所以朱光潜认为读者的想象和一首诗的生命生生不息，废名说明自己的诗作“容得下几样文化”，可作多样理解，都反映了现代诗人、诗论者对解读现代诗的开放性观点。

在由诗人、作品、读者构成有差异的审美经验进行对话的具有张力的阐释关系中，李健吾、朱自清等现代诗论家不断地与诗人、读者相互沟通、对话，力图使对现代诗的解读，既尊重作品的复杂意图，又显示出理解的种种可能性，避免了“读者各以意会”的相对主义倾向，这种平等对话的现代解诗方式也是我们今天应该汲取和坚持的。

综上所述，“五四”以后西方诗论成为现代诗评的参照系，新诗的评论者对传统的儒家诗教观、传统的印象式“点悟”批评进行了反省并有意借助西方现代批评的技术方法来分析、解读新诗，但从现代白话诗在对诗歌社会功能的认识，乃至诗歌的批评方法上有很多方面与传统诗学都是可以沟通的，比如“诗教”观所包含的对诗歌社会教育作用的重视在现代诗学中依然是突出强调的，只不过赋予了新的时代内涵，至于分章标注“赋、比、兴”的解诗方法虽然有强行分解和主观臆测之嫌，但从文辞字句的分析提升到对诗歌“意思好处”的体会，对现代诗歌批评仍不无用处，现代诗歌批评注重互补和对话的交流阐释又避免了传统解诗的穿凿和烦琐，显示出现代解诗的开放性和多元化观点。

# 结　语

对于传统诗学概念的再阐释应该包含两个方面的内容，一是从现代人的思维方式、情感和趣味去发掘概念的古典诗学精神，二是随着现代诗歌创作本身的演变而不断调整和丰富概念的理论内涵。正是基于这样的考虑，本文对“赋、比、兴”现代阐释的探寻也是从两个方面人手：一方面，由于“五四”以来对传统的“价值重估”以及研究的方法和视野的改变，对“赋、比、兴”的理解，彻底打破了传统解《诗》加诸“赋、比、兴”的神圣光环，从现代民谣的对比研究和修辞学中的对应概念的角度，为“赋、比、兴”另寻界说，这些解说在当时是立意破旧说，发新声，在开拓新义的同时难免由于“取我所用，为我所需”而有所偏颇，所以现代学者也在不断地深入研究中逐渐修正在“赋、比、兴”问题上简单划定界说的状态，例如从传统歌诗的表达技巧和诗学意念历史发展的角度来诠释和解读，就开拓出更加广阔的研究领域。从某种意义上讲，我们今天对“赋、比、兴”的理解正是在现代学者的研究基础上继续发展，而在今后，人们对“赋、比、兴”也将有不同的阐释，从这个角度看，“赋、比、兴”过去是，将来也必然是一个历史的、动态概念。另一方面，我们说“赋、比、兴”的涵义不断在发展变化中，不是某一种简单的定义所能穷尽，还因为当下创作经验的总结也同样离不开对传统诗学的反观和内省，这两者是互涵互动的，对经典的“新”释，端赖于“当下”的语境，而创新的经验总结又丰富了传统的诗学思想，特别是“五四”以后对《诗经》等经典的“重估”与建设新文学是互相渗透、互涵互动的，所以，对“赋、比、兴”的现代阐释也应该包括以现代诗为立论依据来考察“赋、比、兴”。基于这样一个思路，我们分别从诗的表现手法、批评方式和对诗歌社会功能的理解方面，分析了现代白话诗对“赋、比、兴”的承传和发展。

所以，从“赋、比、兴”这一概念在现代的“旅行”，我们可

以看到对这样一个有丰富内涵的诗学概念，不是某一种简单的定义所能穷尽，而是在不断地发问中不断地开发出新的意义，而创新的基因就在这种“视界融合”中生根发展。今天，我们不论是对传统诗学进行再阐释还是探寻现代诗的传统因子，都不能只是简单地套用或者机械地理解，文学上的传统与创新并非如进化论描述的是朝着一个单一的目标向未来发展，而中西文学的接受与影响也不是简单的类比所能概括。现代诗学与历史源流有着千丝万缕的联系，这是我们不能武断地加以割裂的，但我们也应该清楚地意识到现代诗与古典范例之间的历史距离，这些都可以在变化了的概念关系中表现出来，“赋、比、兴”尽管无可避免地具有多重涵义，但它既包含古代诗人由感悟到表达之间所牵涉的许多美学问题和历代解诗者在这些问题上的识见和掌握，又可以作为一面镜子，照出现代白话诗在表现手法和批评方式上对传统的承传和变异。所以，二十世纪上半叶对《诗》“赋、比、兴”的理解以及我们在这一时期白话诗创作和批评实践中所得到的启示，都大大增强了我们对于中国诗学传统的认识。

虽然我们的考察只是指出它在一段时期内获得的意义，这个时期也已经成为历史，但由于这一时期包含中国文化传统现代转型的复杂经验，所以值得我们进行总结和反思。特别是今天我们又重提“古代文论现代转换”的话题，如果不想被语言所困惑，而是谋求一种有历史依据的自我理解的话，我们首先就必须面对一堆诗学概念或意念史，“赋、比、兴”只是其中之一，由于它本身具有极其丰富的历史内涵，而“五四”以后几十年间它的涵义又发生了一些值得我们深入探讨的变化，所以我们通过追溯和设

问，希望在开放的对话活动中寻求对“赋、比、兴”理解，特别是探索“赋、比、兴”对现代诗创作与批评的意义。

正如加达默尔在《真理与方法》中就指出：“理解甚至根本不能被认为是一种主体性的行为，而要被认为是一种置自身于传统过程中的行动，在这过程中过去和现在经常地得以中介”，[1]对“赋、比、兴”的理解也可作如是观。我们的理解是开放地面对问题，不是依据原则而来的构想，不是全盘照收所有的定义，而是在概念真正成其概念的对话活动中寻求立足点。尽管我们认为“赋、比、兴”在今天不能重新获得任何一种原义，并且“赋、比、兴”的历史对今天的用法也不一定起决定性作用，但我们却相信，“赋、比、兴”作为一个有丰富历史内涵的概念，在今后的诗学发展中还将被人们从不同的角度加以阐释，并在“过去与现在”的对话活动中不断地丰富、发展它的意义。

# [附　录]

# 赋、比、兴通释

赋、比、兴是传统诗论的基本观念之一，也是缠夹最多的问题。赋、比、兴与对《诗经》的解释密不可分，《诗三百》的诗人们吟风弄月之际是否横亘赋比兴法已茫不可考，倒是后人对此的种种解说，纷纭复杂，颇多纠缠。因此，在切人这个论题之前首先要作几个前提性的说明：一，既然赋比兴源于对《诗经》的解释，释者“各以其情自得”，见仁见智，本来就不必一律，也无所谓标准的答案。后人的解说离不开所处时代的文化精神以及各自的思想感悟，围绕这一问题的种种论说贯穿二千年间的中国诗学史、学术史，以某家某说悬为定论判定谁是谁非殊为无当，比较务实的态度是将赋比兴作为一个历史的、动态发展的理论范畴来把握。二，赋比兴虽然是从总结《诗经》而来，但随着文学创作和文学批评风气的发展和变化，后世论诗所说的赋比兴许多已不再是对《诗经》的解说，而以汉以来的诗歌创作为立论依据，所谓经学家的赋比兴和文学家的赋比兴，区别也正在于此。不明了这一点，就容易产生混淆。三，我们追朔赋比兴的演变，除了从不同时代文化精神、文学创作和批评时尚的变迁上探讨不同解说的由来外，更重要的是，认识传统“诗”学（既包括《诗经》也包括广义的诗）累积层叠的复杂进程，能使我们对“古典文论现代化”这样的论题有比较明晰的认识。传统和创新的辨证关系是二十世纪困惑无数学人的老话题，但传统和反传统的二元对立总令人无法持一个较自然的心态，其实，只有弄清我们有什么？我们在哪里？然后才谈得上继承和创新。从对赋比兴演变的探寻，给了我们切人“传统和创新”这一大论题的一个具体的角度。关于赋比兴的言说贯穿中国思想的始终，不同时代的论者不断以自己所处时代的文化经验和创作成就“反观”这个问题，于是看到了许多过去未被注意或未被发现的东西，这就是“重新发现”，传统的诗学也在充分具有创新意义的作品和批评的加入后获得调整。循历史的一轴看赋比兴理论的演变，大体沿两条线索展开论述，一条线索以《诗经》为立论依据，随着《诗经》学在不同时代文化思潮中的变迁及论者个人才具（感性和偏好）的不同而各有侧重，各具面目；另一线索主要以汉以来的诗歌创作为立论依据，随着诗歌创作本身的演变而不断调整和丰富赋比兴的理论内涵。这两个方向的研究，一个希望探求赋比兴的本义，可以说是向着过去；一个借旧瓶装新酒，说的是“赋比兴”但已与所谓“六义”无涉，注重的是时代诗歌创作的经验的总结，可以说是面对“当下”。表面看来这两个方向背道而驰，但正如前所叙，对古典文本的阐释是一个永远的现在时，而对当下创作经验的总结也同样离不开对传统的反观和内省，每一时代对赋比兴理论的阐释，不管立论依据如何，总无法脱离所处时代的文化潮流和时尚，对经典的“新”释，端赖于“当下”的语境，而对创新的经验总结又丰富了传统的诗学思想，从这个角度追溯关于赋比兴的种种论说，虽则汗牛充栋，却也并非无章可循，作为一个历史的、动态发展的理论范畴，朝向过去和面向当下互相渗透，使它同时成为“古典（传统）的”和“现代的”，这也是本论文研究的出发点之一。四，虽然我们强调时代文化思潮和创作风尚作为赋比兴历史演化的共同语境，因为以某一具体的理论范畴为基点研究中国诗学，都不能不思考一般现象背后的相通的文化——心理结构，但正如对一切因果关系的论述和历史线性描绘都应持审慎的态度，一般现象的共同因素虽然有用，我们同时也要认识在同一背景下也可能产生极其不同的见解。

我们如果没有这样的认识，所谓“共同因素”只能成为束缚。相同的时代，共同的背景也可以容纳各种歧异的个体，也可以包括大小高下的各种准则。在探讨某一特定历史场合的论说者对赋比兴问题的具体阐述时，我们看的是他对整体秩序的一种“认识”，他“吸收”的范围，以及在吸收过程中如何受到历史的传统的因素的制约，而这些传统因素又如何与论说者的个人才能（偏好和鉴赏力）相协调。这样才能避免以偏概全，把论题中的某些孤立现象说成是整体因素的决定。还有一点必须指出，虽然我们的论题研究必须置于一定时间的范围内，但一切相关的讨论则不能囿于这个时间的框框内。事实上，对于一个贯穿几千年诗学史的理论问题来说，本身就已经超越了某个固定的时限，一种解说既是过去的结果，同时也可能是将来的萌芽。五，鉴于对赋比兴的种种解说时间跨度很长，论说的语境和立论的依据也颇为复杂缠夹，从实践的观点看，我们的研究不可能包含所有的观点，由于论文的篇幅限制，也不暇旁征博引，仅选取不同时期一些较有代表性的言论，加以分析，希望以赋比兴理论为枢纽，循历史之轴，对中国诗学的精义，对传统和创新的辨证关系，有更深的体认。

任何理论概念的提出都不是凭空而降，所以分流清源是我们工作的第一步。

## 一　赋、比、兴溯源

赋、比、兴首见于《周礼·春官·大师》[1]中：“大师……教六诗，曰风，曰赋，曰比，曰兴，曰雅，曰颂。以六德为之本，以六律为之音”。但《春官》于此未作具体解释，之后，《毛诗序》[2]又提出与此排列顺序相同的“六义”说：“诗有六义焉：一曰风，二曰赋，三曰比，四曰兴，五曰雅，六曰颂”，同样也没有对赋、比、兴的含义进行解释。从“六诗”到“六义”，均没有确凿可依的解释，这便给后人研究赋、比、兴的本义造成了极大的困难，也使后世学者对赋、比、兴本义的理解颇多争议，他们从不同的角度对其本义进行了考辩，提出了许多不同的论断：或以为是三种诗体，或以为是三种不被管弦的徒歌，或以为是《诗经》的三种作用，或以为是用诗的三种方法……不一而足。

现在要探求赋、比、兴的本义，我们极难找到早于《周礼》的文献，尽管使用《周礼》的材料时要格外小心，古今颇多学者仍认为，该书的基本精神可回溯到周朝。《春官·大师》虽然没有具体说明何为“六诗”，但称“以六律为之音”，同篇又有“瞽矇……掌九德六诗之歌，以役大师”的记载，《周礼·春官·大司乐》更单独言“兴”:“大司乐……以乐语教国子，兴、道、讽、诵、言、语”，可见《周礼》的“六诗”与音乐有不可忽视的血缘关系。从《周礼》提到“六诗”和《毛诗序》提到“六义”所透露的歧异，我们也可以体会到周代对赋、比、兴的观念不同于后代。所以尽管郑玄加注《周礼》开“三体”、“三用”说的先河，孔颖达、朱熹等后世经学家皆承此说以赋、比、兴为“三用”、“三纬”，从三种表现手法的角度解释赋比兴，但是，从《周礼》及同时代文献的史实和基本精神出发，认为赋、比、兴本义指三种诗体的论者也不乏其人。贾公彦《周礼正义》之解“六诗”就是如此，“释曰，按诗上下，惟有风雅颂是诗之名也，但就三者之中有比赋兴，故总谓之六诗也。”[3] 他虽然也有讲到六体三用的地方，但总体认为《周礼》所讲偏重在乐，所以不妨偏重在体，称为“六诗”。近代学者章炳麟的《六诗说》也认为风雅颂赋比兴都是诗体，他认定“比赋兴被删不疑”，于是断言“赋之为名，文繁而不可被管弦也。……比者辩也，……其文也肆，不被管弦，……兴者，周官字为廞。……廞，兴也，兴言王之行谓讽诵其治功之诗，……与诔相似，亦近述赞。”因此，他最后肯定“比赋兴虽依情志，而复广博多华，不宜声乐。”[4] 也就是说风赋比兴雅颂均为诗体，但有人乐和不入乐之分。郭绍虞根据章说加以补充，认为“《周礼·春官》说：‘大师教六诗，曰风，曰赋，曰比，曰兴，曰雅，曰颂。以六德为之本，以六律为之音。’这是侧重在‘乐诗’方面讲的，所以说‘以六律为之音’。《诗大序》也说：‘故诗有六义焉，一曰风，二曰赋，三曰比，四曰兴，五曰雅，六曰颂。’这又是就‘诵诗’的角度来谈的，所以不讲到六律，而称之为六义。这两种说法大体相同。后人因为所传《诗经》只有风雅颂三体，于是以风雅颂为诗的体裁，赋比兴为诗的表现手法。”[5]

“体用说”和“六诗皆体说”的争论纷如聚讼，各有所据，偏执哪一端都难以跳出历史大论辩的循环圈，而我们现在又很难找到早于《周礼》的文献，所以要追溯赋比兴的本义，从字源学上着手，参引先秦的相关文献，或许是一条途径。

赋字，《说文》曰：“敛也。从贝，武声。”段注：“敛之曰赋，班之亦曰赋。”由于赋与敷、铺、布发音相近，可以通借，赋字在当时，便具有了多重含义。但先秦古籍中所使用的与诗歌相关的赋字，可能要追溯到《国语》和《左传》。《国语·周语上》“召公曰：“……故天子听政，使公卿至于列士献诗，瞽献曲，史献书，师箴，瞍赋，矇诵……”[6]其中“瞍赋”下，韦注“无眸子曰瞍，赋公卿列士所献诗也”。“矇诵”下，韦注“有眸子而无见曰矇，周礼矇主弦歌讽诵，谓箴谏之语也。”从这段文字看，赋与诵含义接近。诵，《说文》曰“诵，讽也。从言，甬声。”郑玄注《周礼》“乐语”，有“以声节之曰诵”的解释，《段注》引郑玄语后说：“诵则非直背文，又为吟咏以声节之。”弦歌讽诵常并提。如《礼记·文王世子》中“春诵夏弦”，《左传》襄公十四年载：“公使歌之，遂诵之。”诵当指不待乐奏，以声节之的朗诵或诵读。从《汉书·艺文志》所谓“不歌而诵谓之赋”[7]，也可以推测赋与诵确有相通之处。再看《左传》关于赋诗的记载。春秋时外交朝聘会盟，通行赋诗言志，赋诗多半是自唱，有时也教乐工去唱。当时人说话也常引诗为证。除了赋诗言志外，赋在《左传》中还别有一义，隐公元年传记郑武公与母姜氏“隧而相见”云：“公入而赋：‘大隧之中，其乐也融融。’姜出而赋：‘大隧之外，其乐也泄泄。”[8]孔颖达《正义》曰：“赋诗为自作诗也。”《左传》僖公五年还记有：“（士蔿）退而赋曰，‘狐裘龙茸。一国三公，吾谁适从！’”[9]严杜注：“士蔿自作诗也。”从《左传》的这两处记载看，赋似乎也是随时口诵，不待乐奏之意，这或许是赋较古的含义。刘勰《文心雕龙·诠赋》综括：“邵公称公卿献诗，师箴（瞍）赋。传云：登高能赋，可为大夫。诗序则同义，传说则异体，总其归途，实相枝干。刘向云明不歌而颂，班固称古诗之流也。至如郑姜之赋大隧，士蔿之赋狐裘，结言短韵，词自己作，虽合赋体，明而未融。及灵均唱骚，始广声貌。然赋也者，受命于诗人，拓宇于楚辞。”[10]他认为《国语》虽然以赋与诗箴谏并称，似乎自成一体，而《诗序》则将赋与比兴并列于六义，看似有异，但总其归，皆赋诗陈事，非有大异，所以说“实相枝干”。刘勰对两说采取调和折衷，实际上仍以六义说为主干，从而得出赋乃“六义附庸，蔚为大国”的结论，不脱其宗经的思想。所以范文澜注此篇时，对刘勰此说提出了质疑：“谓赋之原始，即取六义之赋推演而成，或未必然。春秋列国朝聘，宾主多赋诗言志，盖随时口诵，不待乐奏也。周语析言之。故以瞍赋矇诵并称，刘向统言之，故云不歌而诵谓之赋。窃疑赋自有一种声调，细别之与歌不同，与诵亦不同，荀屈所创之赋，系取瞍赋之声调而作，故虽杂出比兴，无害其为赋也。”[11]虽然“荀屈取瞍赋之调创为赋体”只是一种假定，但范文澜以赋为一种声调，与歌、诵判然有别的说法却颇有理据，结合前面对《周礼》“六诗”音乐性的分析来看，赋的本义，可能并非郑玄注《周礼》所言“赋之言‘铺’，直铺陈今之政教善恶。”但郑玄训“赋”为“铺”，假借为“铺陈”，仍隐约可见出与乐歌的关联，因为“铺陈”有布陈心志、表达情感的意思，与随时口诵，布陈己意的所谓赋诗并不相悖。只是郑玄为了使赋与比兴相区别，在“铺陈”之上又加了一层“直陈”的意思。《诗大序》孔颖达《正义》又引郑说，云：“诗文直陈其事不譬喻者，皆赋辞也。”后儒陈陈相因，使赋成为与比兴对举的直陈铺叙的诗歌表现方法。

总而言之，如果赋这一概念出现在战国中期以前的推断可以成立的话，我们可以说，赋在当时的含义既不同于后世“赋体”[12]，也不是“直陈其事不譬喻”的诗歌表现手法，而更接近于一种口头表达方式，可能近于诵唱，但别为一种声调。由于年代渺远，可征的文献也真伪莫明，个人学养更是有限，所谓溯源，也无异管窥蠡测，只能是比较众说，略加论证，取私心以为较有理据者，作一假定而已。比，从《周礼》“六诗”与音乐的因缘看，当也有乐歌的背景。章炳麟《六诗说》以为“比者，辩也。凡龚事治具，《周官》言比庀，汉世言辩辨，其声相转。……其文亦肆，不被管弦，与赋同。”[13]朱自清《诗言志辨》推测：“‘比’，原来大概也是乐歌名，是变旧调唱新辞。”[14]章说和朱说和其他类似的推测虽然具体的结论不尽相同，但都是从体的角度，对“比”的本义作假定。总之，乐歌背景或许是“比”较古的一义。再从文字训诂的角度看，比，甲骨文写作，从二匕，有偕同之义。《说文》曰：“比，密也。”《段注》释：“密意足以括之其本义，谓相亲密也。余意备也。及也、次也、校也、例也、类也、频也、择善而从之也、阿党也，皆其所引伸。”先秦古籍中对“比”的运用和解说也相对较具体。《左传·文公七年》记载：“宋成公卒……昭公将去群公子。乐豫曰：‘不可。公族，公室之枝叶也，若去之，则本根无所庇荫矣。葛藟犹能庇其本根，故君子以为比，况国君乎！’”《葛藟》是《诗经·王风》中的诗篇：“绵绵葛藟，在河之浒。终远兄弟，谓他人父。”“故君子以为比”据杜预注为“谓诗人取以喻九族兄弟”，也即《释名·释言语》所说的：“事类相似谓之比。”先郑所谓“比者，比方于物”，可能较接近于当时对“比”

的理解和运用。

兴，《说文》释为“兴，起也。从舁同。同，同力。”又释“舁”为“共举也”。甲骨文作或，“象四只手抬一抬盘之形……甲骨文用作祭名，则为借音字……后代典籍记载兴祭为‘喜也，歆也’而歆则是‘神食气也’，与卜辞的兴祭可能有因革关系。”[15]甲骨文的兴祭是否与“六诗”之“兴”有沿革关系，从《周礼》中，或可寻出些许线索。《周礼》在大司乐所属及与王丧有关的职下，每及大丧皆言“廞”。《周礼·天官·司裘》说：“大丧，廞裘。”郑玄注：“‘廞，兴也。若《诗》之兴，谓象似而作之，凡神之衣物必沽而小耳。”《尔雅·释诂下》也说：“廞，兴也。”郑玄与《尔雅》以兴释廞，说明了兴可能与大丧之祭密切相关。从《司服》、《司兵》、《车仆》等篇言廞来看，所谓廞“衣服”（《司服》）、“五兵”（《司兵》）、“革车”（《车仆》）等，廞，都是陈器物的意思。考之甲骨文兴字原形，有合力共举器物的意思，或许“兴”的本义与初民祭典仪式有密切的关系。举物是动作，伴以颂赞之辞，就不能不引申到“六诗”之“兴”了。《周礼·春官·大师》：“大丧，帅瞽而廞。”郑玄注：“廞，兴也。兴言王之行，谓讽诵其治功之诗。”根据君王生时行迹而讽诵相应的诗篇也为兴。由此多少可以看出兴祭之兴与六诗之兴的因革关系和演变轨迹。这是兴由“象似生时而作”器物，引申为一般意义上的“象似而作”颂赞祝诔之辞。对于《周礼》里的“兴”，现代学者有诸多猜测。章炳麟认为这些近乎述赞的“兴”既“不可歌”又“不可遍观”，为孔子所删，故“周乐和三百篇，皆无兴。”[16]朱自清疑“兴”乃“合乐开始的新歌”。而陈世骧则认为《周礼》之“兴”指的可能是“有音乐伴奏的朗诵技巧，有时带着祭祀的情调，意味着舞蹈的起步。”[17]周策纵《古巫医和六诗考》论“兴”的由来，却认为早期的“兴”陈器物而歌舞，相伴的颂赞祝诔之辞当然会从这些实物说起，此种习惯自然也就演变成“即物起兴”的作诗法。[18]

以上是从兴祭与兴诗的因革关系来看。实际上单从字源的角度，也不难理解“兴”的本义。陈世骧的《原兴：兼论中国文学特质》就据“兴”的甲骨字源认为：“‘兴’乃是初民合群举物旋游时所发出的声音，带着神采飞逸的气氛，共同举起一件物体而旋转；此一‘兴’字后来演绎出隐约多面的含意，而对我们理解传统的诗艺和研究诗经技巧都有极不可忽视的关系。”[19]《说文》训“兴”为“起”，当亦从合力共举而起的本义引申而来。征诸先秦典籍“兴”的用例，也多离不开“起”这一义。如《论语•子路》：“一言可以兴邦”，《诗经・大雅・大明》：“维子侯兴”等，从文字学上的训释，都可以是“兴起”。

以上对赋、比、兴的本义，大略从字源和古籍应用的实例上作些考证，目的是与汉儒解释赋、比、兴为“三用”拉开一点距离，明了汉儒解《诗》是后起，而赋、比、兴或许还有较为初始的含义。但时代渺邈，文献不足征，所谓溯源，也只是一些假定和推测而已。

## 二　汉代对赋、比、兴的解释

赋、比、兴的名称虽然始见于《周礼》“六诗”和《毛诗序》的“六义”，但两者都没有作具体的解释，迟至东汉郑众、郑玄出，才对赋比兴有了注说，并赋予新义，赋、比、兴的名称才逐渐确立起来。为何到了东汉才产生注说和具体的解释呢？这个问题是很值得探讨的。周以前的习俗、礼仪由于年代久远，已难考证。而春秋用诗，无论是外交上的赋诗言志，还是言论、著作上的引诗明理，抑或官学、私学的教诗修身，皆立足于实用，根据眼前的实际需要断章取义，而由于那时的人对于“诗三百”大约都熟悉，他们听赋诗、听引诗，只注重赋诗的人引诗的人用意所在，不会因此而歪曲了对原诗的理解。在当时可能也有对赋、比、兴的解释，但由于聘会应对之事渐绝，又经秦火，许多典籍佚失，赋比兴的意义因而湮没不彰。汉兴，五经复出。汉武帝独尊儒术，经学渐兴，对于《诗》自然不宜随机定论，篇无定说而需要较为系统的解释。于是，齐、鲁、韩、毛四家《诗》应运而出，形成各自的解释系统。齐、鲁、韩三家在汉时皆立为学官，《毛诗》后出，终汉之世未得立，仅在民间流行。但齐、鲁、韩三家皆前后亡佚，独《毛诗》的序、传较为完好地保存下来，流传至今。这四家，虽然也涉及了赋比兴，但由于各自理解有歧异，所以有《毛传》之含混。到了东汉，儒术益尊，经学鼎盛。郑玄等大儒出，对典籍作了很多注疏，注疏的体例要求对具体字义的训释，赋比兴方有了明确的定义。所以，我们一开始有必要对汉代关于赋比兴的解释进行分析，才能对它的未来发展有一个清楚的认识。

《周礼》的“六诗”前面已有涉及，此处就不详论。而《毛诗序》虽然没有解释“六义”，且成篇可能甚迟，作者也仍无定论，但谨慎的学者们仍然相信，它背后的传统可能就是毛传诗学的基础。[20]所以，《毛诗序》的主要观念及这些观念的由来，就很值得深究了。《毛诗序》对每篇都简要说明其时世和作意，主要观念是“美刺”，风雅各篇序中明言“美”的有二十八篇，明言“刺”的有一百二十九篇。解释的模式是将诗系于某王某公，根据其人的或贤或暴规定诗旨的或美或刺。将《序》和《传净结合起来看。“毛公述传，独标兴体。”[21]根据南宋吴泳的统计，“毛氏自《关睢》而下，总百十六篇，首系之兴”。[22]现在很难肯定地说，毛公心目中“兴”的具体含义是什么。毛公所揭示的“兴”，就其位置而言，大都在首章前数句。从《诗》的本文来看，“兴”字共见了十六次，但只有一次有传，在《大雅·大明篇》“维子侯兴”下，《传》云：“兴，起也。”《说文》也训“兴”为“起”。所以，后代的一些批评家，在以《诗经》为立论依据释“兴”时，也多认为“兴”与“起”、“引起”“发端”等含义相关。

其实，从这个“兴”字，可以看出对先秦用诗方法的承袭，特别是孔子诗“兴”说的影响。断章取义是春秋赋诗、引诗的根本原则。《左传·襄公二十八年》记有卢蒲葵的话：“赋诗短章，余取所求。”透露出时人对《诗三百》只是断取诗句暗示某种意图和愿望，并不是对《诗》进行说解，这正如后世的引经据典，并不会因此误解原典的意义。但《毛诗》以这种赋诗、引诗的方法来解诗，以断章取义为全篇全章之义，结果就常出人意表。结合《左传》所记赋诗的情况来看，就更能明白其间的承袭关系。《毛诗》之“兴”受《左传》的影响，朱自清的《诗言志辨》已论之甚详，此处也就不再详述。

除了沿用春秋赋诗的方法外，从《毛传》释“兴”为“起”来看，可能出于孔子的诗“兴”论。孔子在《论语》中的《泰伯》篇和《阳货》篇分别说：

> 兴于诗，立于礼，成于乐。
>
> 小子何莫学夫诗，诗可以兴，可以观，可以群，可以怨。

何晏《论语集解》引包咸释前一句话为“兴，起也，言修身当先学诗。”又引孔安国说后一句话为：“兴，引譬连类”。将两者结合起来，经过一系列的譬况，启发人向善，有益于修身，当是孔子诗“兴”论的要义。孔子虽未明言何为“兴”，但《论语》中不乏此类实例。《论语·八佾》云：“子夏问曰：‘巧笑倩兮，美目盼兮，素以为绚兮’，何谓也？’子曰：‘绘事后素。’曰：‘礼后乎？’子曰：‘起予者商也，始可以言诗也已。”孔子由“素以为绚兮’，发挥为“绘事后素”并肯定子夏的“礼后”之悟。这大概就是引譬连类而领悟、启发的成功典范了。

此外，孟子“知人沦世”和“以意逆志”的原则对毛公解《诗》也有直接的影响。孟子与咸丘蒙论《北山》诗，与公孙丑论《小弁》、《凯风》都注重全篇说解，反对“以文害辞”，“以辞害志”

的断章取义。《毛诗》也注重全篇的说解，但却曲解“知人论世”，先根据“美刺”定下“诗人之志”，然后“以己意逆志”。变成以诗证史。由于从断章取义转向探求全诗的本义，由知人论世引出对“诗人之志”的“钩考”，这使赋、比、兴，逐渐具有对《诗经》表达方式指称的含义，不过这时仍是体用相兼的。例如《毛传》虽然训“兴”为“起”，但说到具体的解释，却认为“兴”是譬喻。“《关雎传》兴也。……后妃说乐君子之德，……慎固幽深，‘若’关雎之有别焉”，“《南山传》兴也。……国君尊严，‘如‘南山崔崔然。”《毛传》用“若”、“如”、“喻”、“犹”等字眼来解释“兴诗”，似乎“比”和“兴”都是譬喻。所以，朱自清《诗言志辨》认为“《毛传》‘兴也’有两个意义，一是发端’一是譬喻，这两个意义合在一块才是‘兴’。”[23]但《毛传》“兴”句虽然大部分是譬喻，《毛传》所解的兴义却未必是“作诗人之意”，这样，穿凿附会之弊也就在所难免了。

《毛诗序》提出“六义”却没有具体的解释，《毛传》标出“兴”体，并且在各篇的说解中以“兴”为“譬喻”，但也没有明言何为赋比兴，到东汉郑玄注《周礼》“六诗”，方对赋比兴逐字进行解释。

郑玄虽然是注《周礼》“六诗”，但其实是从“六义”上解释的：“赋之言铺，直铺陈今之政教善恶。比见今之失，不敢斥言，取比类以言之。兴见今之美，嫌于媚谀，取善事以喻劝之……郑司农云：……比者，比方于物。兴者，托事于物。”[24]郑众（司农）比郑玄大约早六七十年，他对比、兴的解释较简要，难以详考。郑玄以美刺分释兴比，就显得比较牵强。清人刘宝楠分别郑众和郑玄对“比、兴”所下定义不同之点是：“先郑解比、兴就物言；后郑就事言。”[25]郭绍虞、王文生在《论比兴》[26]一文中也认为：郑众的说法着重于比兴本身的特征；郑玄的说法，则着重于比兴这种艺术方法的政治教化作用。这些看法都抓住了先郑和后郑对“比、兴”不同解释的实质。但郑玄所笺的兴诗，有很多也含刺意，所以他自己也并不是执着于以美为兴，以刺为比。而且，郑玄对“兴”的看法，与郑众也颇有类似之处，他不仅认为“兴”与物象有联系，而且继承《毛传》的说法，以兴为喻。郑玄在注《周礼·天官·司裘》时说：“廞，兴也，若《诗》之兴，谓象似而作之”，贾公彦疏证郑玄这段注文时进一步解释：“郑玄谓廞，兴也，若诗之兴，谓象似而作之者，象似生时而作。”范文澜《文心雕龙注·比兴篇》中引郑玄对“兴”的这个注解说：“但有一端之相似，即可取以为兴，虽鸟兽之名无嫌也。”

郑玄在笺注《毛传》标注“兴也”的诗句时，也往往用“兴者，喻……”、“兴者，犹……”的格式，如《桃夭》笺云：“‘兴者，喻’时妇人皆得以年盛时行也。”《泉水》笺云：“泉水流而人淇，犹妇人出嫁于异国。”郑玄笺注《毛传》所说的兴诗，比《毛传》更详明也更为系统，而且《郑笺》还参照《毛传》兴诗的例，增加了一些兴诗，如《小雅·四月篇》首“四月维夏，六月徂暑”二语《郑笺》就认为“徂，犹始也。四月立夏矣，至六月乃始盛暑。‘兴’人为恶也有渐，非一朝一夕。”但《郑笺》说“兴”诗的喻义，也与《毛传》一样，以诗证史，结果难免附合支离，远出常人想象之外。

从对《毛诗序》、《毛传》、《郑笺》的兴诗的分析，我们可以看到汉代对比、兴的认识，远不似后世那么微妙复杂，汉儒将比、兴都理解为譬喻，并根据既定的先验主题，将《诗经》中普通的“草木虫鱼鸟兽”都向政教风化、美刺讽谏等义理扭合，深掘其中的微言大义。这种解释的背后是“立象尽意”的所谓“类比取象”思维的影响。这种传统的思维方式，最典型的便是《周易》。《易·系辞上》云：“圣人有以见天下之颐而拟诸其形容，象其物宜，是故谓之象”，又曰：“圣人立象以尽意，设卦以尽情伪”。[27]《易》象是对自然现象“拟容”，“立象”是为了“尽意”。《易》之象可通于诗之比兴，古往今宋很多学者都已认识到。如宋陈骙《文则》：

“《易》之有象，以尽其意；《诗》之有比，以达其情。文之作也，可无喻乎？”清章学诚《文史通义·易教下》:“《易》象虽包六义，与《诗》之比兴，尤为表里。”《易》象与比兴之所以有相通之处，就因为汉儒以草木虫鱼“兴”政教风化，是“立象尽意”的思维方式在解《诗》活动中的表现。其实从先秦的用诗我们已经可以看到类似汉代比兴之说的方法和表述，虽然并没有明确的比兴概念。因为不论是赋诗、引诗还是教诗都是借助已知的具体事物作为判断、推理、表达的中介，所以从“素以为绚”，孔子可以感发出“绘事后素”，子夏可以感发出“礼后乎”。这种比拟类推的方法“在于使伦理、道德的规范或范畴通过理知的思量类比而予以情感化和感受化。在这种比拟中，尽量采取了自然现象与伦理特性通过理知的确定认识，来创造出或揭示出它们在情感上的同形同构和相互对应的关系。”[28]然而《易》之“象”和《诗》之“比兴”貌同实异，这一点钱钟书在《管锥编·周易正义二十七则》中辨之甚明:“《易》之有象，取譬明理也，‘所以喻道，而非道也’（语本《淮南子·说山训》)。求道之能喻而理之能明，初不拘泥于某象，变其象也可；及道之既喻而理之既明，亦不恋着于象，舍象也可。到岸舍筏、见月忽指、获鱼兔而弃筌蹄，胥得意忘言之谓也。词章之拟象比喻则异乎是。诗也者，有象之言，依象以成言；舍象忘言，是无诗也，变象易言，是别为一诗甚且非诗矣。”[29]《易》之象只是“意”的表征，得意可以忘象，而诗中的草木虫鱼等形象却是整首诗的有机组成部分，诗意和诗中之“象”是难解难分的。如果将《诗》之喻视同《易》之象，在解诗中运用“类比取象”的所谓比法，兴法，“忘言觅词外之意，超象揣形上之旨”，自然就产生了《毛传》《郑笺》的索隐附会，以草木虫鱼鸟兽“比”、“兴”政教大义。

但是，从先秦只求合意，不问作者的断章取义到探求全诗的本义，《毛传》、《郑笺》以美刺为主要的意念，又受孟子“知人论世”、“以意逆志”的影响，“作诗人”也就浮出了水面，引出了对作诗人的时世，作诗人的表达方式的探讨。春秋赋诗引诗所谓“赋诗断章，余取所求焉”，注重的是赋诗的人引诗的人的论旨，而不是诗的本义，而《毛诗》、《郑笺》却将自己感发的义理说成是诗的本义，这等于说诗人是运用“比方于物”、“引譬连类”的手法进行创作，才使《诗》具有了这种喻义。所以，《毛诗》、《郑笺》以“喻”释“兴”，则“兴”乃一种表现手法。从郑众的“比者，比方于物。兴者，托事于物”的解释来看，“比”和“兴”当也是指表现手法而言。而郑玄所谓“比见今之失，不敢斥言，取比类以言之。兴见今之美，嫌于媚谀，取善事以喻劝之”又进一步把“喻”的范围限制在“比类”、“善事”上，仍就写作手法而言。郑玄将“赋”解释为“赋之言‘铺’，直铺陈今之政教善恶”，虽然仍可看出乐歌的痕迹，[30]从“政教善恶”着眼，也多少带政治的意味，但郑玄强调“赋”的“直陈”含义，可能也是为了和比，兴区别开来，至此，赋也转变为与“比”、“兴”相对的表现方法之一。后世孔颖达的“三体三用”说，朱熹的“三经三纬”说，以及其他一些解说都是基于将赋比兴作为诗的表现手法，而此种论调的始作俑者正是汉儒。这样，经过汉代解《诗》、注《经》活动，赋比兴逐渐被解释为赋、比、兴法，赋是直陈，比、兴含义接近，都有譬喻的意思，因为有精微发挥的余地，也最为后人所重，而将比兴连称则要到刘勰《文心雕龙》的《比兴》篇了。

## 三　魏晋南北朝对“赋、比、兴”的理解

汉代对“赋、比、兴”，特别是对比、兴的解释，将自己感发的意义说成诗本义，从而使赋、比、兴具有了表现手法的含义。但是，以“喻”释“兴”，“兴”和“比”的区别就不甚明显，这也使后世接着《毛传》、《郑笺》的话头往下说的论者颇难措辞，

刘勰只说“比显而兴隐”，[31]孔颖达也只能就“《毛传》特言兴也，为其理隐故也”[32]而作解释。然而“隐”和“显”也无明确的标准，取决于读《诗》者理解力的高低，而且，我们可以说《诗经》兴句虽然大部分是譬喻而《传》、《笺》兴义却未必是“作诗人之意”，“隐”和“显”似乎没有本质上的区别。因此，汉代对“比”和“兴”的解释，特别是以“喻”释“兴”显然存在不能白圆其说的地方，于是从魏晋开始，就有一些突破汉人的见解出现了，首先开始对“赋、比、兴”有新解的是西晋时的挚虞。

挚虞生卒年不详，所著《文章流别论》已佚，今存论诗一节，释赋、比、兴云：“赋者，敷陈之称也；比者，喻类之言也；兴者，有感之辞也。”[33]挚虞虽然沿汉人旧辙，以“六义”释《周礼·春官》中的“六诗”，字面也大致袭自《毛诗序》，但在解释上显然与汉儒不同。以“兴”为有“感”之辞，而把“喻”直接归属于“比”。这与魏晋以来整个文学思想背景有关，以“感”释“兴”是魏晋以来较为普遍的意见，在构词上也出现了“兴感”一词。如王羲之《兰亭集序》：“每览昔人兴感之由，若合一契，未尝不临文嗟悼，不能喻之于怀。”[34]以“感”释“兴”，既与魏晋时期的历史背景有关，也离不开由“感物”而“吟志”的创作经验的总结。

汉末以下社会政治的动荡，冲击着一代又一代士人的心灵，对无限时空中个体生命的体验和反思，使这一时期的诗作有“感”而发。而魏晋时期的诗与《诗经》的区别，还不仅仅是五言诗与四言诗的一字之差，《诗经》之“兴”虽是汉儒解经的总结，但如果从创作手法的角度看，《诗经》的“兴”多在篇首，多属于天机自发，直感式，而建安是中国文学史上一大转折，文人诗歌创作开始成为主流，他们的诗也开始注重表现的媒介和意象的安排，即钟嵘《诗品序》所谓“宏斯三义，酌而用之，干之以风力，润之以丹彩”，[35]显然指有意识的润色陶冶了。可见五言诗的“入兴”比《诗经》之“兴”要复杂得多，所以旧题王昌龄《诗格》把“入兴”的方式归纳为十四种，所举之例多为五言诗。由于魏晋以下的诗，注重“感物”，由“感物”进而“言志”，而时人又将这种“感”称之为“兴”，这就是挚虞以“有感之辞”释“兴”的背景，也是他能突破汉儒之见的主要原因。

挚虞之后，对赋、比、兴作了系统解释的有钟嵘。钟嵘《诗品序》有一段解释赋、比、兴的话："五言居文词之要，是众作之有滋味者也，故云会于流俗。岂不以指事造形，穷情写物，最为详切者邪！故诗有三义焉：一曰兴，二曰比，三曰赋。文已尽而意有余，兴也；因物喻志，比也；直书其事，寓言写物，赋也。"钟嵘对“兴”的解释，不仅有异于挚虞，而且也是与传统见解完全不同的新说，可谓“别是一解”。

钟嵘一改赋、比、兴的排列顺序，以“兴”为首，足见他对“兴”的重视。论“兴”为“文已尽而意有余”从表现手法和艺术效果的两方面立论，即所谓“宏斯三义，酌而用之，干之以风力，润之以丹彩，使味之者无极，闻之者动心，是诗之至也”。将“兴”与“味”联系起来，认为“穷情写物，最为详切”的作品，才能引起欣赏者无限的美感，“味之者无极”，亦即达到“文已尽而意有余”的效果。这是不同于前人的解释，但由于其表述过于简约，后人对此有诸多评议，如清人汪师韩《诗学纂闻，三有》就认为钟嵘“论兴字别是一解，然似以去声之兴字，解为平声之兴字”[36]其实钟嵘是从表现手法和艺术效果两方面立沦的。钟嵘“三义”说既紧承“指事造形，穷情写物，最为详切”而来’，下文又说“弘斯三义，酌而用之”，则兴与赋、比皆就表现手法而言，但以“因物喻志”为“比”，以“直书其事，寓言写物”为“赋”，皆不离“写物”，无论直写还是曲写，而触于外物的感兴则能达到“文已尽而意有余”的审美效果。《诗品》正文评阮籍诗“言在耳目之内，情寄八荒之表”，可以看作“文已尽而意有余，兴也”的最好注脚。

既着眼于创作，又注意到好诗应达到的艺术效果和审美境界，钟嵘对赋、比、兴的认识是突破汉儒政教观念的新说，其立论基础，从创作方面加以考察，乃以汉魏以下的五言诗为主。其中对比和赋的解释，本汉儒“比者，比方于物”，“赋者，直铺陈……”而来，略有补充。释赋，除“直书其事”外，还提出“寓言写物”，寓言是否“寓托”之意，后人还有疑惑，如陈衍《钟嵘诗品平议》卷上云:“既以赋为‘直书其事’，又以‘寓言’属之，殊为非是。‘寓言’属于比、兴矣。”刘熙载在《艺概·赋概》中说：“《风》诗赋事，往往兼寓比兴之意，钟嵘《诗品》所由竟以寓言写物为赋也。赋兼比兴，则以言内之实事，写言外之重旨，故古之君子上下交际，不必有言也，以赋相示而已。不然，赋物必此物，其为用也几何！”这些评论都是从为之说，未必是钟嵘的本意，但钟嵘以“寓言写物”释“赋”，寓言可能是“叙写”之意，虽与“直书”、“直写”不矛盾，却也反映了在钟嵘心目中，“赋”与“比”也并非畛域分明，狭隘地划定界限，这也是他强调赋比兴要并用，不可偏废的原因。而释“兴”义，与传统“兴”义相比，钟嵘的新说，不论从“兴”的位置，还是“兴”的作用都有创见。《毛传》所标的“兴”体多在篇首，而以“文已尽而意有余”为“兴”，则不一定在篇首，而《毛传》以“喻”为“兴”，“兴”指陈作者的表现手法，钟嵘的“文尽意余”，不仅着眼表现方式，更是一种艺术效果和审美境界。“兴”是诗意的动情力，而就其能达到的效果而言，则是“文已尽而意有余”。

钟嵘新解的提出和当时玄学的影响有关。魏晋以下的思想，受王弼“得意忘言”说的影响很大。在文学理论上，探讨如何在创作中达到语言表达思想的丰富性，成为众多论者关注的问题。汤用彤在《魏晋玄学和文学理论》中就指出：“自陆机之‘课虚无以责有，叩寂寞以求音’，至刘勰之‘文外曲致’“情在词外’，此实为魏晋南北朝文学理论所讨论之核心问题也”。[37] 由“得意忘言”

而追求“文外重旨”、“言外之意”、“弦外之音”，这是玄学对当时文学理论的影响，钟嵘对此有相当的吸收，标举“文已尽而意有余”为“兴”的新解。除了玄学的影响，应当指出，钟嵘“兴”的新解也有对汉儒的借鉴。《诗经·关雎》郑笺云：“兴是譬喻之名，意有不尽，故题曰兴”。

钟嵘不但在赋、比、兴的解释上有新的见解，而且他的赋、比、兴三义并用，不可偏废之说也是极有见地，“若专用比兴，则患在意深；意深则词踬。若但用赋体，则患在意浮；意浮则文散。嬉成流移，文无止泊，有芜漫之累矣。”[38] 钟嵘指出专用比兴或专用赋的毛病，可谓中肯。同时刘勰论“兴”，也说“明而未融，故发注而后见”。可见当时对赋比兴还无偏颇，至于重比兴而轻赋，则是唐代以后受陈子昂、白居易等人的影响了。

钟嵘《诗品序》对赋、比、兴作了系统的解释，而刘勰的《文心雕龙》则有《比兴》篇，将“比”、“兴”从“六义”中剔出熔为一词，“比兴”从此成为中国古代文学理论中极为重要的范畴。《比兴》篇中“比兴”说：“诗文弘奥，包韫六义，毛公述传，独标兴体；岂不以风通而赋同，比显而兴隐哉？故比者，附也；兴者，起也。附理者切类以指事，起情者依微以拟议。起情故兴体以立，附理故比例以生。比则蓄愤以斥言，兴则环譬以记讽。盖随时之义不一，故诗人之志有二也。”“且何谓为比？盖写物以附意，飏言以切事者也。”[39] 刘勰释“比”，认为“比”不是简单的比拟，而是一种比附事理的方法，所谓“写物附意”，“飏言切事”。这当承先郑“比者，比方于物”而来，但又言“比则蓄愤以斥言”似有后郑“比见今之失，不敢斥言，取比类以言之”之意，乃调和两郑之说。刘勰释“兴”，首先认为“兴”是“起情”，“起情”即“感物兴情”，与挚虞“有感之辞”一样，是魏晋时期的新见解，但他继而又以“兴”为“托喻”，为“环譬以记讽”，又似袭汉儒“兴喻”解《诗》的旧说。这充分表明了刘勰“唯务折中”的态度，既标榜“原道”、“征圣”、“宗经”，又重视魏晋以来种种新变和探讨，主张“参古以酌今”，所以刘勰论“比兴”就颇为圆融。刘勰在《诠赋》篇中，也对“赋”有简单的论述：“诗有六义，其二日赋。赋者，铺也，铺采摛文，体物写志也。”

魏晋时期对赋比兴的理解和认识，特别是挚虞以“感”释“兴”，钟嵘以“文已尽而意有余”释“兴”，突破了汉儒的见解，而且对后世，无论是创作上还是理论上都产生了影响。

在创作上，要“感物兴辞”，要达到“文已尽而意有余”的境界，诗人们往往在由自然外物的感发形成诗的情调和氛围，形成含蕴深远的境界，唐以来传诵的名句，多在结尾，这与诗人对“文已尽而意有余”之境界的追求，不能说没有关系。

在理论上，唐人的“兴象”说，宋人的“意在言外”说、“兴趣”说，还有更后的“神韵”、“境界”等说，都是对钟嵘的继承和发展。挚虞的释义影响也很大，后世每被称引的宋胡寅《斐然集。与李叔易书》引李仲蒙语“叙物以言情谓之赋，情物尽也；索物以托情谓之比，情附物者也；触物以起情谓之兴，物动情也”，其实是对挚虞“有感之辞”的发挥。刘勰将“比兴”熔为一词，更使“比兴”成为唐以来最重要的诗学观念之一。

魏晋以后，以五言诗、七言诗为对象讨论“赋比兴”的问题也越来越多，就赋比兴本身的含义而言，又有了新的变化，但就冲破《诗经》的限制，在《诗经》以外寻求“兴”的立论依据而言，挚虞、钟嵘等人，功不可没。

值得注意的是，钟嵘的“兴”义对传统《诗经》学之“兴”义又有影响。如朱熹《诗集传》虽然将“兴”定义为“先言他物以引起所咏之词”，但他偶尔也从审美效果上去区分“比”、“兴”，如“比虽是较切，然兴却意较深远”、“比意虽切而却浅，兴意虽阔而味长”。

应该说魏晋时代是中国文学发展史上一个“自觉的时代”，沦者开始突破汉儒解经而有新的见解，挚虞、钟嵘、刘勰对赋、比、兴的认识就突出证明了这一点，较之对《诗经》的新阐释，传统的经学研究就显得疲弱，由于此阶段经学的著作大多失传，它们对赋比兴的解释也无从知晓，但为了对这一时期的《诗经》研究有一个全面的了解，特简述如下。

魏晋时代主要是郑学王学之争，争论的核心是如何看待古文经学的家法问题。郑玄在古文经学的基础上，杂采今文诸家，成《郑笺》，郑玄学派在这个传本的基础上继续研究，对疏义陆续充实和发展。而王肃标榜古文经学，创立王学，攻击郑玄破坏了古文经学的家法。王肃学派专主毛诗，他们为《毛传》重作注疏，排斥三家诗说。郑学王学之争长达一个多世纪，但除了《郑笺》作为通行传本流传下来以外，这个阶段的其他《诗经》著作都失传了，仅在《隋志》有载目。而在南北朝时代，又有南学北学之争，围绕的中心是郑学是否还要继续发展的问题。南北朝时，《诗经》通用《毛诗传笺》，但南北学学风不同。《隋书·儒林传》说："南学约简，得其英华；北学深芜，穷其枝叶。"但此一阶段的著作，现在也只能从清人《玉函山房辑佚书》中看到一些面貌。

值得一提的是，这一时期，出现并流传了陆玑所著的《毛诗草木鸟兽虫鱼疏》。陆玑，三国时吴人，他对《诗经》中出现的数量众多的动植物的名称，总结前人注疏的成果，进行考证研究，写了这本专门集释的书。虽然陆玑的疏释也不完全正确，但他之后的学者，继续不断地丰富和修正，如宋代蔡卞的《毛诗名物解》、明代毛晋《毛诗陆疏广要》、清代焦循的《毛诗陆玑疏考证》等。这一方面的研究后来又向广度发展，除了疏释动植物，又有了集释《诗经》中地理和天文名称的著作，如宋代王应麟的《诗地理考》，清洪亮吉的《毛诗天文考》和焦循的《毛诗地理释》等。孔门诗教，强调"兴、观、群、怨"，也提出要"多识草木鸟兽之名"，而多识博闻对理解《诗经》的"比兴"之义，也是颇为重要的。

戴震就指出“不知鸟兽、虫鱼、草木之状类名号，则比兴之义乖。”[40]而纳兰性德也认为“六经名物之多，无逾于《诗》者，白天文地理、宫室器用、山川草木、鸟兽虫鱼，靡不具。学者非多识博闻，则无以通诗人之旨意，而得其比兴之所在。”[41]可见《诗经》名物的疏证对理解“比兴”的喻义至关重要，而这门学问的发端，则是陆玑的《毛诗草木鸟兽虫鱼疏》。

## 四 隋唐时期对赋、比、兴的理解

隋唐结束了长期分裂的局面，儒学渐趋复兴，唐太宗提倡儒学，诏令统一五经版本，又命国子祭酒孔颖达等人统一五经注疏，成《五经正义》，后来颁行全国，成为唐宋科举考试的依据，自汉以来，儒家各个学派归于统一。

《毛诗正义》又称《孔疏》，是《五经正义》之一。《孔疏》在汉学体系之内，吸收综合汉魏六朝以来《诗经》研究的成果，给《毛诗传笺》补充新的注解，丰富义疏的内容，标志着《诗经》研究达到了一个新的高度。

孔颖达在《毛诗正义》中提出的“三体三用”说，也是汉魏六朝以来传统经学在赋比兴这一问题上的总结，可以说具有里程碑的意义。孔颖达明确把赋、比、兴与风、雅、颂分开，认为风、雅、颂是“体”，赋、比、兴是用。他说：“风、雅、颂者，诗篇之异体，赋、比、兴者，诗文之异辞耳。……赋、比、兴是诗之所用，风、雅、颂是诗之成形，用彼三事成此三事，是故同称为义。”[42]此说影响极大，赋、比、兴为“三用”，即三种表现手法也几成定论，至今仍为多数学者所接受。

孔颖达对赋、比、兴的解释主要依据《毛传》标兴，并在《毛传》标兴的基础上区分比、赋。他先引郑玄对赋、比、兴的解释，然后说：“赋云铺陈今之政教善恶，其言通正变兼美刺也；比云见今之失，取比类以言之，谓刺诗之比也；兴云见今之美，取善事以劝之，谓美诗之兴也，其实美刺俱有比兴也。……赋者，直书其事，无所避讳，故得失俱言。比者，比托于物，不敢正言，似有所畏惧，故云'见今之失，取比类以言之'。兴者，兴起志意，赞扬之辞，故云'见今之美，以喻劝之'。"[43]表面看来是本之"疏不破注"的原则，附和郑玄，实际上是不同意郑玄以美刺来区分兴和比的，"其实美刺俱有比兴也"已委婉表明己意，在《邶风·旄丘》的疏文中更直截了当地指出："凡兴者，取一边相似耳，不须以美地喻恶君为难也。"[44]

孔颖达在继承汉儒的基础上也有自己的见解："郑以赋之言铺也，铺陈善恶，诗文直陈其事不譬喻者皆赋辞也；郑司农云'比者，比方于物'，诸言'如'者皆比辞也。司农又云'兴者，托事于物'，则兴者起也，取譬引类，起发己心，诗文举诸草木鸟兽以见意者，皆兴辞也。……比与兴虽同是附托外物，比显而兴隐。"[45]孔颖达的解说比以前诸家说法都要明确。他首先以是否譬喻为标准来区分比、兴和赋，又以是否带"如"等"比辞"来区分"比"和"兴"，并认为"比显而兴隐"，这实际上是吸收了刘勰的观点。孔颖达对"兴"的认识，基本上也不出《郑笺》。孔颖达说"《笺》言'兴者喻'，言《传》所兴者，欲以喻此事也。'兴'、'喻'名异而实同"[46]这是汉儒"兴者喻"的观点，但孔颖达进一步解释兴这种譬喻时说："诗文举诸草木鸟兽以见意者皆兴辞也"，就比郑众的"托事于物"，郑玄的"若无人事者，实兴也"的说法要具体明确得多，我们可以比较清楚地理解孔颖达所说的"兴"主要是指那些只出现喻体（草木鸟兽），不出现本体（意）的譬喻，当然这个解释仍然是很宽泛的，我们也应该认识到古人所说的譬喻并不等同于现代修辞学意义上的比喻，而是一个更大更宽的概念。《孔疏》也象《郑笺》一样把"兴""喻"等同，而且《孔疏》对"兴"的位置，也并没有严格地限于"发端"，如《豳风·鸱鸮》、《小雅·鹤鸣》，《孔疏》就认为通篇都是兴。

总之，由于《毛诗正义》主要是疏解《毛传》、《郑笺》，所以对赋、比、兴的解释也仍沿着汉儒的思路，可以说，孔颖达比较忠实地总结并发展了汉儒对赋、比、兴的认识。孔颖达提出了“三体三用”说，将汉儒含混的认识发展成为含义比较明确的概念。

孔颖达的“三体三用”说是对《毛传》、《郑笺》的总结，这是以《诗经》为立论依据的，但隋唐儒学的重振，使对“六义”的推崇不仅是在经学研究的层面，而且被抬高到一切诗歌创作的宗旨所归。汉儒将“六义”归结于政教风化、美刺讽喻，认为是《诗经》精义所在，《诗》的这种作用，犹为唐代论者所重，他们心目中的“六义”、“比兴”与《毛传》、《郑笺》已不尽相同，但他们所重的并不是“六义”的本身，“比兴”的本身，而是诗歌政教风化、美刺讽喻的作用。这种诗论最突出的代表人物是白居易，其前驱人物则有陈子昂等人。

陈子昂不满齐梁萎靡的诗风，他在《与东方左史修竹篇序》中说“仆尝暇观齐、梁间诗，采丽竞繁，而兴寄都绝，每以永叹，思古人常恐逶迤颓靡，风雅不作，以耿耿也。”[47] 陈子昂提出“兴寄”说，这是他在前人诗论的基础上自铸的新词，所谓“兴寄”，重在“寄托”。陈子昂在《嘉马参军相遇醉歌序》中还说：“夫诗可以比兴也，不言何著？”对“比兴”也颇为推重。陈子昂之后，主张“兴寄”的还有李白，据《本事诗·高逸》记载，他深憾“梁陈以来，艳薄斯极，沈休文又尚以声律”，他主张“寄兴深微”，“寄兴”也即“兴寄”。此外，杜甫在《同元使君舂陵行》这首诗的小序中，也有“不意复见比兴体制，微婉顿挫之词。”肯定诗人元结继承了风雅比兴的传统。

但有唐一代，标举“六义”为矫革齐梁诗风的理论武器，推崇“比兴”为论诗标准，并积极附诸创作实践的是白居易。白居易将“六义”作为衡量各时代诗风正邪贞淫和诗人成就优劣高低的首要标准。他在《与元九书》中历数各代诗风诗作，认为从周衰秦兴，六义渐微，到了六朝，大家“嘲风雪，弄花草”，六义尽去。唐兴二百年，诗人不可胜数，但“索其风雅比兴，十无一焉”。他以“六义”为标尺，勾勒出一幅“诗道崩坏”的图景，并提出“文章合为时而著，歌诗合为事而作”的理论主张。[48]

白居易虽然泛言“六义”，但他的诗论犹为着眼“比兴”，由于他的极力推重，“比兴”也成为自唐以后最重要的观念之一。但白居易提倡“比兴”，重点是主张诗歌要有美刺的内容，而不在于“比兴”手法本身。白居易不只在理论上积极倡导，而且创作上也身体力行，他写了大量的“讽谕诗”，还与元稹等人创作“新乐府诗”，真正贯彻汉儒“美刺讽谕”的《诗经》精神。白居易在《读张籍古乐府》一诗中说：“为诗意如何？六义互铺陈。风雅比兴外，未尝著空文。”但元、白等人的新乐府以及其他意存讽谕的创作和理论，虽然标举“风雅比兴”，但与汉儒对《诗经》的穿凿附会有根本性的不同，汉儒是将自己从《诗》中感发的喻义说成是《诗》的本义，而元、白等人是作诗而非解诗，他们将某种美刺讽喻的思想表达于诗篇，虽然诗的主题过于显露，但并不存在穿凿支离的问题。不过，由于白居易的诗论，表面提倡风雅比兴，实际只重美刺讽喻，所重的并非比兴本身，而是诗的作用，所以，白居易的讽喻诗，元、白的新乐府诗，只有一部分是后世所谓“比兴”，大部分还是赋体。

白居易所标举的“六义”、“风雅比兴”是他的论诗标准，也是他提出的论诗的新的理论。《毛诗序》的“六义”是论《诗经》的，而白居易的“六义”说是泛指一切诗的。从钟嵘开始突破《诗经》的限制，以五言诗为立论依旧谈论赋、比、兴问题开始，到唐代以白居易为代表的诗论家谈“六义”，谈“比兴”，是泛指其时和前代的一切诗作，赋、比、兴的含义又有了新的变化，成为中国诗学一个相当重要的概念和范畴。但是由于时代思潮的影响，陈子昂、白居易等人实际上并不重视“比兴”手法本身，而更强调“比兴”背后美刺讽喻的诗的作用，也因为这一点，他们把比兴的价值看得高于赋，而且由于他们重内容要有寄托，所以一般浑言比兴，不加区分，所谓的“比兴”，也常指通篇寓意方面的比兴，而不是个别语句上的比兴。从刘勰熔铸“比兴”一词，到唐代推崇“比兴”的作用，所以，白唐以后，“比兴”也就成为论诗的重要观念，重“比兴”轻“赋”也就慢慢成为风气，虽然文人作诗，赋体毕竟还是占绝大多数。

从这里我们可以看到，对赋、比、兴的理解与诗歌创作本身的演变有着密切的关系，因此必须结合创作的实际来考察其含义的演变，而且，犹为重要的是，时代文化思潮的影响也不可低估，隋唐儒学复兴，特别是《毛诗正义》成为科举考试的定本，孔颖达的“三体三用”说使《毛诗序》“六义”的定义更加明确，影响也就更大，“六义”自然成为矫革齐梁文风的理论武器。而且，白居易等人的诗论虽然不再局限于《诗经》作品，但受汉儒“美刺教化”的思想影响仍然很大，重比兴，实则重诗的作用，其思想根源，也仍在汉儒。不过，毛、郑去古未远，其“六义”可能还有“六诗”说的沿袭，而白居易的“六义”却贯彻了汉儒解经的精神，而且还身体力行，创作“讽喻诗”，将汉儒的附会之义，彻底变为诗人的创作实践。

陈子昂、白居易重寄托，重诗的美刺讽喻作用，这是对汉儒解经精神的继承和发展，而自西晋挚虞提出“兴者，有感之词”，“兴”义就发生了与汉“兴者喻”不同的含义，钟嵘以“文已尽而意有余”释“兴”，更从欣赏的角度，强调“兴”的艺术效果，这些对“兴”的别解，在唐代，也有人接过话头往下说。

如盛唐人殷墦诗学观就很接近钟嵘，他编的时人诗选《河岳英灵集》在体例、思想甚至评论的词语方面都显然有《诗品》的痕迹，特别是他自铸的新词“兴象”，对诗的艺术形象提出新的内蕴，在后世有重大的影响。

“兴象”由“兴”和“象”熔铸而成。殷璠在《河岳英灵集序》中说：“然挈瓶肤受之流，责古人不辨宫商徵羽，词句质素，耻相师范。于是乎攻乎异端，妄为穿凿，理则不足，言常有余，都无兴象，但贵轻艳，虽满箧笥，将何用之！”[49]此外，又评陶翰诗说：“既多兴象，复备风骨”；评孟浩然诗说：“无论兴象，兼复故实”，有时也单称“兴”，如评刘昚虚诗说：“情幽兴远，思苦语奇，忽有所得，便惊众听”。其所谓“兴”，是和“情幽”、“旨远”联系在一起的，更接近于钟嵘的“兴”义，其中也包含了与“轻艳”相对立，与“风骨”相接近的生命感发意义。而“象”在《易》中，是指自然万物的符号与图式，所谓“圣人有以见天下之赜，而拟诸其形容，象其物，是故谓之象。”《易》之象而诗歌之托物寓旨有相通之处，而殷璠将“象”与“兴”联为一词，也确实别开生面。虽然他对“兴象”的含义未作明确的说明，但结合“兴象”一词出现的上下文来看，“兴象”似指陈“即目所见的外物所激起的令人感发的艺术形象”，即兴即象，圆融无碍。这一新词的缔造，开拓了“兴”的内蕴，并将“兴”与“象”联系起来，给后世留下了许多可待发挥的话语空间，甚至到二十世纪上半叶，周作人将“兴”与“象征”并提，其渊源也可以追溯到殷璠的“兴象”。

到中唐诗僧皎然虽然没有直接言及“兴象”一词，但他在《诗式》中论比、兴说：“取象曰比，取义曰兴，义即象下之义。凡禽鸟、草木、人物、名教，万象之中义类同者，尽入比兴，《关雎》即其义也。”[50]将“比”释为诗中之“拟象”，而“兴”则是蕴涵在“象”中之“义”，他所说的“象下之义”，即其反复强调的具有“两重意以上”的“文外之旨”，也是所谓“但见情性，不睹文字”[51]的具体阐发。这是对钟嵘“文已尽而意有余”的更具体的发挥，而在他之后，晚唐司空图所谓“象外之象”，更将“象下之义”发挥到精微的地步，司空图《与极浦书》中云：“戴容州有言：‘诗家之景，如蓝田日暖，良玉生烟，可望而不可置于眉睫之前。’象外之象，景外之景，岂容易可谭哉？”[52]“象外之象，景外之景”也是“文已尽而意有余”的更形象化的表述，后世论者对此句有很多解释，此处就不赘述。

对兴的解释，旧题贾岛么二南密旨》也有独到的解释，《二南密旨》曰:“兴者，情也，谓外感于物，内动于情，情不可遏，故曰兴。”径以“情”释“兴”，使“兴”具有了明确的规定性。虽然《二南密旨》已被证实是伪托，但以“情”释“兴”的话头，在明代却被更认真地加以讨论，这一点在下文探讨明代对赋、比、兴的理解时，我们再详述。

## 五　宋代对赋、比、兴的理解

《诗经》学乃至整个经学，到宋代发生了重大的变化。宋代以经义论策重用文臣，所谓经义论策，就是从经书中引申出解决现实问题的策略，这就意味着要从现实政治需要出发，突破旧的经书义疏，发挥合乎实际的创见，此风所及，汉学的传统义疏就不再是必须信从的了，因此有宋一代，对汉学经传从经文、训诂到义疏全面质疑并开始重新解释，这种充满怀疑精神的思辨学风，使宋代经学别开生面，皮瑞锡称之为“经学变古时代”。宋代《诗经》学究竟与汉学体系有何根本性的不同，古今学者已经作了大量的探讨，这样一个大题目也不是本文所能把握和概括的，现在仅从宋人对赋、比、兴的理解问题人手分析，看看宋代对赋、比、兴问题的探讨和认识，与前代的理解有何不同，这种理解的差异有何内涵，有何依据，在诗歌创作和批评中又有何理论意义。

具有宋代特色的《诗经》学，从疑《序》开始。虽然唐代韩愈、成伯屿都曾有疑《序》的意思表达，但人宋以后，特别是庆历以后，疑《序》之风益盛，北宋时有欧阳修、苏辙、王安石等人。

欧阳修著有《毛诗本义》，对《诗序》、《毛传》、《郑笺》之间相互的矛盾和错误进行了指摘。苏辙著《诗集传》,对汉学家依托《诗序》为孔子、子夏所作，提出疑议，苏辙对比兴的理解也可谓独树一帜，他离“比”释“兴”，认为兴是因触当时之物而起意，其类可意推而不可言解，苏氏《诗论》云:“夫兴之为体，犹曰其意云尔，意有所触乎当时，时已去而不可知，故其类可以意推，而不可以言解也。《殷其雷》曰:“殷其雷，在南山之阳。”此非有所取乎雷也，盖必其当时之所见而有动乎其意，故后之人不可以求得其说，此其所以为兴也。若夫“关关雎鸠，在河之洲”，是诚有取于其挚而有别，是以谓之比而非兴也。嗟夫！天下之人欲观于《诗》，其必先知兴之不可以与比同，而无强为之说以求合其作时之事，则夫《诗》之义,庶几乎可以意晓而无劳矣。”[53] 这就突破了汉儒“兴者喻”，比兴含混，以美刺之论释比兴的见解，开启了宋人“兴不涉义”的解释方向。之后,郑樵论“兴”也沿苏辙的路径,认为“兴”是因兴致感,所见在此,所得在彼,不可以事类推,以义理求。不过，郑樵仍认为所兴之物可以作比，只是不可指定某物必比某事而已。郑樵《六经奥论》云:“关关雎鸠……是作诗者一时之兴,所见在是，不谋而感于心也。凡兴者，所见在此，所得在彼，不可以事类推，不可以义理求也。兴在鸳鸯,则鸳鸯在梁,可以美后妃。兴在鸠鸠，则鸠鸠在桑,可以美后妃。兴在黄鸟，在桑扈，则‘绵蛮黄鸟’、‘交交桑扈’可以美后妃。如必曰关雎，然后可以美后妃，他无预焉，不可以语诗也。”[54]

郑樵论“兴”，还有他自己独创见解，他论兴倡“以声为主之说”，如《乐略·正声序论》中说:“夫诗之本在声，而声之本在兴，鸟兽草木乃发兴之本。汉儒之言诗者，既不论声，又不知兴，故鸟兽草木之学废矣。若曰‘关关雎鸠，在河之洲’，不识雎鸠，则安知河洲之趣与关关之声乎？”[55] 郑樵此说，实为前人所未发，开后人以声解兴之先河。明徐渭《奉师季先生书》曰:“诗之‘兴’体，起句绝无意味，自古乐府亦已然。乐府盖取民俗之谣，正与古国风一类。今之南北东西虽殊方，而妇女、儿童、耕夫、舟子、塞曲、征吟、市歌、巷引，若所谓《竹枝词》，无不皆然。此真天机自动，触物发声，以启其下段欲写之情，默会亦自有妙处，决不可以意义说者。”[56]以“声”释“兴”到近现代学者以“民歌”释《诗经》，更为颇多人所信服，此处不再赘述。

郑樵、苏辙对兴的解释突破了汉儒穿凿附会的“比兴”说，但宋代学者以朱熹对赋、比、兴的解说，最为详尽。《朱子语类》、《诗集传》对赋、比、兴有多处解释。《诗集传》卷一释赋、比、兴为：“兴者，先言他物以引起所咏之词也。赋者，敷陈其事而直言之者也。比者，以彼物比此物也。”[57]朱子释赋、比与旧说相同，惟独释兴，其说不一，颇为纷繁。一以托物兴辞解，与比相近，如《朱子语类》云：“兴者，托物兴辞，如关雎，兔虢之类。”[58]一以仅取其声，于意无所取，朱子《诗集传》注《小星》云：“因所见以起兴，其于义无所取，特取其在东在公两字之相应耳。”[59]这与郑樵以“声”释“兴”的见解颇为契合。不过朱熹释兴虽然其说不一，但却反复阐明“兴”具有“以他物引起所咏之词”的特性，这与《毛诗》旨在美刺讽喻时政的以“喻”释“兴”大相径庭，赋、比、兴三者，赋、比的含义较少歧异，惟独对“兴”的解释，因为涉及到理解全诗的方向，所以也更能体现汉宋两个时代《诗经》学的重要分野和思想文化背景的不同。

朱熹《诗集传》虽然仍以赋、比、兴解诗，而且重新考虑毛传所谓“兴也”的准确程度，有些兴句被朱熹改命为赋，有些改命为比，而另一方面他也找出很多毛公未曾标注的兴句，而且朱熹除标注赋、比、兴外，还标注了“赋而兴”、“比而兴”、“兴而赋”、“兴而比”等名目，分析比《毛诗》更细。朱熹将赋、比、兴叠合使用，流露出宋人读诗的一些成见，六朝、隋唐的诗艺发展对朱熹的批评方法也大有影响，但其中理学的逻辑和底蕴也不容忽视。

理学以“存理却欲”为道德伦理与自我修省的核心，承认“人欲”的存在是不争的事实，因而敢于突破汉儒以草木虫鱼“兴”政教风化的成见，理直气壮地阐发诗的本义，从而揭示出《诗》中部分篇目乃男女言情之作这一不争的事实，顺理成章地引发出“《国风》民歌”说：“凡诗之所谓风者，多出于里巷歌谣之作，所谓男女相与歌咏，各言其情也。”[60] 这一结论与朱熹的理学致知方向是紧密相关的。关于诗的创作过程，《诗集传序》中称：“人生而静，天之性也；感于物而动，性之欲也。……诗者，人心之感于物而形于言之余也。心之所感有邪正，故言之所心形有是非。”[61] 显然，这是以理学的“理”（性）、“欲”之说为理论基础的。由于理学的影响，宋儒解《诗》就与汉儒不同，汉儒论诗重诗中的“比”、“兴”，认为草木虫鱼鸟兽的描写隐含婉转曲折的讽喻美刺之旨，而宋儒解诗则更重“兴于诗”，即认为读《诗》可以“感发善心”，“长人一格”，道德修养“有所兴起”。“兴于诗”或“诗可以兴”是孔子在《论语》中提出的重要的诗学命题，汉儒孔安国释“诗可以兴”为“引譬连类”，朱熹则释为“感发志意”，透露出汉、宋对“诗可以兴”之所谓“兴”关注点颇为不同。所以相对于汉儒而言，宋儒罕言“比”“兴”，朱熹驳难《毛诗序》云：“大率古人作诗与今人一般，其间亦有感物道情，吟咏情性，几时尽是讥刺他人？只缘序者立例，篇篇要作美刺说，将诗人的意思尽穿凿坏了。”[62] 这种说法比较符合诗歌创作的实际情况，但也还受宋代文学批评风尚和理学致思方式的影响。汉儒解《诗》，重美刺讽谏，认为《诗》中所谓“比”、“兴”是美刺讽谏的方式之一。宋儒解《诗》，从理学的思路出发，较重“正己”，故特别强调“兴于诗”。程、朱及其他理学家，都谈到了“兴于诗”，程颐谓“兴于诗者，吟咏性情，涵畅道德之中而歆动之，有‘吾与点也’气象。”[63] 朱熹《论语集注》中释“兴于诗”就集中体现了他对此一命题的理解与对《诗经》的理解方向是一致的。他认为："兴，起也。诗本性情，有邪有正，其为言既易知，而吟咏之间，抑扬反复，其感人又易人，故学者之初，所以兴起其好善恶之心而不能自已者，必于此而得之。[64]这与上述《诗集传》序的"诗者，人心之感于物而形于言之余也。心之所感有邪正，故言之所心形有是非"可谓一脉相承。"兴于诗"除了正面感发善心外，自朱熹等人提出"淫诗"、"有邪"说后，"兴于诗"也包含了惩恶从善的意思。所谓读诗令人"兴起好善恶恶之心"，其中的"恶恶"便是针对"淫诗"而发。

朱熹的眼光是明敏的，他承郑樵等人之后，突破了汉儒穿凿比附的解经方式，揭示出《诗三百》"情诗"的面目。他着重"兴于诗"的感发作用，对《毛传》标注的"兴"作了更细致的考察，并将赋、比、兴叠合使用，变成文学批评的专门术语。朱熹还将孔颖达的"三体三用"说进一步明确为"三经三纬"说，《朱子语类》曰："三经是赋、比、兴，是做诗底骨子，无诗不有，才无则不成诗。盖不是赋，便是比；不是比，便是兴。如《风》、《雅》、《颂》却是里面横弗底都有赋、比、兴，故谓之三纬。"[65]而朱熹还系统地用赋、比、兴或"比兴"说诗，其《楚辞集注》第一次尝试用《诗集传》的办法将《楚辞》各篇分章注明赋、比、兴，不过他的所谓"比""兴"和毛、郑不尽相同。但将赋、比、兴作为专门的批评术语解读《诗经》外的作品，这种新颖的批评方法尝试，无疑开启了一种批评风尚，元代就有《风雅翼》、《选诗续编》等作品。《四库提要·总集类》论及此类著作时云："至于以汉、魏篇章强分'比兴'，未免刻舟求剑，附合支离。朱子以是注《楚辞》，尚有异议，况又效西子颦乎？以其大旨不失于正而亦不全流于胶固……固不妨存备参考焉。"[66]可见此类著作的学术价值并不是很高，但作为一种批评方式，立论也自有其特色。至于以比兴论诗，比兴论词后世也很多，除了大量散见于诗话、词话等论诗的著作外，还有一些专门的著作，影响比较大的有，清代常州派词论家张惠言等人也以比兴论词，清代还有陈沆的《诗比兴笺》，以笺《诗三百》之法，笺汉、魏、唐诗，都颇有影响。下文再详述。

在理论上，在诗歌批评上，朱熹将赋、比、兴作为专门的批评术语进行作品解读的方法，开启了一种批评方式，在创作上，对“比兴”的态度和运用，宋诗也有与前代不同的表现。在创作上，“比兴”的运用问题简单而言也就是诗中“景”的描写，宋“以文字为诗，以议论为诗，以才学为诗”[67]与对诗中写“景”的态度也不无相关。宋人有“比兴深者通物理”(《王直方诗话》)的说法，宋人与汉、唐皆不同，他们以景物描写为说理之具，“鄙唐人不知道，于是以论理为本，以修辞为末，而诗格于是乎大变。”[68]宋代一般的论诗也少讲比兴，甚至有“兴近乎讪”[69]之论。

但宋诗的“淡乎寡味”到严羽著《沧浪诗话》有了深刻的反思，严羽认为宋人不重抒情而重言理，失去诗之为诗的审美特性，而盛唐诗是“吟咏情性”的，所以达到“羚羊挂角，无迹可求”的境界，主要表现为“兴趣”、“兴致”、“意兴”之妙。严羽将“兴”与“趣”、“致”、“意”组成新词，其“兴”字更多带有挚虞所谓“兴者，有感之辞”的意味。严羽的“兴趣”指陈艺术效果和审美境界，上承挚虞、钟嵘，下启王士祯的“神韵”、王国维的“境界”是古代诗学系列性审美范畴链条中重要的一环。

宋代《诗经》学除了有郑樵、王质、朱熹等“废序言诗”的论说外，坚守《毛传》、《郑笺》，本《诗序》说诗者也不乏其人，与朱熹同时代的吕祖谦所著的《吕氏家塾读诗记》，就是坚守传、笺的代表著作，其中对赋、比、兴的理解自然也与传、笺接近，不必赘述。值得一提的是朱熹三传弟子王柏的《诗疑》，在《诗经》研究史上是一部有重要影响的著作。宋学的怀疑学风，到了南宋后期王柏著《诗疑》，可以说是发展到了顶峰。朱熹去序言诗，还杂采毛、郑诸家注疏，而且疑序不疑经，而王柏则认为唐初颁行《五经正义》把经文固定下来了，但那时的考订还遗留大量问题，《诗经》在文字上还保留过去脱简、错简、窜乱的很多错误，甚至《风》、《雅》、《颂》三类诗相互的编次也搞乱了，应该重新编定等等。引起更大争议的是，王柏要删掉三十二首诗。王柏继承了朱熹的观点，但他对待《诗三百》中所谓“情诗”的态度比朱熹更为坚决和严厉，朱熹只是将男女言情的诗斥为“淫诗”，而王柏却更进一步要卫道，抡起板斧，要将三十二篇“淫诗”从《诗经》中删除，这又将宋学重思辩的怀疑学风变成另一种主观武断，过于僵化了。但是，随着《诗集传》政治权威地位的建立，朱熹的“淫诗”说在后代也产生了一些正面的影响，特别是在明代最为明显，明代文人普遍爱好并搜集民歌，他们往往以孔子不删“淫诗”为口实，给这些情诗以正面的评价，晚明随着思想的开放，有些人更进一步以《诗经》的情歌为突破口，提出“六经皆以情教”，这些都似断似续由朱熹的“淫诗”说演化而来，可能也是他始料不及的。

谈到对赋、比、兴的具体阐释，宋代李仲蒙的理解也是颇为后人所称道的，他说：“叙物以言情谓之赋，情物尽也；索物以托情谓之比，情附物者也；触物以起情谓之兴，物动情者也。故物有刚柔缓急荣悴得失之不齐，则诗人之情亦各有所寓。非先辨乎物则不足以考情性，情性可考，然后可以明礼义而观乎诗矣。”[70]他把赋、比、兴分别说成“叙物”、“索物”、“触物”，并将“情”与“物”紧密地联系在一起。李仲蒙这一解释由于中心明确而且脉络清晰，颇为后人称道。钱钟书就认为李仲蒙此说“颇具胜义。‘触物’似无心凑合，信手拈起，复随手放下，与后文附丽而不衔接，非‘索物’之着意经营，理路顺而词脉贯。”[71]但实际上李仲蒙的这一解释上承挚虞的以“感”释“兴”，尤其是旧题贾岛也有“兴者，情也。谓外感于物，内动于情，情不可遏，故曰兴”

的说法。[72]但李仲蒙将“情”与“物”的有机结合起来，且从“情”与“物”不同层次的关系上评价了赋、比、兴的作用，比前人有进一步的发展。不过也应该看到李仲蒙最终仍将赋、比、兴归结为“明礼义”，理学的致知思路也是很明显的。

在对《诗经》的研究批评方式上，宋代也有了一些新的发展，自欧阳修创立“诗话”一体，各家诗话论《诗》可以说基本上与经学专门的研究开始脱钩，虽然诗旨、训诂等仍以经学为据，但着眼点却与严肃的解经不同，虽然较为随意，评论也不太深入，但涉及面广，而且经常突破《诗经》的具体篇章，将《诗经》与后世诗篇相比较，对赋、比、兴的理解，有时也颇具胜义，如郭思《瑶谿集》论“六义”衍化，就有“《诗》之六义，后世赋别为一大文，而比少兴多。诗人之全者，唯杜子美时能兼之。”[73]将“六义”作为评判一切诗作的标准。至于论《诗经》的赋、比、兴也散见于各诗话中。

宋代对赋、比、兴问题的理解，其创见在于突破了汉儒加在“比”“兴”上的美刺讽喻的穿凿，从理学的理路思致出发，改变汉儒“逐外”的释诗方法，强调“兴于诗”，在诗中“感发志意”“以道制欲”，所以揭示出《诗经》中风诗的“情诗”面目。对赋、比、兴的解释，特别是以“先言他物以引起所咏之词也”释“兴”，与《毛诗》旨在美刺讽喻的以“喻”释“兴”大相径庭，是对“兴”的认识的又一转折，这一思路，直至现代“《诗经》民歌论”还可见其端倪。而在诗歌批评上，朱熹将赋、比、兴叠合使用，成为专门的文学批评术语，而且还系统地用赋、比、兴说诗，对后世用“比兴”说诗、说词有很大的影响。而诗话这种新的批评方式的出现，也使对赋、比、兴在批评中的运用更为灵活和随意。在创作上，宋诗“以议论为诗，以文字为诗”，以自然景物描写为说理之具，与理学《诗经》研究这种对“天理人欲”的知性体认和思考也是互动的，所谓“比兴深者通物理”，有宋一代的诗歌创作以“重法”“重理”为特色，一般的诗学理论也少讲“比兴”，甚至有“兴近乎讪”之论，但这种局面，到严羽的《沧浪诗话》出，对宋诗进行反思，并标举“兴趣”，对明清一代的论诗者可谓开一生面。

## 六　明代对赋、比、兴的理解

朱熹的《诗》学确立权威地位以后，元明两代基本上是剿袭朱说，陈陈相因，在解经的著作中对赋、比、兴的理解也不出朱熹的见解，乏善可陈。但明代诗学，特别是一些诗话，却很重“比兴”，也就是说，当时的诗评，对“比兴”有所发挥。如李东阳在《麓堂诗话》中就甚重“比兴”，他说：“诗有三义，赋止居一，而比兴居二。所谓比兴者，皆托物寓情而为之者也。盖正言直述则易于穷尽，而难于感发，唯有所寓托，形容摹写，反复讽咏，以俟人之自得，言有尽而意无穷，则神爽，手舞足蹈而不自觉,此诗所以贵情思而轻事实也。”[74] 称比兴为“言有尽而意无穷”，来自钟嵘，而李东阳进一步将“比兴”解释为“托物寓情”，并认为直言难于感发，惟有寓情于物，化景物为情思，方能令人感发，李东阳还从“比兴”出发，得出“诗所以贵情思而轻事实”的结论，这不再是以《诗经》为立论依据，而将“比兴”作为一切好诗应有的品质。

李东阳之后，所谓明前七子之一的李梦阳也很重视“比兴”，他在《缶音序》中说：“夫诗比兴错杂，假物以神变也。难言不测之妙，感触独发，流动情思，故其气柔厚，其声悠扬，其言切而不迫，故歌之心畅而闻之者动也。宋人主理作理语，于是薄风云月露，一切铲而不为。”[75] 李梦阳将“比兴”释为“假物以神变”，“假物”即“借助于物”，“神变”大致指艺术构思时种种复杂微妙的状态。今人常有以“比兴”为诗歌的“形象思维”之论，严格说来，到李梦阳释“比兴”为“假物以神变”才较接近于我们今天所说的“寓于形象的思维”，虽然从审美艺术规律上谈“比兴”并不始于李梦阳，但李梦阳的解释触及“比兴”背后的“物”与“神”的微妙联系，突出了传统诗歌的艺术思维特征。而且，李梦阳论“比兴”还从触物兴情出发，归结到“声”、“气”等诗的音乐性问题，体现了明人以声论诗的特点。以“声”论“兴”自宋郑樵，到明响应者颇众，前面提到的徐渭也有“天机自动、触物应声”之论。

从重比兴出发，李梦阳也十分重视民歌，提出著名的“真诗乃在民间”之论，他在《诗集自序》中转叙王叔武之言，“王子曰：诗有六义，比兴要焉。夫文人学子，比兴寡而直率多。何也？出于情寡而工于词多也。夫途巷蠢蠢之夫，固无文也。乃其讴也，号也，呻也，吟也，行咕而作歌，食咄而寤嗟，此唱而彼和，无不有比焉兴焉，无非其情焉，斯足以观义矣。故曰：“诗者，天地自然之音也。”[76] 文人诗少“比兴”的原因，李梦阳归结为“情寡”，而在他看来民歌是既重情又重比兴的。其实在文人诗少用“比兴”这个问题，也并非只是“情寡”，其中有很多复杂的原因，黄侃《文心雕龙札记·比兴》论及“兴义罕用”的问题，颇为明通。他说：“自汉以来，词人鲜用兴义。故缘诗道下衰，亦由文词之作，趣以喻人。苟览者恍惚难明，则感动之功不显。用比忘兴，势使之然。虽相如、子云，未如之何也！然自昔名篇，亦或兼存“比兴”，及时世贸迁，而解者祇益纷纭，一卷之诗，不胜异说。九原不作，烟墨无言。是以解嗣宗之诗，则首首致讥禅代，笺少陵之作，则篇篇系念朝廷。虽当时未必不托物以发端，而后世则不能离言而求象。由此以观，用比者历久而不伤晦昧，用兴者说绝而立致辨争。当其览古，知兴义之难明；及其自为，亦遂疏兴义而希用。此兴之所以浸微浸灭也。”[77] 可见，文入学子作诗，“比”还是常用，而“兴”的罕用也非“情寡”而已，至于民歌中保留较多的“兴”，与民歌的原始朴素有很大关系，这与经过充分成熟发展的文人诗是不可同曰而语的。不过李梦阳推崇民歌，其实是有明一代的风尚，几乎很多重要的诗人，以至于李贽、徐渭、冯梦龙等，都有称赏民歌之论，而谣谚的集录成书，宋明两代均有。[78]明代推崇民歌，重其“情真”，冯梦龙在《序山歌》中的一段话，也可见明代重视民歌的内在原因。冯梦龙云：“桑间、濮上，国风刺之，尼父录焉，以是为情真而不可废也。山歌虽俚甚矣，独非郑、卫之遗欤？且今虽季世，而但有假诗文，无假山歌，则以山歌不与诗文争名，故不屑假，而吾藉以存真，不亦可乎？抑今人想见上古之陈于太史者如彼，而近代之留于民间者如此，倘亦论世之林云尔。若夫借男女之真情，发名教之伪药，其功于《挂枝儿》等，故录《挂枝儿》而次及《山歌》。”[79]冯梦龙以孔子录“情诗”为口实，认为民歌贵在“真情”与诗文的“假”形成反照，这与李梦阳的“真诗在民间”论是一脉相承的，自朱熹揭示《诗经》中风诗乃“情诗”以来，在明代民歌繁荣，且以《诗经》张目，所以重民间歌谣，乃在其“情真”，而照这一思路推论下去，歌谣用“比兴”多也惟其“情真”，因此，重“比兴”缘于重“民歌”，而重“民歌”又缘于重“情真”，与“伪名教”、“假诗文”划境。这种思路与“五四”以后的“《诗经》民歌论”以及收集歌谣的运动有相似之处，不过，那时的思想动因又另有所在了。

李梦阳之后，作为明后七子之一的谢榛论诗也重“兴”，谢榛的论“兴”，是从批评宋人的“先立意”人手的：“诗有不立意造句，以兴为主，漫然成篇，此诗之人化也。”[80]谢榛又认为“诗有天机，待时而发，触物而成，虽幽寻苦索，不易得也。”[81]他将“兴”看成诗意生成的原动力，即“走笔成诗，兴也”，[82]甚至认为“凡作诗，悲欢皆由乎兴，非兴则造语弗工……熟读李杜全集，方知无处无时而非兴”[83]将“兴”的位置提到他所谓诗的四格（兴，趣，意，理）之首。谢榛认为“悲欢皆由兴”，又解“兴”为“触物”，所以对诗中“情”与“景”的关系问题，有超越前人的精彩之论：“作诗本乎情、景，孤不自成，两不相备。……景乃诗之媒，情乃诗之胚，合而为诗，以数言而统万形，元气浑成，其浩无涯矣。”[84]从“情”与“景”（物）的关系来释“兴”，自挚虞以来，时有人论及，而谢榛此论，谈及诗中的情、景关系，非常精到。景在外，其种种变态，令人触之而兴情，而作为诗人，触物而兴之情，激起审美联想与想象的涟漪，于是发为吟咏，形为诗篇。联结“情”与“景”的是“兴”，而二者合而言之，即“情乃诗之媒，景乃诗之胚”，是作诗的二要。谢榛还认为“作诗不宜逼真”，不必拘于形貌，“妙在含糊，方见作手”，这样论“兴”，论“情景”，既有“性灵”的倾向，又沟通了“神韵”。从中我们可以看到，传统诗学中所谓文学家的“比兴”论，实际上将“比兴”作为诗歌创作中“心物”、“情景”交互作用，达到“相融相生”的艺术效果和审美境界的重要桥梁之一，所谓“感兴”、“兴象”、“兴趣”、“心物论”、“情景论”是基于不同时代文化思潮与创作风尚的不同理论表述，而其基本的观念，由对“比兴”的理解而来，内在的理路，显然也是有迹可循的。

谢榛之后，不少诗论家仍沿七子后学的艺术探索，其中许学夷的《诗源辨体》，也很重“兴”。他论及“六义”，仍沿用朱熹的“三经三纬”说，但以“情兴”论汉魏古诗，以“兴趣”论盛唐诗，又承严羽之论。许学夷直接将“比兴”与诗中的景物描写联系起来，认为“诗有赋比兴。山水木石、烟云花鸟，皆古诗之比兴也。”[85]并引孔子“多识于鸟兽草木之名”为由，以为“山水木石、烟云花鸟，自三百篇而下，即初、盛唐不能舍此为诗”，而晚唐诗格卑下，不是由于用山水木石、烟云花鸟为诗，而是因为“气象萎茶，情致都绝，而徒藉于山水、木石以为藻饰”，可见，他也是从“景象”与“情致”要相融相生的角度来淡“比兴”的。

由于明代的《诗经》学，剿袭朱说，缺乏创见，故而在解经的著作中对赋、比、兴的理解也不出朱子，但明代在一些《诗话》著作中，对赋、比、兴，特别是对“比兴”的理解，却有很多精微独到的见解，基本上将“比兴”问题定位与“情景”、“物我”的关系处理上，逐渐形成了传统诗学艺术思维理论的较为成熟而明确的理论表述。而且，明一代重民歌，将民歌多“比兴”，文人诗少“比兴”的现象，归结为“情真”与“情寡”的区别，此种论调在“五四”后歌谣收集的热潮中又以不同的方式被重提。

## 七　清代对赋、比、兴的理解

皮锡瑞《经学历史》评价清代经学时说：“国朝稽故古右文，超轶前代……发周、孔之蕴，持汉宋之平。承晚明经学极衰之后，推崇实学，以矫空疏，宜乎汉学重兴，唐、宋莫逮。”的确，清代的《诗经》研究重考据，而且一切门径都恢复洞开，可谓极盛，由清初以毛奇龄《毛诗写官记》、陈启源《毛诗稽古篇》为主的攻击朱学，到其间胡承烘《毛诗后笺》、陈奂《诗毛氏传疏》、马瑞辰《毛诗传笺通释》发扬《毛诗》，至清末由毛、郑之学导源而上，追论三家诗说，如魏源《诗古微》、王先谦《诗三家义集疏》，以三家遗说驳难《毛诗》，形成晚清的今古文之争，在思想上的影响一直延续到民国初年对中国传统学术问题的反省和整理国故的运动。此外，姚际恒的《诗经通论》、崔述的《读风偶识》、方玉润的《诗经原始》，不守汉宋门户之见，就诗求义，虽有清一代并不为人所重，但到近代却颇具影响。

由于清代的《诗经》学研究集大成，对赋、比、兴的理解和解释也颇为纷纭，兹整理出如下几条线索：

### 1．赋、比、兴不可强分

自钟嵘提出赋、比、兴三义并用，不可偏废之说，到唐由于陈子昂、白居易等人的力倡，重“比兴”轻“赋”逐渐成为论诗的风尚，不过清代的对赋、比、兴的理解，有较为圆融明通的论调。

清初黄宗羲在《汪扶晨诗序》中就认为：“自毛公之六义，以风、雅、颂为经，以赋、比、兴为纬，后儒因之。比、兴强分，赋有专属。及其说之不通也，则又相兼。是使性情之所融结，有鸿沟南北之分裂矣。”[86] 黄宗羲认为强分赋、比、兴是为不通，但没有更具体的阐述。至乾嘉学派的戴震将赋、比、兴作为一个有机的整体来看待。他说：“立言之体有三者。非直赋其事，则或比方，或托物。赋直而比曲，比迩而兴远。兴，既会其意，则何异于比；比，如见其事矣，则何异于赋……赋者，比之实也；兴者，比之推也。得此义，于兴不待言，即赋之中复有比义。”[87] 自毛公以“喻”释“兴”，比与兴的相近自不待言，而戴震此论，由“比”而联结“赋”、“兴”，颇有将赋、比、兴一统之势。毛先舒《诗辩坻》也认为赋、比、兴并无定例，他举例说：“诗有赋、比、兴，然三义初无定例。如《关雎》，《毛传》、《朱传》俱以为兴。然取其挚而有别，即可谓比；取因所见感而作诗，即可为赋。必持一义，殊乖通识。“[88] 这种对赋、比、兴不可偏提一义的见解，到姚际恒著《诗经通论》，虽然在指明诗中赋、比、兴手法，分析章法句式方面较之《诗集传》还要详悉，但对赋、比、兴的理解，也不再执着于赋、比、兴的生硬分解，判然分剖。他认为：“《诗》有赋、比、兴之说，由来旧矣，此不可去也。盖有关于解诗之义，以便学者阅之即得其解也。赋义甚明，不必言。惟是兴、比二者，恒有游移不一之病。然在学者亦实无以细为区别，使其凿然归一也。”[89] 姚际恒虽然不赞成混同赋、比、兴作法，并斥之为邪说，但他面对古今说诗者人各一义，各为赋、比、兴的现象，也只能说：“《诗》皆失传，既无一定之解，则兴、赋、比亦为活物，安可不标之以使人详求说《诗》之是非乎！”[90]

而自称“循文按义”，“推原诗人始意”的方玉润著《诗经原始》，对强分赋、比、兴的附会曲解，也颇不以为然。他说："赋、比、兴三者，作诗之法，断不可少。然非执定某章为兴，某章为比，某章为赋。更可笑者，"赋而兴"、"兴而比"之类，如同小儿学语，句句强为分解也。夫作诗必有兴会，或因物已起兴，或因时而感兴，皆兴也。其中有不能明言者，则不得不借物以喻之，所谓比也。或一二句比，或通章比，皆相题及文势为之。亦行乎其不得不行已耳，非判然三体，可以分晰言之也。学者不知古诗，但观汉、魏诸作，其法自见。"方玉润对强分赋、比、兴，甚而细分"赋而兴"、"兴而比"之类，不客气的提出批评，这当然也是针对此种批评方法发展到后期割裂文义的胶固而言的。

认识到赋、比、兴是"活物"，无一定之解，不可偏持一义，要有通识，显示清人对以赋、比、兴解诗，已不胶固于将各篇各章强系于"赋、比、兴"，而更重视每个解诗者的个人理解。不过，由朱子开创的系统地用"比兴"说诗、说词的批评方法，在清代也得到了光大。

### 2．以"比兴"论诗、说词

清末陈沆《诗比兴笺》，以"比兴"说诗，但与朱熹系统的标注赋、比、兴不同，陈沆此书对笺注的各首诗不分别注明比兴，只注重在以史证诗。魏源序说他"以笺古诗三百首之法，笺汉、魏、唐诗，使读者知'比兴'之所起，即知志之所之也。"[91] 所以，陈沆取喻的系统更多的还是毛诗、郑笺的系统，他将书名叫作"笺"，也可能是取法《郑笺》的意思，但以诗证史，最终也难免象毛诗、郑笺那样，有很多穿凿附会之处。

在"比兴"解诗的问题上，清初王夫之《古诗评选》有"兴、赋、比俱不立死法，触着磕着，总关至极，如春气感人，空水莺花，有何必然之序哉？"[92] 对"赋、比、兴"解诗的认识颇为圆融，"'兴、赋、比'俱不立死法"也是清人对这个问题比较集中的看法。

清代常州派词论家也强调“比兴”，他们一方面继承唐代诗论重寄托、重通篇寓意的传统，另一方面在创作上又重视含蓄不露的表现手法，立论有其特色。此派词论家代表人物主要是清中期的张惠言、周济和后期的谭献、陈廷焯等人。

张惠言的《词论》也是取毛、郑的方法，以“比兴”论词。他在《词选序》中说：“传曰：‘意内而言外谓之词’。其缘情造端，‘兴’于微言，以相感动。极命风谣里巷男女哀乐，以道贤人君子幽约怨悱不能自言之情。低徊要眇，以喻其致。盖《诗》之“比兴”变风之义。骚人之歌则近之矣。”[93]张惠言认为好的词继承了国风、楚骚的传统，运用比兴手法，“缘情造端，兴于微言”，表现委婉含蓄，达到“意内而言外”的境界。这段话为比兴论词定下了基调。张惠言在《词选》中对具体作品的评注，大抵也是从这一角度进行论述，书中解释屡用“兴”字。如在温庭筠《更漏子》下云：“‘惊塞雁’三句言欢戚不同，‘兴’下梦长君不知也。”[94]不过《词选》中，牵强附会之说也不少，如把温庭筠的艳词《菩萨蛮》解读为“感士不遇”，并认为“照花”四句有《离骚》初服之意，就是一个明显的例子。虽然宋人已有“比兴”论词，但到张惠言，才更将这种批评方式系统地用于对词的解读，这也为词体争取到“上接风骚”的“合法地位”，“倚声之学，由二张而始尊”，[95]二张即张惠言和他的弟弟张琦。

比张惠言稍后的周济，论词强调“寄托”。他说：“夫词，非寄托不入，专寄托不出。”[96]所谓“非寄托不入”，指的是词人要从“一物一事，引而伸之，触类多通”，直至“意感偶生，假类必达”，方能进入创作过程；所谓“专寄托不出”，指的是词人“万感横集，五中无主”的思想感情必须通过“叙述平淡、摹缋浅近“的艺术形象来表现，这样妙合无垠，看起来不是为了寄托，而寄托已经包含其中。另一方面，寄托不要过于坐实，不专指某事某物，使读者能够结合自己的感受，获得不同的体会。周济所谓的“寄托”

离不开“比兴”手法的使用，而他提出的对寄托的“出”和“人”，则逐渐重视读者在阅读与欣赏中审美接受的多样性和能动性，这是“比兴”论词由以诗证史的牵强逐渐到较为平正明通的认识，以后谭献推演周济之说，提出“作者之用心未必然，而读者之用心何必不然”的议论，将“非寄托不入，专寄托不出”进一步表述为近乎今天西方阐释学和接受美学的理论命题。

清末陈廷焯著《白雨斋词话》，继承张惠言、周济、谭献的传统，沦词也提倡比兴寄托。他论比兴，强调含蓄不露，有云：“或问比与兴之别，余曰：宋德佑太学生《百字令》、《祝英台近》两篇，字字譬喻，然不得谓之比也。以词太浅露，未合风人之旨。如王碧山咏萤、咏蝉诸篇，低回深婉，托讽于有意无意之间，可谓深于比义。若兴则难言之矣。托喻不深，树义不厚，不足以言兴。深矣厚矣，而喻可专指，义可强附，亦不足以言兴。所谓兴者，意在笔先，神余言外，极虚极活，极沉极郁，若远若近，可喻不可喻，反复缠绵，都归忠厚。”[97] 所谓比要“托讽于有意无意之间”，兴要避免“喻可专指”，要做到“极虚极活”、“若远若近，可喻而不可喻”，实际上也是周济“无寄托出”论点的推演，但陈廷焯从艺术表现的含蓄深沉的角度来论“比”和“兴”，和毛、郑的“兴者喻”，白居易的“风雅比兴外，未尝著空文”都不同，触及诗词创作中艺术思维的特殊规律，而且也很重视运用“比”“兴”所达到的艺术效果和审美境界，是对传统诗学艺术思维理论比较精到成熟的表述。陈廷焯论词，最推重“沉郁”的风格，“所谓沉郁者，意在笔先，神余言外”，[98] 这与他关于比兴寄托的言论是息息相通，归趣一致的。

从“比”“兴”的含蓄委婉出发，陈廷焯对强将诗篇各章分别标注赋、比、兴的批评方式也颇不以为然，他说：“风骚有比兴之义，本无比兴之名，后人指实其名，已落次乘，作诗词者，不可不知”，“《风诗》三百，用意各有所在，仁者见之谓之仁，智者见之谓之智，故能感发人之性情。后人强事臆测，系于比、赋、兴之名，而诗义转晦。子朱子于《楚辞》，亦分章而系以比、兴、赋，尤属无谓。”[99] 陈廷焯这一意见，可谓直指朱熹开创的以“赋、比、兴”说诗僵硬胶固的弊端，认为不要将“比兴”坐实，强将各篇各章系之于“赋、比、兴”之名就草草了事，而要从“比兴”之义来看，强调诗词“感发”的作用，只要能感发性情，也就“仁者见仁，智者见智”，无一定之规，这与周济、谭献等人强调读者的能动性是一脉相承的。

3．从情景交融的角度论“比兴”

从“情”与“物”,“情”与“景”的关系上来认识和把握“赋、比、兴”的内涵自挚虞以“感”释“兴”以来，几乎代有人传，特别是明代此类论述颇为纷纭。清代以此人手，重诗歌创作的艺术审美规律的论说也不少，多数在诗话著作中，比较突出的有王夫之的《姜斋诗话》、吴乔的《围炉诗话》和方东树的《昭味詹言》等。

清初王夫之的诗学思想与其哲学思想有内在的联系，他反对程朱理学“灭人欲存天理“之说，提出“饮食男女之欲，人人之大共”(《诗广传》)，从重视人欲的哲学思想出发，王夫之在诗学上也十分强调作者的情感和个性，对《诗经》中的艺术形式有很多精辟的见解，他著有《诗绎》是专门研究《诗经》的诗话，而其《夕堂永日绪论。内编》也有论《诗经》的见解，均收录于《姜斋诗话》中。

王夫之在哲学上认为人的认识是“形也、神也、物也三者相遇而知觉乃生”(《四书训义》)，并用禅宗“现量”一语强调即目所见的外物对认识与情感的引发作用，因而在对“比兴”的理解上，也是从情景相生的角度来谈。他指出“比兴”要自然而然，情景相融：“兴在有意无意之间，比亦不容雕刻；关情者景，自与情相为珀芥也。情景虽有在心在物之分，而景生情，情生景，哀乐之触，荣悴之迎，互藏其宅。”[100]

从情景相融的关系上理解“比兴”的还有吴乔，他在《围炉诗话》中认为：“人有不可以之情，而不可直陈于笔舌，又不能已于言，感物而动则为兴，托物而陈则为比。是作者固已酝酿而成之者也。所以读其诗者，亦如饮酒之后，忧者以乐，庄者以狂，不知其然而然。”[101]他甚至认为景融为情方是诗之至，在答问中有如下的论述：“问曰：‘言情叙景若何？’答曰：‘诗以道性情，无所谓景也。《三百篇》中之兴‘关关雎鸠’等，有似乎景，后人因以成烟云月露之词，景遂与情并言，而兴义以微。”[102]在他看来，将“情”与“景”并立而言，兴义也就浸微了，因为“诗以道性情，无所谓景”。

吴乔还进一步将“比兴”视为诗成败的关键。他认为：“诗之失比兴，非细故也。比兴是虚句活句，赋是实句。有比兴则实句变为活句，无比兴则实句变为死句。”[103]“实句”即直道其情，回味较少，“虚句活句”即化景物为情思，二者融为一体，可以引发读者无穷的想象。在这一前提下，吴乔以“比兴”为衡量唐、宋诗优劣的尺度，《围炉诗话》中说：“唐诗有意，而托比兴以杂出之，其词微而婉，如人而衣冠。宋诗亦有意，唯词而少比兴，其词径以直，如人而赤体。”[104]这便从创作手法上清理了唐宋以来诗风的流变，当然在重“比兴”以区分唐宋方面，吴乔的观念也是元、明以来的承续。

### 4. 重视“兴、观、群、怨”的“诗教”

孔子所谓“兴、观、群、怨”的诗教理论，历代诗论家均从不同的角度进行论述和发展，清代更是老调新弹，别出新意。

清初王夫之在《诗绎》和《夕堂永日绪论·内编》中，一开始就讲诗的“兴、观、群、怨”。在他看来，“兴、观、群、怨”

既是诗歌创作的出发点，也是诗歌批评的标准。他说:"'诗可以兴，可以观，可以群，可以怨'，尽矣。辨汉、魏、唐、宋之雅俗得失以此，读《三百篇》必此也。'可以'云者，随所以而皆可也。于所兴而可观，其兴也深;于所观而可兴，其观也审。以其群者而怨，怨愈不忘;以其怨者而群，群乃益挚。出于四情之外，以生起四情;游于四情之中，情无所窒。作者用一致之思，读者各以其情而自得。"[105] 在这里，王夫之对"兴、观、群、怨"作了新的发展，首先认为"兴、观、群、怨"是诗歌评论的标准，不但要用它研究《诗经》，也必须用它来评价汉魏唐宋诗歌的"雅俗得失"。而且，工夫之的独到之处在于，前人往往论述兴、观、群、怨各自独立的作用，而王夫之在阐述时却把它们看成一个相互辉映，相得益彰的整体，在"兴"中体现"观"的作用，在"观"中看到"兴"的意义，在"群"中寄以"怨"，在"怨"之际出之以"群"，而兴、观、群、怨的核心在于动人以情，在王夫之看来，这种情，"出于四情之外，以生起四情"，诗人"游于四情之中，情无所窒"，所以作者以、怨"之旨。至于文词句法工拙高下，特其余事耳。"[106] 又云："夫论诗之教，以"兴、观、群、怨"为用。言中有物，故闻之足感，味之弥旨，传之愈久而常新。"[107]

此外，主张诗的政教功能也是沈德潜诗学思想引人注目之处，其《说诗晬语》云："诗之为道，善伦物，感鬼神，设教邦国，应对诸侯，用如此其重也。秦汉以来，乐府代兴，六代继之，流衍靡漫，至有唐而声律日化，托兴渐失，徒视为嘲风雪、弄花草、游历燕傼之具，而诗教远矣"[108]"嘲风雪、弄花草"之类的话，与白居易的讽喻诗论如出一辙，在白居易之后，虽然诗教之论不绝如缕，但如沈德潜这样激越的也不多，沈德潜不满后代诗歌的"托兴渐失"，要求上溯到先秦《诗三百》的所谓"设教邦国，应对诸侯"等"诗教的本原"，另外，在他的诗论中，诸如"四始六义"、"讽喻比兴"、"温柔敦厚"、之类汉儒论诗的话头也不胜枚举。再者，沈德潜的诗论中也有不少诸如“理性情”、“乐天无闷，物各自得”的接近宋代理学的主张，显见他兼收汉宋的思想，这与其时的时代思潮有关，当时清代社会政治已稳定了百余年，统治者也长期强调风教，特别是乾隆皇帝重忠信孝义，沈德潜曾蒙乾隆皇帝的“非常之知”，自然也就领会和贯彻他的旨意，这也使重诗的政教风化成为沈德潜那一时代的一股风潮，成为清代儒家传统诗学的“一座重镇”。至于清末“诗界革命”黄遵宪所提出的“复兴古人比兴之体”，虽然其精神与传统“诗教”观念有相通之处，但其着眼点在“以旧风格含新意境”，这又逐渐过渡到诗歌的社会功用探讨问题，属于对“比兴”的新解了。

总而言之，清代作为传统诗学的结穴，可以前代的诗学探讨在清代都有各种不同的回响，至于对“赋、比、兴”问题的理解也是如此，不论是重“比兴讽喻”的诗教观，还是偏向谈艺术审美的“情景论”，都可视为对传统诗论的总结和发展。

# 主要参考文献

饶芃子等著:《比较文艺学》，中国社会科学出版社，1999 年
蒋述卓:《佛教与中国文艺美学》，广东高等教育出版社，1992 年
胡经之:《文艺美学》，北京大学出版社，1989 年
阮元校刻:《十三经注疏》，中华书局，1980 年
范文澜:《文心雕龙注》，人民文学出版社，1978 年
黄侃:《文心雕龙札记》，华东师范大学出版社，1996 年
王元化:《文心雕龙讲疏》，上海古籍出版社，1992 年
曹旭集注:《诗品集注》，上海古籍出版社，1994 年
欧阳修:《诗本义》，四部丛刊本
郑樵:《通志》，中华书局 1987 年
朱熹:《诗集传》，上海古籍出版社，1980 年
　　《论语集注》，中华书局，1958 年
　　《朱子语类》，中华书局，1986 年
王先谦:《诗三家义集疏》，中华书局，1987 年
黄汝成集释:《日知录集释》，上海古籍出版社，1985 年
皮锡瑞:《经学通论》，中华书局，1954 年
姚际恒:《诗经通论》，中华书局，1958 年
方玉润:《诗经原始》，中华书局，1986 年
魏源:《诗古微》，埽叶山房本
陈沆:《诗比兴笺》，上海古籍出版社，1981 年
郭绍虞校释:《沧浪诗话校释》，人民文学出版社，1961 年
许学夷:《诗源辩体》，人民文学出版社，1987 年
叶燮:《原诗》，人民文学出版社，1979 年

何文焕辑：《历代诗话》，中华书局，1981 年
丁福保辑：《历代诗话续编》，中华书局，1983 年
唐圭章编：《词话丛编》，中华书局，1986 年
梁启超：《饮冰室诗话》，人民文学出版社，1959 年
章学诚：《文史通义校注》，中华书局，1983 年
章太炎：《章太炎全集·检论》，上海人民出版社，1984 年
顾颉刚编：《古史辩》第三册，上海古籍出版社，1982 年
郭绍虞：《照隅室古典文学论集》，上海古籍出版社，1983 年
郭绍虞、王文生：《中国历代文论选》，上海古籍出版社，1979 年
钱穆：《中国近三百年学术史》，商务印书馆，1997 年
《国学概论》，商务印书馆，1997 年
钱钟书：《管锥编》，中华书局，1979 年
《谈艺录》，中华书局，1984 年
赵家璧主编：《中国新文学大系》（一九一七——一九二七）上海良友出版公司，1935 年、1936 年，上海文艺出版社 1981 年影印本
胡适：《胡适学术文集》，中华书局，1993 年
闻一多：《闻一多全集》，三联书店，1982 年
朱自清：《朱自清全集》，江苏教育出版社，1996 年
鲁迅：《鲁迅全集》，人民文学出版社，1981 年
郑振铎：《郑振铎古典文学论集》，上海古籍出版社，1984 年
戴望舒：《戴望舒全集》，中国青年出版社，1999 年
徐志摩：《徐志摩诗全集》，学林出版社，1997 年
卞之琳：《人与诗：忆旧说新》，三联书店，1984 年
袁可嘉：《论新诗现代化》，三联书店，1988 年
叶维廉：《中国诗学》，三联书店，1992 年中国新诗经典（第一、二辑），浙江文艺出版社，1997 年
杨匡汉、刘福春编：《中国现代诗论》，花城出版社，1986 年

徐中玉、陈谦豫主编：《中国古代文艺理论专题资料丛刊意境·典型·比兴编》，中国社会科学出版社，1994 年

萧华荣：《中国诗学思想史》，华东师范大学出版社，1996 年

王瑶：《中国现代文学史论集》，北京大学出版社，1998 年

王晓明主编：《二十世纪中国文学史论》，东方出版中心，1997 年

亚里士多德：《诗学》罗念生译，人民文学出版社，1962 年

汉斯—格奥尔格·加达默尔：《真理与方法——哲学诠释学的基本特征》，洪汉鼎译，上海译文出版社，1999 年

雷纳·韦勒克：《近代文学批评史》，杨岂深杨自伍译，上海译文出版社，1997 年

《批评的概念》，张金言译，中国美术学院出版社 1999 年

E·H·贡布里希：《理想与偶像——价值在历史和艺术中的地位》，范景中、曹意强、周书田译，上海人民美术出版社，1989 年

黄晋凯等编：《外国文学流派研究资料丛书象征主义·意象派》，中国人民大学出版社，1989 年

孙玉石：《中国初期象征派诗歌研究》，北京大学出版社，1983 年

金丝燕：《文学接受与文化过滤》，中国人民大学出版社，1999 年

A.E.Dyson ed., *Poetry Criticism & Practice: Developments since the Symbolists*, Macmillan Education Ltd., 1986

Charles Feidelson, Jr., *Symbolism and American Literature*, The UniverSity of Chicago Press, 1981, Michael Hamburger, *The Truth Poetry*, Methuen & Co. Ltd., 1982

Balakian（Anna）, *The Symbolist Movernent*, New York, Random House, 1967

# 注 释

## 引 论

1 杨载:《诗法家数·诗学正源》,《历代诗话》本,中华书局1981年版,第727页。

2 胡念贻:《论赋、比、兴》,《文学评论》丛刊1978年第1期。王从仁《“比兴”的缘起和演化》,见《古代文学理论研究》第五辑。

3 毛泽东在《给陈毅同志谈诗的一封信》中说:“又诗要用形象思维,不能如散文那样直说,所以比、兴两法是不能不用的。赋也可以用,如杜甫之《北征》,可谓‘敷陈其事而直言之也’,然其中亦有比兴”。这一番话为颇多论者所引用,将“赋、比、兴”与“形象思维”的异同作探讨说明的论文也不在少数。《给陈毅同志谈诗的一封信》,见《诗刊》1978年第一期。

4 赵沛霖:《兴的源起》,中国社会科学出版社。

5 杨练:《鬼话·智力的空间》,上海文艺出版社1998年版,第252页。

6 郑敏:《世纪末的回顾:汉语语言变革与中国新诗创作》,《文学评论》1993年第3期。

7 叶嘉莹:《中国古典诗歌中形象与情意之关系例说》,《古代文学理论研究丛刊》第6辑,上海古籍出版社1982年版,第40—43页。

## 第一章 对“赋、比、兴”简要的历史检讨

1 《周礼》一书,原名《周官》,相传系西汉河间献王从民间收集而来,最初未受重视,直至西汉末年王莽摄政方被奉为圣典,称《周礼》。后经东汉郑玄加注才通行天下,有唐贾公彦疏亦极博核。相传此书是周公所作,但其真伪也纷如聚讼,史上多有人疑其依托。但比较一致的看法仍认为此

书乃先秦旧书，成书当在战国，也可能保存西周至战国的一些材料。参见《四库全书总目提要》和张心澂《伪书通考》，汪中、梁启超、郭沫若、范文澜的意见也可以综观。《周礼·春官宗伯·大师》，《周礼注疏》卷二十三，十三经注疏本，中华书局 1980 年影印本，第 796 页。

2 《诗太序》究何人所作，目前尚无定论。陆德明《经典释文》引旧说："起此至'用之邦国焉'，名《关雎序》，谓之《小序》；自'风，风也'讫末，名为《大序》。"又引沈重说："案郑（玄）《诗谱》意《大序》是子夏（卜商）作，《小序》是子夏、毛公合作。卜商意有未尽，毛更足成之。"又引或云"《小序》是东海卫敬仲（宏）所作。"但现存孔颖达《毛诗正义》所载《诗谱》，未言序为谁作。范晔《后汉书·儒林传》载："初，九江谢曼卿善《毛诗》，乃为其训。（卫）宏从曼卿受学，因作《毛诗序》。"近代学者也大致以卫宏为《毛诗序》作者，但仍无定论。有关《毛诗序》的作者问题，可参见《四库全书总目提要》卷十五经部十五诗类一《诗序》提要及崔述《通论诗序》。

3 如朱自清《诗言志辨》就认为"《传》老是跟着《序》说"。

4 范文澜：《文心雕龙注》，人民文学出版社 1958 年版，第 601 页。

5 王应麟：《困学纪闻》卷三，商务印书馆 1959 年版，第 223 页。

6 《周礼·春官宗伯·大师》，《周礼注疏》卷二十三，十三经注疏本，中华书局 1980 年影印本。

7 同 4。

8 孔颖达：《毛诗正义》卷一，第 271 页。

9 挚虞：《文章流别论》，载欧阳询撰《艺文类聚》卷五十六，上海古籍出版社 1982 年版。

10 《晋书·王羲之传》，中华书局 1974 年版。

11 12 陈延杰：《诗品注》，人民文学出版社 1961 年版，第 2 页。

13 同 4。

14 孔颖达:《毛诗正义》，十三经注疏本，中华书局 1980 年影印本，第 271 页。

15 白居易：《与元九书》，《白氏长庆集》卷四十五，载《中国历代文论选》第二册，上海古籍出版社 1979 年版，第 96—102 页。

16 17 皎然:《诗式》,《历代诗话》上册，中华书局 1981 年版，第 30—31 页。

18 苏辙：《栾城应诏集》卷四《诗论》，四部丛刊本。

19　郑樵 :《乐略 · 正声序论》,《通志》卷四十九，中华书局 1987 年版。
20　徐渭 :《奉师季先生书》,《徐渭集》卷十六《书》，中华书局 1983 年版，第 458 页。
21　23　朱熹:《诗集传》卷一，上海古籍出版社 1962 年版，第 1 页，第 12 页。
22　朱熹 :《朱子语类》，中华书局 1986 年版。
24　朱熹 :《诗集传序》，上海古籍出版社 1962 年版。
25　朱熹 :《朱子语类》卷八十《诗一》，中华书局 1986 年版，第 2069 页。
26　引自胡寅《与李叔易书》,《斐然集》卷十八，《四库全书》本。
27　钱钟书 :《管锥编》(第一册)，中华书局 1986 年版，第 63 页。
28　李梦阳 :《缶音序》,《李空同全集》卷五十一，明思山堂刊本。
29　谣谚的集录成书，在宋代已有，四库全书总目卷一四四子部小说家类存目中，有《古今谚》一卷。明代杨慎则撰有《古今谚》二卷、《古今风谣》二卷，今存在杨升庵杂录及升庵著作中。而杨慎之后，还有郭子章，他著有《六语》三十卷，四库总目卷存目中亦有此书。而冯梦龙也辑有有《山歌》，共十卷，内容以姑苏情歌为主，句式以七言为主。
30　31　32　33　34　谢榛 :《四溟诗话》，人民文学出版社 1961 年版，第 28，41，77，91，69 页。
35　王夫之 :《诗绎》,《姜斋诗话》，人民文学出版社 1961 年版，第 139 页。

## 第二章　“五四”以后对《诗经》“赋、比、兴”的理解

1　毛之水 :《国故与科学精神》,《新潮》一卷五号。
2　胡适 : 么新思潮的意义》，收入《胡适文存》第 1 集，台北远东图书公司 1953 年版，第 440 页。
3　胡适 :《国学季刊发刊宣言》,《胡适文存》第 2 集，第 2—6 页。
4　简要而言，今古文之争发生于新莽时期和东汉初年。西汉以来流传的是以隶书书写的今文经，主要的经典是《周易》、《今文尚书》、《三家诗》、《公羊传》等，今文学者以为六经皆孔子所作，有孔子的微言大义在内。自王莽时代起，刘歆表彰以《古文尚书》、《毛诗》、《周礼》、《左传》为主的古

文经。古文经是用先秦古文书写，从景帝时代陆续有出土。古文家基本上以六经为古代史料，经孔子整理改编而成。今古文所以发生争端，主要是刘歆想立古文经以扶持微学。这涉及当时的利禄问题。以至今文学家群起反对。经过数次论争，古文家虽终未立于学官，但古文经逐渐兴盛，甚至取代今文经也是不争的事实。清乾嘉时代所标榜的汉学，乃东汉古文的汉学，他们对古文派经典作了精密的研究。但嘉庆、道光以后，国势日渐疲弱，内忧外患纷至沓来，以东汉古文为主的经学，所重视的是书本考证工夫，能否应付此种重大的变局，开始受到质疑。

5 魏源：《诗古微》，埽叶山房本。

6 胡适：《谈谈诗经》，见《古史辨》第三册，上海古籍出版社1982年版，第577页。

7 见《古史辨》第一册，上海古籍出版社1982年版。

8 顾颉刚：《我是怎样编写〈古史辩〉的》，《古史辩》第一册，上海古籍出版社1982年版，第12页。

9 郑振铎：《读毛诗序》，《古史辩》第三册，上海古籍出版社1982年版，第382页。

10 顾颉刚：《起兴》，《歌谣周刊》第九十四号。收入《古史辨》第三册，上海古籍出版社1982年版，第672页。

11 何定生：《关于诗的起兴》，《国立中山大学语言历史学研究所周刊》第九集，第九十七期。收入《古史辨》第三册，上海古籍出版社1982年版，第694页。

12 刘大白：《六义》，《古史辨》第三册，上海古籍出版社1982年版，第686页。

13 钟敬文：《谈谈兴诗》，《文学周报》第五卷第八号，收入《古史辨》第三册，上海古籍出版社1982年版，第681页。

14 郑樵：《乐略·正声序论》，《通志》卷四十九，中华书局1987年版。

15 朱熹：《诗集传》卷一，上海古籍出版社1962年版，第12页。

16 徐渭：《奉师季先生书》，《徐渭集》卷十六《书》，中华书局1983年版，第458页。

17 顾颉刚：《〈古史辩第三册〉自序》，《古史辨》第三册，上海古籍出版社1982年版，第1页。

18 周作人：《谈"谈谈诗经"》，《古史辨》第三册，上海古籍出版社1982年版，第589页。

19 如孟子就曾说:“尽信书不如无书，吾于《武成》取两三册而已”，班固《汉书·艺文志》就指出一些古书为“依托”、“非古语”、“近世增加”。王充“疾虚妄”的《论衡》，其《艺增》、《儒增》等篇对经书和子书举发了不少疑点。另外，早期的辨伪从经书的注疏和史书的记传中也能窥见一鳞片爪。（详见《古籍考辨丛刊第一集序》，中华书局1955年版）唐代的刘知几、柳宗元等对古文籍的研究也有“疑古惑经”之说，启发了后人的研究。

20 胡适在《四十自序》中的一段话可以引为例证，他说:“《天演论》出版后，不上几年，便风行到全国，竟作了中学生的读物了。读这书的人，很少能瞭解赫胥黎在科学史和思想史上的贡献，他们所了解的是那“优胜劣败“的公式在国际上的意义。”

21 顾颉刚:《我是怎样编写〈古史辨〉的》，《古史辩》第一册，上海古籍出版社1982年版，第43—48页。

22 黎锦熙:《修辞学比兴篇》，定稿于1925年，商务印书馆1935年版，第84页。

23 参见雷内·韦勒克:《文学史上的演变观念》，《批评的概念》，中国美术学院出版社1999年版，第39页。

24 唐钺:《修辞格》，商务印书馆1923年版，第4页，第12页。

25 王易:《修辞学通诠》，神州国光社1930年版，第58—60页。

26 27 谢无量:《诗经研究》，商务印书馆1923年版，第140页。

28 29 蒋善国:《三百篇演论》，商务印书馆1933年版，第218页，第229页。

30 31 黎锦熙:《修辞学比兴篇》，定稿于1925年，商务印书馆1935年版，第2页，第70页。

32 泰伦斯·霍克斯:《隐喻》，北岳文艺出版社1990年版，第8页。

33 40 41 43 朱自清:《关于兴诗的意见》，《古史辨》第三册，上海古籍出版社1982年版，第684—685页。

34 35 闻一多:《匡斋尺牍》，《闻一多全集》(一)，三联书店1982年版，第357页，第341页。

36 闻一多:《风诗类钞。序例提纲》，《闻一多全集》(四)，三联书店1982年版，第7页。

37 38 39 闻一多:《说鱼》，《神话与诗》，《闻一多全集》(一)，三联书店1982年版，第118页，第135页，136页。

42 44 朱自清:《中国歌谣》,《朱自清全集》第六卷，江苏教育出版社1996年版，第541页，第546页。

45 朱自清:《诗言志辨·序》,《朱自清全集》第六卷，江苏教育出版社1996年版，第129页。

46 47 朱自清:《诗言志辨·比兴》,《朱自清全集》第六卷，江苏教育出版社1996年版，第192页，第229页。

48 时萌:《闻一多朱自清论》，上海文艺出版社1982年版，第124页。

49 王瑶:《“五四”时期对中国传统文学的价值重估》,《中国现代文学史论集》，北京大学出版社1998年版，第344页。

50 胡适:《谈新诗——八年来一件大事》,《胡适学术文集·新文学运动》，中华书局1993年版，第389页。

51 胡适:《逼上梁山——文学革命的开始》,《胡适学术文集·新文学运动》，中华书局1993年版，第200页。

52 周作人:《〈扬鞭集〉序》,《语丝》82期。

## 第三章 赋、比、兴:“中国旧手法”和“外国新潮流”

1 梁启超:《小说丛话·饮冰》，载《新小说》第七号。

2 黄遵宪:《山歌题记》。

3 8 胡适:《中国文学过去与来路》,《胡适学术文集·新文学运动》，中华书局1993年版，第185页，第187页。

4 在《四库全书总目》一四四子部小说家类存目二中，就记有《古今谚》一卷，注云:永乐大典本，提要说道:“宋周守忠撰，是编前有自序，称略于所披之编，采摘古今俗语，又得近时常语，虽鄙俚之词，亦有激谕之理，漫录成集，名古今谚。”

5 杨慎撰有古今谚二卷，古今风谣二卷，今存在杨升庵杂录及升庵著作中。冯梦龙撰有《山歌》十卷。

6 《歌谣》周刊《发刊词》，1922年12月27日。

7 胡适:《北京的平民文学》,《胡适学术文集·新文学运动》，中华书局1993

年版，第 422 页。

9 《我们底话》,《新诗歌》2 卷 1 期，1934 年 6 月 1 日出版。

10 11 李长之 :《歌谣是什么》,《歌谣》周刊二卷六期，1936 年 5 月 9 日。

12 13 14 林庚 :《歌谣不是乐府亦不是诗》,《歌谣》二卷十一期，1936 年 6 月 30 日。

15 胡适 :《〈尝试集〉再版自序》,《胡适学术文集·新文学运动之，中华书局 1993 年版，第 403 页。

16 鲁迅:《〈草鞋脚〉小引》,《鲁迅全集》( 六 )，人民文学出版社 1981 年版，第 20 页。

17 周作人 :《〈扬鞭集〉序》,《语丝》第 82 期，1926 年 5 月 30 日。

18 朱自清:《关于兴诗的意见》,《古史辨》第三册，上海古籍出版社 1982 年版，第 683 页。

19 闻一多:《说鱼》,《神话与诗》,《闻一多全集》( 一 )，三联书店 1982 年版，第 118 页。

20 赵诚 :《甲骨文简明辞典》，中华书局 1988 年版。

21 《检论》卷二《六诗说》，见《章太炎全集》第三卷，上海人民出版社 1984 年版。

22 陈世骧 :《陈世骧文存》，台北志文出版社 1975 年版。第 219—266 页。

23 周策纵 :《古巫医与六诗考——中国浪漫文学探源》，台北联经出版公司 1986 年版，第 216—928 页。

24 赵沛霖 :《兴的源起》，中国社会科学出版社 1987 年版。

25 列维·布留尔 :《原始思维》，商务印书馆 1981 年版，第 34 页。

26 27 鲁道夫·阿恩海姆 :《艺术与视知觉》，滕守尧、朱疆源译，中国社会科学出版社 1984 年版，第 627—629 页。

28 殷墦 :《河岳英灵集序》，载《唐人选唐诗》，上海古籍出版社 1978 年版，第 40 页。

29 周英雄 :《赋比兴的语言结构——兼论早期乐府诗以鸟起兴之象征意义》，《结构主义与中国文学》，台湾东大图书公司 1983 年版，第 22 页。

30 31 《易·系辞上》,《周易正义》卷七，十三经注疏本，中华书局 1980 年影印本，第 67—70 页。

32 陈骙 :《文则》,( 北京 ) 书目文献出版社 1988 年版，第 40 页。

33 章学诚《文史通义·易教下》，中华书局1983年版，第18页。

34 钱钟书：《管锥编》(第一册)，中华书局1986年版。第12页。

35 李泽厚：《古典文学札记一则》，《文学评论》1986年第4期。

36 王弼：《周易略例》；《王弼集校释》，中华书局1980年版，第609页。

37 R·韦勒克：《近代文学批评史》第四卷，上海译文出版社1997年版，第433页。

38 探究词源，Symbole在古希腊语中意为主人为表示对客人的友善而赠送的一块陶瓷或其他物品的片块，这一礼物“象征”主客两家从此相连。Symbole、Symbolisme翻译成中文有一个过程，最初被译为“表象”、“表象主义”，高名凯《外来词典》认为“象征”是外来词，来自日语，据日语辞典《广辞苑》(第1101面)：“象徵译自法语symbole。始见中江兆民译著《维氏美学》(明治十六年刊行)。主要意义为有助于表示抽象事物的形象或心像，可以视为通过诉诸想象力的某种类似物来表示抽象事物的记号的感性形象。如鸽为和平的象徵，十字架为基督的象徵，白为纯洁的象徵等。”

39 Grande Dictionnaire des Lettres larousse, 1989, p15598。

40 参见金丝燕：《文学的接受与文化过滤》，中国人民大学出版社1994年版。

41 韦勒克：《辨析》(英文版)，第114页。

42 瓦雷里：《纯诗》，见杨匡汉等编《西方现代诗论》，花城出版社1988年版，第222页。

43 韦勒克：《近代文学批评史》第4卷，上海译文出版社1997年版，第459页。

44 46 穆木天：《谭诗》，载1926年3月《创造月刊》1卷1期。

45 48 王独清：《再谭诗》，载1926年3月《创造月刊》1卷1期。

47 罗刚：《历史汇流中的选择——中国现代文艺思想家与西方文学理论》，中国社会科学出版社1993年版，第129页。

49 穆木天后来在么什么是象征主义》一文中，将象征主义定性为“一种濒死的世界的回光反照”，文章载于傅东华主编的《文学百题》，生活书店1935年7月出版。

50 周作人：《〈扬鞭集〉序》，《语丝》第82期。

51 53 梁宗岱：《象征主义》，原载1934年4月《文学季刊》2期，后收入《诗与真》。

52　废名：《谈新诗》，人民文学出版社 1984 年版。就梁宗岱《象征主义》的主观色彩，李长之曾在《诗与真具》书评中批评梁氏："即以《象征主义》一文论，我认为作者是谈的人生，是谈作者的人生观，而不是谈文学上的象征主义。"

54　陈延杰：《诗品注》，人民文学出版社 1961 年版。

# 第四章 "赋、比、兴"与现代白话诗的表现手法

1　黄遵宪：《人境庐诗草笺注》卷首，上海古籍出版社 1981 年版。

2　3　胡适：《五十年之中国文学》，《胡适学术文集·新文学运动》，中华书局 1993 年版，第 121 页，第 134 页。

4　钱理群、温如敏、吴福辉著：《中国现代文学三十年》(修订本)，北京大学出版社 1998 年版，第 120 页。持相近论点的还有葛兆光在《从宋诗到白话诗》一文中，(《文学评论》199 年第期)认为宋诗的凸现意义，以文为诗这一精神在白话诗运动中得到真正的复活。

5　郭绍虞：《"六义"说考辨》，《照隅室古典文学论集》(下编)，上海古籍出版社 1983 年版，第 370 页。

6　朱自清：《经典常谈·辞赋第十一》，《朱自清全集》第六卷，江苏教育出版社 1996 年版，第 89 页。

7　《周礼·春官宗伯·大师》，《周礼注疏》卷二十三，十三经注疏本，中华书局 1980 年影印本，第 796 页。

8　《朱子语类》曰："三经是赋、比、兴，是做诗底骨子，无诗不有，才无则不成诗。盖不是赋，便是比；不是比，便是兴。如《风》、《雅》、《颂》却是里面横弗底都有赋、比、兴，故谓之三纬。"详见《朱子语类分卷八十《诗一》，中华书局 1986 年版，第 2069 页。

9　朱熹：《诗集传》卷一，上海古籍出版社 1962 年版。

10　朱自清：《诗言志辨》，《朱自清全集》第 6 卷，江苏教育出版社 1996 年版，第 229 页。另外，(清)贺裳在《载酒园诗话》中，也有"魏晋以降，多工赋体"之论，见《清诗话续编》，上海古籍出版社 1983 年版。

11 关于赋体的源流问题，也有争议。荀子《赋篇》始称赋，凡《礼》、《知》、《云》、《蚕》、《箴》五篇及《诡诗》一篇，采用散体句式及主客首引的问答体，多用隐语，颇类谜语。班固《两都赋序》云："赋者，古诗之流也。"认为赋源于诗，是诗的别体或变体。《汉书·艺文志》对赋体的源流和发展也论之甚详，《汉书》三十《艺文志》云：春秋之后，周道寝坏。聘问歌咏，不行于列国，学诗之士，逸在布衣，而贤人失志之赋作矣。大儒孙卿及楚臣屈原离谗忧国，皆作赋以风，咸有恻隐古诗之义。其后宋玉、唐勒，汉兴枚乘、司马相如下及扬子云，竞为侈丽闳演之词，没其风谕之义。是以扬子悔之曰：'诗人之赋丽以则，辞人之赋丽以淫。'"《文心雕龙·诠赋》也云："赋也者，受命于诗人，拓宇于《楚辞》也。"（见范文澜《文心雕龙注》，人民文学出版社 1958 年版，第 134 页）但现代学者也有持赋体源于楚民歌之说。参见陶秋英《汉赋研究》，刘大杰《中国文学发展史》和游国恩等《中国文学史》。至于赋经汉之后变之又变的各种形式，可参阅《四库全书总目提要·总集类》三元祝尧编《古赋辩体》条。

12 胡适：《我为什么要做白话诗》，载 1919 年 10 月 1 日《新青年》第 6 卷第 5 号。

13 周作人：《〈扬鞭集〉序》，1926 年《语丝》第 82 期。

14 朱自清：《新诗杂话·抗战与诗》，《朱自清全集》第 2 卷，江苏教育出版社 1996 年版，第 345—348 页。

15 艾青：《诗的散文美》，《诗论》，人民文学出版社 1995 年版，第 61 页。

16 七月诗派是在艾青的影响下，以胡风为中心，以《七月》及以后的《希望》、《诗垦地》、《诗创作》、《泥土》、《呼吸》等杂志为基本阵地而形成的诗人群，主要的代表诗人有鲁藜、绿原、阿垅、曾卓、牛汉等人。七月诗派的诗歌创作，大都收集在胡风主编的《七月诗丛》、《七月新丛》与《七月文丛》的诗集中。

17 唐湜：《诗的新生代》，《新意度集》，三联书店 1989 年版，第 22—23 页。

18 艾青：《诗的形式》，《人民文学》1954 年 3 月号。

19 俞平伯：《社会上对新诗的各种心理观》，1919 年 10 月《新潮》3 卷 1 号。

20 朱自清：《新诗的进步》，《文学》1937 年 1 月 8 卷 1 号。

21 《周礼·春官宗伯·大师》，《周礼注疏》卷二十三，十三经注疏本，中华书局 1980 年影印本。

22 刘勰:《文心雕龙·比兴》,《文心雕龙》, 人民文学出版社 1958 年版, 第 601 页。

23 王逸:《楚辞章句》卷一,《离骚经序》,《全上古三代秦汉三国六朝文·全后汉文》, 河北教育出版社 1997 年版。

24 25 钟嵘:《诗品序》, 参见《诗品集注》, 上海古籍出版社 1994 年版, 第 47 页。

26 陈骙:《文则》, 书目文献出版社 1988 年版, 第 40 页。

27 冯班:《钝吟杂录》卷四,《清诗话》, 上海古籍出版社 1978 年版, 第 37 页。

28 李商隐著、冯浩笺注:《玉谿生诗集笺注》, 上海古籍出版社, 第 118 页, 第 494 页。

29 黄遵宪:《人境庐诗草自序》, 上海古籍出版社 1981 年版。

30 陈独秀:《文学革命论》, 1917 年 2 月 1 日《新青年》第 2 卷第 6 号。

31 朱自清:《〈中国新文学大系·诗集〉导言》, 上海良友图书印刷公司 1935 年版, 第 3 页。

32 朱自清:《新诗杂话·诗与哲理》,《朱自清全集》第二卷, 江苏教育出版社 1996 年版, 第 334 页。

33 易漱渝:《雪的三步曲》, 见许德鄰编《分类白话诗》, 上海崇文出版社 1920 年版。

34 巴那斯主义, 又称高蹈派, 是 19 世纪 60 年代法国诗坛出现的诗歌流派, 追求艺术形式的造型美, 标榜诗歌"不动情感"、"取消人格"的"无我"的客观性质。

35 唐湜:《忆诗人穆旦》,《一个民族已经起来》, 江苏人民出版社 1987 年版, 第 153 页。

36 朱自清:《新诗杂话。新诗的进步》,《朱自清全集》第二卷, 江苏教育出版社 1996 年版, 第 320 页。

37 参见钱钟书;《谈艺录》, 中华书局 1984 年版, 第 51 页。

38 袁可嘉:《论新诗现代化》, 三联书店 1988 年版, 第 18 页。

39 朱自清:《新诗杂话·诗与哲理》,《朱自清全集》第二卷, 江苏教育出版社 1996 年版, 第 334 页。

40 同 22。

41 王先霈:《兴论新释》,《华中师范大学学报:人文社科版》, 1998 年第 2 期。

42 闻一多：1928年给左明的信，《闻一多全集》12卷，湖北人民出版社1994年版，第245—246页。

43 废名：《谈新诗》，人民文学出版社1984年版。

44 叶维廉：《中国诗学》，三联书店1992年版，第265页。

45 46 卞之琳：《〈雕虫纪历〉自序》，《雕虫纪历》（增订版），人民文学出版社1984年版，第3页。

47 袁可嘉：《新诗戏剧化》，《论新诗现代化》，三联书店1988年版，第25页。

48 49 袁可嘉：《新诗与民主》，《论新诗现代化》，三联书店1988年版，第47页，第50页。

50 袁可嘉：《新诗现代化》，《论新诗现代化》，三联书店1988年版，第6—7页。

51 袁可嘉：《新诗现代化的再分析》，《论新诗现代化》，三联书店1988年版，第10页。

52 袁可嘉：《论诗境的扩展与结晶》，《论新诗现代化》，三联书店1988年版，第131页。

53 唐湜：《新意度集》，三联书店1989年版，第104页。

54 郭保卫：《书信今犹在，诗人何处寻》，《一个民族已经起来》，江苏人民出版社1987年版，第178页。

55 唐湜：《忆诗人穆旦》，《一个民族已经起来》，江苏人民出版社1987年版，第153页。

56 郑敏：《回顾中国现代主义新诗的发展并谈当代先锋派新诗创作》，《国际诗坛》，1989年8期。

57 袁可嘉：《新诗现代化》，《论新诗现代化》，三联书店1988年版，第6—7页。

58 见穆旦1976年致杜运燮的信，引自杜运燮：《穆旦诗选·后记》，人民文学出版社1986年版，第151页。

59 E·H·贡布里希：《理想与偶像——价值在历史和艺术中的地位》（中译本），上海人民美术出版社1989年版，第266页。

60 闻一多：《文学的历史动向》，《闻一多全集》（一），三联书店1982年版，第205页。

# 第五章 “比兴”：诗歌社会功能观与批评方法

1 朱自清:《诗言志辨》,《朱自清全集》第六卷，江苏教育出版社 1996 年版，第 176 页。

2 白居易:《与元九书》,《白氏长庆集》卷四十五，载《中国历代文论选》第二册，上海古籍出版社 1979 年版，第 96—102 页。

3 朱熹 :《四书章句集注》，中华书局 1983 年版。

4 黄遵楷在《先兄公度先生事实述略》中，追记黄遵宪云:“(先兄)平生嗜好，以诗为最，尝曰:‘诗可言志，其体宜于文……，其音通于乐，其感人也深。惟晋、宋以后，词人浅薄狭隘，失比兴义，无兴、观、群、怨之旨，均不足学。意欲扫去词章一切陈陈相因之语，用今人所见之理，所用之器，所遭之时势，一寓之于诗。务使诗中有人，诗外有事，不能施之于他日，移之于他人，而其用以感人为主。”见《人境庐集外诗辑》附录三，中华书局本。

5 钱穆 :《国学概论》，商务印书馆 1997 年版，第 334 页。

6 胡适 :《逼上梁山——文学革命的开始》,《胡适学术文集·新文学运动》，中华书局 1993 年版，第 209 页。

7 胡适 :《五十年来中国之文学》,《胡适学术文集·新文学运动》，中华书局 1993 年版，第 149 页。

8 胡适 :《谈新诗——八年来一件大事》,《胡适学术文集·新文学运动》，中华书局 1993 年版，397 页。

9 朱自清 :《〈中国新文学大系·诗集〉导言》,《中国新文学大系·诗集》，上海良友图书印刷公司 1935 年版，第 3 页。

10 施蛰存 :《戴望舒诗全编·引言》，浙江文艺出版社 1989 年版，第 4 页。

11 胡风 :《青春底诗》,《胡风评论集》(下)，人民文学出版社 1984 年版，第 92 页。

12 朱自清 :《诗与建国》,《朱自清全集》(二)，江苏教育出版社 1996 年版，第 359 页。

13 陈独秀:《文学革命论》,《中国新文学大系·建设理论集》上海良友图书印刷公司1935年版，第44页。

14 王瑶:《论现代文学与中国古典文学的历史联系》,《中国现代文学史论集》,北京大学出版社1998年版，第316页。

15 朱自清:《论严肃》，载《标准与尺度》,《朱自清全集》(三)，江苏教育出版社1996年版，第140页。

16 17 张惠言:《词选》,《词话丛编》，中华书局1986年版，第1617页，第1611页。

18 陈沆:《诗比兴笺》，上海古籍出版社1981年版，第1页。

19 黄庭坚:《大雅堂记》,《山谷题跋》,《津逮秘书》本。

20 陈廷焯:《白雨斋词话》卷六,《词话丛编》,中华书局1986年版,第3918页。

21 陈廷焯:《白雨斋词话》卷二,《词话丛编》,中华书局1986年版,第3809页。

22 朱自清:《古文学的欣赏》,《朱自清全集》第三卷，江苏教育出版社1996年版，第198页。

23 朱自清:《诗言志辨》,《朱自清全集》第六卷，江苏教育出版社1996年版，第204页。

24 茅盾:《“文学批评”管见》,《小说月报》第13卷第8号,1922年8月10日。

25 朱自清:《新诗杂话·解诗》,《朱自清全集》第二卷，江苏教育出版社1996年版，第322页。

26 朱自清:《新诗杂话序》,《朱自清全集》第二卷,江苏教育出版社1996年版，第316页。

27 李健吾:《答〈鱼目集〉作者》,《咀华集》，上海文化生活出版社1936年版，第175页。

## 结　　语

1 加达默尔:《真理与方法——哲学阐释学的基本特征》(中译本)，上海译文出版社1999年版，第372页。

# 赋、比、兴通释

1 《周礼》一书，原名《周官》，相传系西汉河间献王从民间收集而来，最初未受重视，直至西汉末年王莽摄政方被奉为圣典，称《周礼》。后经东汉郑玄加注才通行天下，有唐贾公彦疏亦极博核。相传此书是周公所作，但其真伪也纷如聚讼，史上多有人疑其依托。但比较一致的看法仍认为此书乃先秦旧书，成书当在战国，也可能保存西周至战国的一些材料。参见《四库全书总目提要》和张心澂《伪书通考》，汪中、梁启超、郭沫若、范文澜的意见可以综观。

2 《诗大序》究何人所作，目前尚无定论。陆德明《经典释文》引旧说："起此至'用之邦国焉'，名《关雎序》，谓之《小序》；自'风，风也'讫末，名为《大序》。"又引沈重说："案郑（玄）《诗谱》意《大序》是子夏（卜商）作，《小序》是子夏、毛公合作。卜商意有未尽，毛更足成之。"又引或云"《小序》是东海卫敬仲（宏）所作。"但现存孔颖达《毛诗正义》所载《诗谱》，未言序为谁作。范晔《后汉书·儒林传》载："初，九江谢曼卿善《毛诗》，乃为其训。（卫）宏从曼卿受学，因作《毛诗序》。"近代学者也大致以卫宏为《毛诗序》作者，但仍无定论。有关仑毛诗序》的作者问题，可参见《四库全书总目提要》卷十五经部十五诗类一《诗序》提要及崔述《通论诗序》。

3 《周礼·春官宗伯·大师》，《周礼注疏》卷二十三，《十三经注疏》本，中华书局1980年影印本，第796页。

4 《检论》卷二《六诗说》，见《章太炎全集》第三卷，上海人民出版社1984年版。

5 郭绍虞，《照隅室古典文学论集》（下编），《"六义"说考辩》，上海古籍出版社1983年版，第359页。

6 见韦昭注《国语》，《四部备要》本。

7 详见《汉书·艺文志·诗赋序》，中华书局版

8 《春秋左传正义·卷第二·隐公元年至二年》，十三经注疏本，中华书局1980年影印本，第1717页。

9 《春秋左传正义·卷十二·僖公元年至五年》，十三经注疏本，中华书局

1980年影印本，第1795页。

10 范文澜：《文心雕龙注》，人民文学出版社1958年版，第134页。

11 同10，第137页。

12 关于赋体的源流问题，也有争议。荀子《赋篇》始称赋，凡《礼》、《知》、《云》、《蚕》、《箴》五篇及《佹诗》一篇，采用散体句式及主客首引的问答体，多用隐语，颇谜语。班固《两都赋序》云："赋者，古诗之流也。"认为赋源于诗，是诗的别体或变体。《汉书·艺文志》对赋体的源流和发展也论之甚详，可参阅。但现代学者也有认为赋体源于楚民歌之说。参见陶秋英《汉赋研究》，刘大杰《中国文学发展史》和游国恩等《中国文学史》。至于赋经汉之后变之又变的各种形式，可参阅《四库全书总目提要·总集类》三元祝尧编《古赋辩体》条。

13 同14。

14 朱自清:《诗言志辨》见《朱自清全集》第六卷，江苏教育出版社1996年版。

15 赵诚：《甲骨文简明辞典》，中华书局1988年版。

16 同14。

17 陈世骧：《陈世骧文存》，台北志文出版社1975年版，第219—266页。

18 周策纵：《古巫医与六诗考——中国浪漫文学探源》，台北联经出版公司，1986年版，第216—228页。

19 同17。

20 如朱自清《诗言志辨》就认为"《传》老是跟着《序》说"。

21 同10，第601页。

22 王应麟：《困学纪闻》卷三，商务印书馆1959年版，第223页。

23 同14。

24 《周礼·春官宗伯·大师》，《周礼注疏》卷二十三，十三经注疏本，中华书局1980年影印本。

25 刘宝楠：《论语正义》，中华书局1975年版，第375页。

26 郭绍虞、王文生：《论比兴》，《文学评论》1978年第4期。

27 《易·系辞上》，《周易正义》卷七，十三经注疏本，中华书局1980年影印本，第67页，第70页。

28 李泽厚：《古典文学札记一则》，《文学评论》1986年第4期。

29 钱钟书：《管锥编》（第一册），中华书局1986年版，第12页。

30 朱自清《诗言志辨》对这个问题有较详明的论证，可以参见。
31 同 10，第 601 页。
32 孔颖达 :《毛诗正义》卷一，第 271 页。
33 挚虞 :《文章流别论》，载欧阳询撰《艺文类聚》卷五十六，上海古籍出版社 1982 年版。
34 《晋书 · 王羲之传》，中华书局 1974 年版。
35 陈延杰 :《诗品注》，人民文学出版社 1961 年版，第 2 页。
36 汪师韩 :《诗学纂闻》，载《清诗话》，上海古籍出版社 1978 年版，第 439—440 页。
37 汤用彤 :《魏晋玄学和文学理论》，在《理学 · 佛学 · 玄学》，北京大学出版社 1991 年版，第 315 页。
38 同 35。
39 同 10，第 601 页。
40 戴震 :《与史仲明论学书》，载《戴震集》上编，上海古籍出版社。
41 纳兰性德 :《毛诗名物序》，《通志堂集》卷十一，上海古籍出版社。
42 43 44 45 46 孔颖达 :《毛诗正义》，十三经注疏本，中华书局 1980 年影印本，第 271—306 页。
47 陈子昂 :《与东方左史虬修竹篇序》，载郭绍虞主编《中国历代文论选》第二册，上海古籍出版社 1979 年版，第 55 页。
48 白居易 :《与元九书》，《白氏长庆集》卷四十五，载《中国历代文论选》第二册，上海古籍出版社 1979 年版，第 96—102 页。
49 殷墦 :《河岳英灵集序》，载《唐人选唐诗》，上海古籍出版社 1978 年版，第 40 页。
50 51 皎然 :《诗式》，《历代诗话》上册，中华书局 1981 年版，第 30—31 页。
52 司空图 :《与极浦书》，《司空表圣文集》卷三，四部丛刊本。
53 苏辙 :《栾城应诏集》卷四《诗论》，四部丛刊本。
54 郑樵 :《六经奥论》
55 郑樵 :《乐略 · 正声序论》，《通志》卷四十九，中华书局 1987 年版。
56 徐渭 :《奉师季先生书》，《徐渭集》卷十六《书》，中华书局 1983 年版，第 458 页。
57 59 朱熹 :《诗集传》卷一，上海古籍出版社 1962 年版，第 1 页，第 12 页。

58 62 朱熹：《朱子语类》，中华书局1986年版。

60 61 朱熹：《诗集传序》，上海古籍出版社1962年版。

63 程颐：《二程集》，中华书局本。

64 朱熹：《四书章句集注》，中华书局1983年版。

65 朱熹：《朱子语类》卷八十《诗一》，中华书局1986年版，第2069页。

66 《四库全书总目》(下册)，中华书局1965年版，第1712页。

67 严羽：《沧浪诗话·诗辨》，《沧浪诗话较释》，人民文学出版社，第26页。

68 纪昀：《四库总目·击壤集提要》，《四库全书总目》(下册)，中华书局1965年版，第1432页。

69 李颀：《古今诗话》，郭绍虞《宋诗话辑佚》，中华书局。

70 引自胡寅《与李叔易书》，《斐然集》卷十八，《四库全书》本。

71 钱钟书：《管锥编》(第一册)，中华书局1986年版，第63页。

72 贾岛：《二南密旨》，《学海类编》本。

73 郭思：《瑶谿集》，郭绍虞《宋诗话辑佚》，中华书局1980年版，第532页。

74 李东阳：《麓堂诗话》，《历代诗话续编》，中华书局1983年版，第1369页。

75 李梦阳：《缶音序》，《李空同全集》卷五十一，明思山堂刊本。

76 李梦阳：《诗集自序》，《李空同全集》卷五十，明思山堂刊本。

77 黄侃：《文心雕龙札记分，华东师范大学出版社1996年版，第220页。

78 谣谚的集录成书，在宋代已有，四库全书总目卷一四四子部小说家类存目中，有《古今谚》一卷。明代杨慎则撰有《古今谚》二卷、《古今风谣》二卷，今存在杨升庵杂录及升庵著作中。而杨慎之后，还有郭子章，他著有《六语》三十卷，四库总目卷存目中亦有此书。而冯梦龙也辑有有《山歌》，共十卷，内容以姑苏情歌为主，句式以七言为主。

79 冯梦龙：《山歌序》，明崇祯刻本《山歌》，转引自郭绍虞编《中国历代文论选》(中册)，中华书局1962年版，第425页。

80 81 82 83 84 谢榛：《四溟诗话》，人民文学出版社1961年版，第28，41，77，91，69贝。

85 许学夷：《诗源辨体》卷三十二，人民文学出版社1987年版，第309页。

86 黄宗羲：《汪扶晨诗序》，式南雷文定》四集卷一，《四部备要》本。

87 戴震：《诗比义述序》，《戴震集》上编，上海古籍出版社。

88 毛先舒：《诗辩坻》卷一，《清诗话续编》，上海古籍出版社1983年版。

89 90 姚际恒:《诗经论旨》,《诗经通论》卷前,中华书局 1958 年版。

91 陈沆:《诗比兴笺》,上海古籍出版社 1981 年版,第 1 页。

92 王夫之:《古诗评选》卷五,《船山遗书》,太平洋书店重校刊本。

93 94 张惠言:《词选》,《词话丛编》,中华书局 1986 年版,第 1617,第 1611 页。

95 谭献:《箧中词》卷三,《词话丛编》,中华书局 1986 年版,第 3988 页。

96 周济:《宋四家词选目录序论》,《词话丛编》,中华书局 1986 年版,第 1643 页。

97 98 陈廷焯:《白雨斋词话》卷六、卷一、卷六,《词话丛编》,中华书局 1986 年版,第 3917 页,第 3777 页。

99 陈廷焯:《白雨斋词话》卷六、卷一、卷六,《词话丛编》,中华书局 1986 年版,第 3918 页。在这个问题上与陈廷焯同调的还有吴雷发在《说诗菅蒯》(《清诗话续编》)中云:"诗在触景生情,何必先横兴、比、赋三字于胸!今必以备体为工,无乃陋矣。"

100 105 王夫之:《诗绎》,《姜斋诗话》,人民文学出版社 1961 年版,第 144 页,第 139 页。

101 102 103 104 吴乔:《围炉诗话》卷一,《清诗话续编》,上海古籍出版社 1983 年版。

106 107 方东树:《昭味詹言》,人民文学出版社 1961 年版。

108 沈德潜:《说诗晬语》,人民文学出版社 1979 年版,第 186 页。

# 后 记

当敲下最后一个字的时候，抬头一看，东方既白，屋外已经人声鼎沸，每个人都忙碌于各自的生活，没有人会驻足倾听我此刻的心情，或许多年以后，关于这个清晨的一切回忆也会渐次模糊，但我知道，有些细节在时光的冲刷下会更清晰地显露它的质地。

这六年来，饶师艽子先生对我的关爱和教导是无法一一诉诸笔端的，我常在想，如果不是有幸承教于先生，我的人生可能是另外一个面目。无论在学业上还是在人格修养上，先生都谆谆教诲，这些温暖的记忆我将时时感念于心。

这篇论文从选题到最后定稿，都是在先生的指导下完成，一次又一次的讨论，一点一滴地把我的思路扶正，使我在下笔时不致茫无头绪，顾此失彼。可以说，饶师艽子先生为论文倾注了大量的心血，没有先生的督促劝勉，这篇论文不可能在今天如期完成。

在论文的撰写过程中，还得到了蒋述卓老师、胡经之老师的指导，两位导师在课上课下都给了我很多观点和方法的启迪，还有赵一凡老师、童庆炳老师也提出了很多宝贵意见，使我在论文写作过程中获益良多。

三年同窗，邵宏、卫景宜等学长不吝赐教，邵宏还在论文的结构布局上提供了很多宝贵意见，教研室的诸位老师也给了我不少有益的启思，在此一并致谢。

除了老师、同学的教导和帮助，我还要感谢我的家人，正是由于他们默默的关爱和支持，才使我能任性地在大学里一直充当“老学生”，并坚持完成了博士学位论文。

我知道以我的学力：古文论的根底不深，西方文论和现代文论也只是浅尝辄止，要完成跨度这么大的论文是有点力不从心的。在论文的写作过程中我常常觉得自己是骑在一匹烈马上，越学习怎么骑就越有掉下来的危险，明眼人也一定看出我左冲右撞、颠倒扑落。不过，此刻，在春天阳光的照拂下，我看到自己轻轻地拍着马背，对自己说："就这样吧，别怕，过来给大家瞧瞧……。"

2000年5月于暨南大学